橘子不是橙色的

林筱聆　著

天津出版传媒集团

百花文艺出版社

图书在版编目（ＣＩＰ）数据

橘子不是橙色的 / 林筱聆著 . -- 天津 ： 百花文艺
出版社， 2023.12
ISBN 978-7-5306-8716-1

Ⅰ．①橘… Ⅱ．①林… Ⅲ．①中篇小说－小说集－中
国－当代②短篇小说－小说集－中国－当代 Ⅳ．① I247.7

中国国家版本馆 CIP 数据核字（2023）第 240193 号

橘子不是橙色的
JUZI BUSHI CHENGSE DE

林筱聆　著

出 版 人：薛印胜
责任编辑：张　雪
装帧设计：吴梦涵
出版发行：百花文艺出版社
地址：天津市和平区西康路 35 号　　邮编：300051
电话传真：+86-22-23332651（发行部）
　　　　　　+86-22-23332656（总编室）
　　　　　　+86-22-23332478（邮购部）

网址：http://www.baihuawenyi.com
印刷：三河市华东印刷有限公司
开本：880 毫米×1230 毫米　1/32
字数：180 千字
印张：9.75
版次：2023 年 12 月第 1 版
印次：2023 年 12 月第 1 次印刷
定价：58.00 元

如有印装质量问题，请与三河市华东印刷有限公司联系调换
地址：三河市燕郊冶金路口南马起乏村西
电话：19931677990　邮编：065201

目 录
CONTENTS

橘子不是橙色的

车子进了镇政府大门，刘永汀摇下车窗。树有八棵，六棵棕榈横成一排，两棵龙眼孤单相望；楼只三栋，各有两层、三层和四层，都是斑驳的白外墙、刷着绿漆的走廊台面，再加一道密密麻麻刷着各种标语的围墙，闭合成一个小四合院，颇有些深圳公司附近那片废弃旧工厂的灵魂和气质。二十一世纪已经度过了二十年，这些东西还保留二十世纪七八十年代的模样。院内一溜儿过去倒也都是车，比亚迪、长城，还有长安和卡罗拉，更多的是摩托车。放在深圳，即便在那样的废旧地带，最常见的也是奔驰和宝马。他昨天刚从公司办好辞职手续。上一秒还在天上，下一秒直接就摔地上。他愣愣地坐着，右手紧紧抓住安全带——仿佛那是城市生活的最后一段脐带。表哥催促他下车，说："跟你大深圳肯定没得比，但很快就要镇区改造并入大县城了。你也别觉得委屈，你看浙江那边五六十个北大清华毕业的硕士、博士，不也都去街道办事处工作？"见他还是没有反应，又推了他一把，劝道："知足吧兄弟，我干了十年还是个科员，你这一来可就领的是四级主任科员的工资。你也别拿这几千工资跟你之前那几万比，生活就像蓄水池，咱这进水口小是小点儿，可出水口更小，细水长蓄终有水吧。你之前那进水口管子是粗，可出水口管子更粗，哪儿蓄得住水？"不愧是水利专业的。他在心底偷偷笑了表哥一下，缓缓解开安全带。哎，算了，没有可比性的——一切效果明显的比较下只有伤心。

下了车，刚把脚踩上办公大楼前的第一级台阶，表哥便用力拽了他一下。他的重心往右一偏，有什么东西跟了过来。抬头一看，一部手机正对着他们俯拍下来，手机后面是一件白衬衫。他还没看清举手机的人，窝在表哥下巴处"休假"的口罩已经第一时间"就位复工"，它的主人侧过脸急急往边上闪。看来运气真是好到家了，上班第一天就赶上效能办的明查暗访。效能办是如何精准地分辨出他的新手身份？他有些纳闷。初来乍到，他只能紧随表哥身后往前走，那部使命神圣的手机狗皮膏药般紧紧粘着表哥。表哥一步迈出两个台阶，只两三步就到了政府办门口，拉下口罩迅速把脸往墙上一凑，人脸识别签到机便发出了清亮的叫声："您好，请摆正位置重新识别。"连续两遍后，手机后面的人笑出了声，看来口罩罩脸过度啊，刷刷刷，刷不出来了……

刘永汀的心头突然微微一颤。前年夏天，他跟小Q先后到了深圳，他进了一家科技公司，月薪一万八，根据业绩年底还有提成，父母亲都相当满意。他租了套小公寓后，月薪就去了一大角，他没敢跟家里说。小Q进了一家小文化公司，月薪近八千，公司租的是城郊的破旧厂房，才上了七八天班，刷脸迟到了三次，被领导点名批评了三回，她回家把自个儿往椅子上一扔，叹道，哎，往后余生，真的就每天在这老破小的单位里刷刷复刷刷，木兰对机刷了？好在说归说，第二天，她还是继续去"刷刷复刷刷"。小Q有三低：学历低、身高低、工资低。她还有一高，用她的话说，花钱也是一种能力。她有，而且超高。表哥说："一个印钞一个碎钞，你们真是天造地设的一对儿啊。"

到了年底，父母怀揣三十万大洋去了一趟深圳，说要帮他买个房子。先看的是城中心新开盘的54平方米两房一厅，母亲嫌面积小，尤其是厨房，基本伸不开胳膊迈不开腿，一问价钱，12.8万？那比县城还便宜，来套大的吧，没有100平方米怎么住？售楼小姐的眼睛里闪着金子的光芒，就要往大户型带，他把母亲拉到一旁，偷偷提醒了句，是一平方米米12.8万。母亲一听，拉起他就往外走，一平米十几万？这是要人命啊？往外围走，八九万，七八万，六七万……房子没看成，倒看出了城市生活的这不好那不适。母亲说："按这房价，你们两个人四五个月不吃不喝才买得了一平米，十几年不吃不喝才买得了一小套，这一辈子哪儿来的幸福？"他说："没事，买不起咱就一直租房子住，外国人都是租房子。"一听小公寓的租金，母亲更是坐不住了："一个月六七千，付了十年二十年，房子还是别人的？在咱们县城，一个月按揭几千元就可以买很大一套房子，付个十年二十年，房子就完全是自己的了。"父亲说："回安溪，回安溪，我们把移民安置房选一半在县城周边那个溪香镇安置，连按揭费都省了。"母亲连说好。

刘永汀不屑于什么移民安置房。老家的房子几年前被列入县里将要动工兴建的一个国家水利工程的库区范围，可以安置的面积有两三百平方米，父母早早做了安排，什么外迁城镇化安置、进集镇安置、一次性货币补偿自主安置，统统不要，必须得就地后靠安置。用父亲的话说，唯有这种方式才能独门独栋，才能接得到地气，才能继续照看自家的茶园。末了，老两口儿几乎要磨破的嘴皮里就只剩下县里的"公务员"三个字了。他一听就不干了，说："从小到大，你们让我认真读书认真读书，读好书就可以到大城市工作。现在我在大城市里了，你们却要拽我回去？"父亲说："以前希望你到大城市生活是以为大城市生活很幸福，现在看来，还不如你姐在小城里幸福。"小Q说："幸福不是你们觉得幸福才是幸福，让永汀放着两万的工资不领，回去领两千的这就幸福？"母亲一听，来劲了，说："看你一整天就知道点点点吃吃吃，也不想想吃的可都是我儿子的血汗钱！再这么下去，我儿子非让你吃光不可！"小Q的伶牙俐齿还没派上用场，母亲又转而对着儿子摆出更多事实，讲出更多道理："来深圳这么多天，看你整天忙整天忙，人人都在使唤你，你天天都在加班，也没有一个同事或者朋友来找你。我就知道，你不懂跟人打交道，你缺少应对社会的能力，你跟这里的人处得并不好。"

"我知道职场不是考场，但也没那么严重。"刘永汀说。母亲的话戳到了他的痛处。当年大学选择计算机专业，除了口头上的所谓喜欢，其实还有更重要的缘故。以他滑铁卢后的成绩，一般的 211 学校，专业任选。法律？不行，那需要跟很多原告、被告还有法官打交道，需要说很多话。师范类？不行不行，那需要整天跟学生叨叨，需要说的话更多了。医学？需要跟病人各种解释各种交代，那更不行。表哥问，哪儿有什么专业不需要跟人打交道的？除非是机器。他一听，对，那就计算机专业。他从小就不喜欢说话。听母亲说，他到了三岁才学会说话。就在所有人都以为他是哑巴的时候，他第一次开口就是长长的一句话——像是把之前没说的一次性补说了。那以后，也还是轻易不开口，开口不轻易。到县城读高中后，班主任有一次开玩笑说，怎么感觉你的嘴巴开的是银行，零星存入不到一定额度都不给支取是不是啊？全班哄堂大笑，他摸着脑袋还是不说。准确地讲，不是他不说，而是他不知道如何说。他羡慕那种轻易就能跟人熟络跟人各种说话的人，似乎不需要任何思考就可以非常自然地讲出非常适合的话。比如，他高中的一个舍友同学A，就是刘永汀母亲嘴里那种典型的"见人说人话，见鬼说鬼话"。周末有家长来看望同学 B，B 还在教室。他礼节性地给家长端了椅子，继续埋头做他的作业，A 给家长端了水，坐下来便跟对方聊，等到 B 同学回来，A 跟那位家长已经熟得像多年的老兄弟，而他还是他。他就像是一个社会的绝缘体，融不进周边的电流中。这种感觉一直在。母亲也一直有这样的担心。研究生推免那年，母亲说："要不你带点儿茶叶去跟辅导员坐坐？"他说："哪里需要坐？全班五个推免名额，我的总成绩排在第四位，肯定可以上。"结果面试后，第六名上了，他却没上。母亲说，要不让你表哥帮忙找找人，看能不能把你补上？他不干："说没就没，我可以考。再说了，我不向潜规则妥协。"表哥说，这不是潜规则。那这是什么？这是中国社会的人情世故。好在考试他擅长，绕过了人情丢开了世故同样考上。

"大城市里的人不轻易把客人往家带，下了班，各自基本不来往。"小 Q 把"大城市"三个字说得重重的，冲了两杯咖啡，微笑着解释说，"搞软件，加班很正常的。他也跟着附和点头。"

"这是什么东西？怎么不泡茶？"母亲喝了一口，生出满脸嫌弃，"住的还是别人的房子……"

"我们都喝这个。大城市里不都这样？都是在别人的城市营造自己的第二故乡。"小 Q 忍不住想笑，说，"今年在上海，明年可能就跳槽到广州了，四处为家总不能四处买房子吧？你说美国人一年要搬几次家，如果不是租房，整天买房卖房那不得麻烦死？"

"美国是美国，咱们这是中国。"母亲表现出了严重的不理解，"把别人的家当成自己的家，这样的生活还有意思？"

"再没意思终究还得生活，生在哪里就该好好活在哪里不是？"大专中文专业的小Q一边往咖啡壶里冲水，一边把话里的文艺丝线拉得又细又长。

"好，咱们生在安溪那咱就回安溪好好活。"小Q的文艺丝线给了母亲前进的路径，她说着就伸手过来拽他，"走，咱们马上就走，回家去。走！"

刘永汀愣愣地往前凑，表哥伸手拉住他。你干什么？你不用刷脸，你又没录入信息！走，走，走啊！表哥搭着他的肩膀低着头躲着手机的方向迅速往楼梯口走。没有录入信息？手机后面发出一个低沉的声音。也就两三秒的停顿，那人前面的手机不依不饶地追着他们的屁股而来，几声迭加在一起的惊叫先扑了过来，哥伦布发现新大陆也无非如此。这个白面书生是不是新来的？肯定是新来的，对不对？陈明溪！陈明溪！陈明溪迟到了五分钟啊，五分钟啊。还有那个新来的，新来的，上班第一天就迟到了啊，未学走要先学飞啊……

"效能办的人认识你还拍你？他怎么知道我是新来的？"刘永汀揣着一肚子的疑问，见表哥只顾往前走，便杵住身子问，"不是才八点五分？不是说允许延迟十分钟签到？"

"老弟啊，这是内部规定，端到台面上肯定说不过去的。"表哥拽着刘永汀继续走，把头压得很低，嗓音似乎也紧随着被压出 45 度角，"那炮坚就是洋山村一村民，比效能办还效能办。"

这就是政治课堂上一直在说的群众监督？看来这儿的群众文化程度很高嘛！

"高？是啊，过一阶段你就知道有多高了，呵呵……"表哥笑得富有深意，"你真是……怎么说你呢？"

刘永汀忍不住回头看那个叫炮坚的村民，五十来岁的模样，干瘦，矮小，偏宽大的眼镜，一脸的大坑小坑。发黄的白衬衫皱在一起，领口和袖口起了毛边。他的脑子里迅速闪过一个词——萝卜干。萝卜干一样的炮坚追着他们过来，没注意到地上有块石头，一脚踩上去，一个趔趄，刘永汀赶紧跑过去，伸手抓住他。

"不要碰我。"炮坚一把甩开刘永汀，举起手机对准他。刘永汀窘红着脸站在那里，右小臂一阵阵发疼。好在表哥已经折返回来。炮坚来了个快速急转弯，手上的手机还没完全对上表哥，他一眼瞄见又有干部往签到机前走，便丢下这颗芝麻捡西瓜去了。表哥松了一口气，说："幸亏你在党政办，不用跟他'顶肚脐'。谁跟他'顶肚脐'谁麻不完的烦。"

有多麻烦？表哥没有细说，刘永汀也不想细问。"顶肚脐"是什么意思？表哥不主动讲，他便也不主动问。不过，就刚才那语气那神情，大抵就是那么回事吧。乡镇工作好比茫茫大海中行船，得避开水中看得见看不见的礁石，还得避开突然下降的水位，否则就有可能像堵住苏伊士运河河口的"长赐"号，每小时碎着自己公司几万美元，连带碎着被"长堵"在运河口的其他货轮家的银子。这水位嘛，说高就高，说低就低，谁说得准呢。当天晚上，新闻里正在播放挖掘机在"长赐"号载油货轮下作业，表哥借着酒劲又教导了他一番："乡镇工作可不像你搞科研，搞科研是一个小点挖下去，越挖越深，乡镇工作需要你把面铺开，什么都会，但不需要多精多细，粗平直就可以。"

刘永汀想起小时候跟着表哥在溪边玩，一块薄薄的瓦片擦过静静的水面，一阵涟漪向着四周散开，一圈接着一圈，煞是好看。

麻烦果真没几天就来了——"顶肚脐"的事情很多，主角却不是炮坚。更麻烦的是，想要粗平直地解决"顶肚脐"的问题并不容易。表哥被临时抽调去云南开展短信诈骗打击、劝返、驱散工作，所有问题都只能自己扛。同在党政办的还有另外两个人。已经五十多岁的王秘书见着书记、镇长膝关节和腿关节能一连弯出五六个弯，如果对方不伸手让王秘打住，他怀疑王秘极有可能就此跪拜在地。你夸他衣服穿得很拉风，他便跟你急："我听说拉屎拉尿，没听说还能拉出风，怎么拉？你拉给我看看。"三四十岁的张姐基本是个二传手，但凡王秘书交代给她的工作，她都能一件不落地转交给刘永汀。好在事情也不复杂，无非上传下达、草拟文件、收发文件之类。没几天，求贤若渴的领导们纷纷向刘永汀伸出橄榄枝。分管组织工作的副书记给他挂了个组织干事一职；团委书记拿着团市委的文件找党委书记要人，他便又多了个团干部的头衔；再两天又成了协助宣传委员的宣传干事；又三天，他成了教育办的信息员，独享了教育办的单间办公室待遇。他感觉自己就像是一个小小的火车头，同时拖挂了好几节车厢。他刚皱了下眉头，领导们就笑了，一个说："没事没事，你一个研究生，这点儿事对你来说还不是小意思？"一个说："你看我这边事情太多，你就当帮我的忙行不行？"另一个干脆拍拍他的肩膀语又重心又长："小刘啊，你们年轻人啊读了十几二十年的书，都是'万事俱备只欠东风'，现在东风来了，就要抓紧利用东风出海、学习，是不是？"他心里说，东风是来了，可单有东风，船不牢靠，一出海指不定就沉了呢。话刚到嘴边，闸杆又落了下来。结果自然是将来他这兵去挡，水来他这土去淹。于是乎，一米五长、八十厘米宽的办公桌上，左前方是党办材料，右前方是组工材料；左手处是宣传工作，右手处是教育办的信息。手上的键盘越敲越快越敲越用力……一张稿纸在手上一团再团，往门口一扔，有人走了进来。是表哥！表哥捡起纸团问："怎么回事？我出差两个星期你就整成这样了？来来来，先停一下，吃个不知火，消消气消消气儿。"

两个丑得要命的橘子摆在他的办公桌上，一个立正，一个稍息。橘皮粗糙，有明显的疙瘩，橘子顶部有一圈儿大大的凸起，连着一小段橘梗像是立着一根冲天棒。刘永汀折断橘梗，一手抓住一个，像下象棋一般放下、拿起，再放下、拿起，接着让它们就地旋转起来，末了，他让它们的顶部相向，这产生了一种奇怪的效果——两个凸起的肚脐顶在一起，它们的肚子无法靠近。

表哥一屁股搭在办公桌角，拿起一个不知火，对掰成两半，另一半扔给他，说："现在相信我说的话了吧？你做得越快，工作越做不完，是不是？之前怎么跟你说的，酒场上你可以'三中全会'，冲冲冲，工作上你一定要装傻装不懂。一来，你要懂得拒绝；二来，你不用每份材料都写得那么认真；三来，任何工作你都要慢慢做。你倒好，酒场上三种全不会，工作上通吃，不懂还硬要装懂，现在问题来了吧？吃不下了吧？你不是能干吗？你不是又快又好吗？那就多做一些。该拒绝的你不拒绝，到时候弄不出来挨骂的还是你……"

刘永汀接过不知火，依然不说话。表哥年长他没几岁，但论起社会经验，简直比他茂密的头发还多，而且堪称经典，像是太极拳法一套接一套。比如，表哥带他去镇长办公室，跟领导引荐过他，领导一边泡茶，一边交代工作。听他们你一句我一句地聊，看表哥冲他使眼色，他起身就要走。表哥说："你又没其他事，你坐一坐。"好，他就坐，靠着沙发靠背坐、抱着双膝坐、双手交叉在胸前坐、双肘支在膝盖上十指相扣地坐、摩挲着大腿坐，坐出六六三十六个坐法，几乎要坐穿屁股下的沙发，他们还在聊，聊不穷山聊不尽水。表哥又冲他使眼色。他不知道表哥究竟想干什么，索性腾出手来刷微信，刷完微信又上 bilibili……好不容易把他们的聊天熬完，结果一出领导办公室，表哥就列数他的几宗罪："首先，第一次见领导你怎么就胆敢玩手机？我们聊工作你也不能玩儿手机，所有这些工作你将来可能都要面对；其次，我几次把话题引到你身上，你怎么就不懂得接话？你现在已经是大人了，不是小孩儿了。怎么接？怎么会不知道怎么接？随便都有话接啊！哪怕说句'我也是这么想的'也可以呀，起码你参与到话题中来。什么意义？这是礼貌，要那么多意义做什么？第三，就你那坐姿，我要是领导我看着都不舒服。你没看到我怎么坐的？往沙发外侧坐，上半身要直起来，怎么可以往前趴？我看你都差点儿趴到膝盖上了；第四，回答领导问题的时候一定要看对方的眼睛，不要东瞟西看，也不要老是低头，要让对方充分感觉到你态度很认真；还有第五，即便心里头一百个不愿意，脸上能写出的只有两个字——认真。只要领导想聊，你一定要陪他把话题聊下去……"他感觉自己快要死机了。大凡与人打交道的工作都远比编程做软件难多了，它明明没有标准答案，但周边的每个人手上都有大致相同的一套批改准则——他知道自己一直在生死线上挣扎。他拿他们没办法。

青见橘和椪柑杂交就成了不知火，丑是丑点儿，但特别好吃。很多事情混在一起，日子却不好过了。刘永汀不敢告诉表哥，这还不算什么，宿舍里还有更大的难题。即便是离县城只有几公里，离厦门只有几十公里，镇上也没几个人分得清计算机专业与修电脑的实质差别。"我的电脑死机了，帮我看一看。""我的电脑怎么蓝屏了，赶紧帮我搞一搞。""键盘动不了了，网络信号不好……"一旦他说"这个我不懂"，问题就来了："你不是计算机专业研究生？怎么可能不懂？你一定不想帮我忙，是不是？"一开始是同事们喊他去办公室修电脑，后来有同事把笔记本电脑往他手里送，再后来，镇直单位的老师、医生，甚至村干部，都来找他，说是请教电脑问题，其实是要请他去帮忙修电脑，他走不开，好，那人家就干脆把电脑送过来，什么时候有空什么时候看。短短十来天，他的宿舍派生出了新的功能——计算机免费维修中心，他上班之余的日常被各种品牌各种型号的计算机塞满了。

从疫情开始，一切都改变了。闲在家里几个月，好不容易通知上班，薪水减了五千，可终究比小Q好。小Q的公司没有熬过去，她又开始四处投简历。汽车一下子被卸掉了两个轮子，两个人的日子过不大动了。过不大动也得扛，他找姐姐借了钱。春茶卖得差不多的时候，父亲中风了，他请了两天假回家探望。睡了三天三夜，父亲醒来后就对他说了一句话，回安溪考个公务员吧。那眼神和语气，让他提前感受到了临终遗言的来势凶猛。他正不知如何回答，女主管的电话来了，没有留给他辩解的余地，噼里啪啦就是一顿骂。"我只批了你两天的假，你怎么三天还没回来？又不是死了爹怎么要这么多天？再不回来我就开除你！"他被激怒了，脱口而出一句："开除就开除，我还不愿意干了呢！"这个回答肯定让女主管相当不舒服，却让老父亲的目光清澈了。就在那一刻，他感觉自己就是一只咬着父母的鱼钩跃过龙门的鱼，曾经，他们把鱼线放得长长的，让他能游多远游多远，能跃多高跃多高。他们说："将来你一个月赚两万，花掉一万还能剩下一万。千万不要像你表哥，一个月三四千元工资，不吃不喝也只能剩三四千。"现在，他们把鱼线往回收，他游不动了，可终究还是不甘愿游回小溪里。他偷偷给厦门一家科技公司投了简历，不久，公务员招考开始报名了。报溪香镇，报溪香镇！父亲的眼里闪着光。报溪香镇就报溪香镇，估计也考不上！他想。笔试、面试，过五关斩六将，他稳稳地排在第三位。谁能想到，前面的两位同他一样也做了两手准备，最后时刻，一个选择福州一家银行，一个选择厦门一家国企，他"捡了漏"，遂了父母的愿，却难住了自己。他反悔了。关键时刻，母亲的眼泪是千斤顶，轻轻一用力，就把他顶在了安溪。她以为他回到县里，就是重新回到她的翅膀下。她哪里知道，她的翅膀再大，也大不出老家到县城50公里的距离来。好在，回归是一剂良药，父亲的病好了一大半。刘永汀只能暂且按下回深圳的心不表。像是中学生物课上，一只蝴蝶夹进厚厚的书本里，飞舞被缝隙重新定义。

刘永汀做了几下扩胸动作站起身来，有人抱着一个大纸箱走进来，纸箱上是一台风扇的图案。大纸箱挡住了那人的上半身，只看到被重物压沉的双腿和紧扒在箱上的双手。快到办公桌前，那人侧转身子，倒退着走到刘永汀身旁，把大纸箱重重往桌上一放，拍拍手，又拍拍身上的灰尘，就要往外走。表哥喊住了他："诶诶诶，我说炮坚，你抱台风扇来干什么？"

"修理啊。不是风扇，是电脑，老式的。"炮坚头也没抬，只顾把卷起来的袖子往下放好，又扣紧了两边的纽扣，这才指着刘永汀说，"他不是很懂这个？"

刘永汀愣了一下，塞进嘴里的不知火差点儿就掉出来。

"他懂这个就要帮你修？你这都什么逻辑？这边是镇政府，又不是电脑维修店，凭什么他要帮你修？"表哥把大纸箱往外推，"赶紧拿走，人家上班呢。"

"他凭什么帮那么多人不帮我？"

"人家那些都是他朋友，他又没领你工资凭什么帮你修电脑？"

────────────── 橘子不是橙色的

"他领政府工资了不是？政府不是要为人民服务？我是人民。"

"你这是在透支政府对你的服务。"

"我这是在行使我作为人民的权利。"说到"权利"，炮坚的嘴巴便开始管涌。上至尧舜禹对权利的禅让，下至政府是"人民"的政府，村委会是"村民"的委员会；远至美国人民一次次观看电视上两个七八十岁的老人拍胸脯夸海口发表竞选演说，行使权利选出资格更老的拜登当总统，近至今年村里换届他有权利决定谁能一肩挑两担、谁一担都不能挑。他的嘴角堆着白白的唾沫，从他嘴里流出的似乎是两条波澜壮阔的河流，一条叫善良，一条叫正义。

"你……你……我看你是赖上政府了，什么都要躺给政府不是？"表哥有些生气了。

"好了，好了，放下吧。"刘永汀很烦。炮坚说的那些话单独哪一句似乎都有道理，但放在一起，便有了化学反应。他不想多说。与其拿时间说话，不如拿时间做事。他总是这样。

"你这样做是错的！"表哥把气转向了刘永汀，"你以为你这样不得罪人，其实你已经得罪了所有人。真的不能这样。你不要什么人都不拒绝，什么活儿你都接。你只有一个你，不能满足所有人。"见他依然不为所动，表哥又狠狠补了一刀，"难道你在女人上吃的亏还要再来一回？"

已经走到门口的炮坚折了回来，镜片后闪着亮光："他也在女人身上吃过亏？"

"何止吃过亏啊，是吃过大亏！"他……表哥虽然大嘴巴，但也知道好歹，只开了个头儿，便没再往下说。确定炮坚感觉无趣离开，表哥这才往下说："你自己想想，高三时那么紧张，有女生跟你表白，好，英雄救美，成日里辅导人家功课，人家功课上来了，你从 985 掉到了 211。女同学说喜欢杭州，想到杭州去读书，好，你放弃省内 211，选择了杭州理工。结果，开学才几个月，被别人追走了，你打水漂了吧？研究生你本可以推免，选择 211 甚至是 985 的名校，你倒好，把机会让给大四刚处上的女朋友，好，人家去上海读研了，你考在了本校，又白搭了吧？人说'吃一堑长一智'，你是吃一万个堑也长不了一点智儿啊。研究生快毕业时认识的那个什么小 Q ？"表哥无奈地摇了摇头，"才几天啊，居然就被一个大专生套牢了？如果不是你妈硬把你拽回来，那台碎钞机还要碎你多少银子？你怎么就长不大呢？"

表哥的话句句命中要害，刘永汀只能默认。他确实对女人没有免疫力。很多时候，他也知道她们跟自己不合适，但他不知道如何开口。幸亏前两次都是女孩子开口——这省去了他许多烦恼。而这一次，他的回乡成了最强的离合器，他被父母按着一脚踩到底。一开始，小 Q 还三天两头来电话，慢慢就少了，后来居然就断了联系——比轻轻吹过的一阵风还自然。

"看不出来啊，古意还会搬陈三啊！"炮坚突然在门口探出头，食指戳在空中口吻里夹杂着嘲讽，又似乎夹杂着羡慕。他意识到刘永汀没听明白这句闽南俗语，便解释了一下，"夸你恋爱经验丰富呢！《陈三五娘》知道吗？书生陈三看起来老实古意，泡起美女却是个高手呢，哈哈……"说完，两手抄在身后晃荡着走开。表哥猛地想起地上的电脑，赶紧喊他："炮坚，炮坚，电脑，电脑！"见刘永汀依然木头一般地站出事不关己的姿态，表哥的火一下子蹿得老高，"还真是皇上不急太监急啊！好好，你爱咋咋地没我什么事。一个觉得自己欠全世界，一个觉得全世界都欠自己，你们倒还真是一对。你再这样下去，非成第二个炮坚不可。"

如果借给表哥两个古装戏台上的水袖，刘永汀相信他一定会"啪啪"朝自己狠狠甩出。

临近下班时，表哥组织几个同事"拔虎须"，刘永汀也参加了。所谓"虎须"其实是几张细长的纸条，上面写着100元、80元、50元、30元不等的金额，每个人抽一张纸条，支付与纸条上相对应的费用。这种聚餐方式类似于AA制，但因为有金额上的差异便增加了几分神秘性和趣味性。他抽到的是空白纸条，大家把钱交给他，由他负责点菜付钱，尾款由他支付。表哥帮他选了饭馆，教他荤素如何搭配，又教他控制多少尾款不吃亏也不失面子，七八个人在简陋的包间里倒也吃出了错落和气势。表哥说的没错，饭局是最大的信息发布中心，他们聊的都是他不知道的新鲜话题。他尝试着做出主人的姿态主动敬大家酒，却被表哥挡住了："今晚你第一次负责值班电话？别喝。"他有些搞不明白，之前你不是还让我要学喝酒……其他人也说："人家好不容易做个庄，庄要有庄的样子嘛！"表哥直接拿走他眼前的酒杯，说："接电话可不是开玩笑的。"有同事立马明白了，闪烁着言语对他说："今晚，今晚，你可要小心了。"他的眼里定然闪出了十万颗"为什么"的小星星，坐在身旁的另一个同事索性一掌拍在他的后背上，说了句："小心夜半惊魂哦！"他一脸懵。表哥问："我出差这么久，就没人告诉过你上个月的事情？"他刚想摇头，有人先说话了："你表弟整天一副不爱搭理人的样子，除了那些需要他帮忙干活儿的，谁都懒得理他。"表哥大体上还原了事情经过。又是炮坚。那天是一个蜜月期女同事电话值班，新婚老公冒雨专程从县城赶来陪她。说是陪她，其实主要是陪一个在外省工作、回乡探亲的中学同学补喝喜酒。两人喝到凌晨两三点才散场。刚躺下，值班电话居然响了，他顺手一接，一个男人的声音，要求马上派人去他家，说他们家进水了，要被水淹了。新郎让对方打119，对方说："我不打119，这事我就找镇里，镇政府是人民的政府，人民政府为人民。"新郎一听火了："人民政府为人民，你也不能让政府24小时为你服

　　　　　　　　　　　　　　　　　　　　橘子不是橙色的

务吧?"说完,直接就挂断了电话。没几秒,对方的电话又来了,新郎更火了,直接一顿臭骂,然后"啪"地一下又挂断电话。这时新娘醒来了,说,不可以对群众这样,赶紧把电话回过去,又是解释又是道歉,对方却不买账,反过来骂了她几句就挂断了电话。新郎一看,自己的老婆被欺负了,又回拨过去骂了对方一通,然后"啪"地挂断电话。新娘知道老公闯了祸,便凶了老公几句。酒精上头的新郎一想:自己委屈啊,明明为你好,到头来还要挨你骂。越想越气,越气又越想,便拿起值班电话置气,一遍一遍地回拨摁掉,再回拨再摁掉。第二天一早,炮坚就跑到书记、镇长办公室"上班",说要打记者热线、书记县长热线,要告那个新郎骚扰罪。最后,镇长出面调停,一对新人登门登报道歉才罢休。表哥摆摆手:"也不用怕,他呀,典型一矛盾统一体,你要说他懂很多吧,他又似乎什么都不懂。你要说他不食人间烟火吧,他法律啊时事啊又懂得比你多。他如果真打电话,你要接,态度要好,只要这样就可以……你就当一个失眠症患者要找个人聊天,好好陪他说几句。"

饭局的后半段,更多关于炮坚的故事被提起,一张张拼图各自找到了位置。炮坚原名叶自坚,二十世纪九十年代初考进了北京一所名牌大学。大学阶段,他喜欢上高中小自己一个年级的学妹。学妹不仅书读得好,人也长得漂亮,还是舞台上的活跃分子。他一直觉得她耀眼得让人睁不开眼,只敢远远地看,只敢在密集的通信中暗送"秋天的菠菜"。

直到那年春天，托福成绩出来，纽约大学的通知书也来了，他觉得时机成熟了。表白的情书寄出第二个星期，她的回信来了，却是拒绝，明明白白的拒绝。他觉得自己受到了侮辱。他把自己的头像球一样地往墙上撞，把自己的手像锤子一样地砸向石头。他幽灵一般在凌晨的校园里游走，突然在课堂上狂笑……只能休学、治病。祖母说他一定是被女人勾了魂魄，却问不出女人的姓名，也不知去哪里捞回他的魂。治了一年，病情稳定了，到学校没几个星期便又发作。几次反复后，只能办了退学手续。

回到村里生活的叶自坚带着城市的根须，却扎不进农村的土地。用村里人的话说，他把别人当空气，别人自然也把他当空气。母亲劝他："你不能老待在家里，你要出去跟人坐坐，随便说说话，你要融进大家的生活。"他把眼镜往上一推："我为什么要迎合人家？我为什么要融入别人的生活？我过自己的生活不行吗？"家里来了客人，他在厅堂看他的书，头也不抬。母亲说："你要跟人打招呼。"他问："怎么打招呼？说'你们来了'？来都来了，说这个有意思？还是说'你们吃饭了吗？'他吃饭没吃饭关我什么事？"村主任惜才，说不能浪费一个名牌大学毕业生，请他去帮村里记账，发给他一份工资。上任第二周，他直接把"村书记接待副县长一头猪""村主任接待镇书记两瓶蓝带酒"都公开了。村主任说："你怎么可以这样？"他说："我怎么不能这样？"

只能去工厂找工做。老板要求工人加班，他说："凭什么？国家规定一天工作八小时，你这是违反劳动法！"外人不敢要的这尊活"神"被送回家里，很快又跟父母顶起"肚脐"来。今天说父亲自榨的花生油黄曲霉素肯定超标，明天怀疑母亲进的酒里勾兑了酒精，后天又说店里卖的米粿加了硼砂不能吃。这还不算什么。他大哥娶亲那天，祖厝里热闹得很。新娘刚进了厝门，他直接就站在厅堂上哭，哭诉人生苦啊，自己一个人苦不够，还要结婚两个人一起苦，再生一堆孩子出来继续苦……他大哥气得差点儿把他倒提起来扔进那口老井里。后来，父母催他结婚。他问，为什么要结婚？母亲说，人都要结婚，不结婚怎么生孩子、怎么传宗接代？他指着猪圈说，人活在这世上如果就为了繁衍后代，那人跟猪还有什么区别？所有的常态到了他那里都变成了反常。十年前，在母亲的葬礼上，他又闹了一出。正要起棺之时，别人都在哭，有泪无泪有声无声，他倒好，一阵接一阵地狂笑，笑母亲终于解脱了，脱离了人间苦海，可以跟父亲相聚了。来奔丧的母亲娘家人见他这样子就想发难，不让起棺，众人就求他配合一下，不要再笑。他索性笑得更大声了，直接把亲戚往外推说："不埋就不埋了，都走都走，我送去火葬场直接火化，这样更简单。"亲戚一听，吓得赶紧放行。

　　五年前，大城区建设扩大到溪香镇，炮坚家二十世纪八十年代建的小楼被列入东西大道的拆迁范围。楼有两层，上层居家，下层搞经营，其中三分之一开小卖铺，三分之二放置榨油机器和面条加工机。在城区中学当老师的大哥很早就买了城里的电梯房，父亲去世后，花生油停榨了，面条加工机也停止了运转，小楼只剩下炮坚一个人。小卖铺还在经营，卖的都是些最基本的生活用品。拆迁组进驻第一周，大哥第一个在协议书上签了字，炮坚跳起来喊道："我不签，我不同意拆，除非你们先把旁边这个古厝给拆了。你们敢拆文保单位，我就敢告，上省里告。"村主任说："你不要'不施舍佛，还要刮佛金'。"他冷笑道："没事啊，你们可以把整栋楼对半拆啊，我的这一半给我留着。"僵持的结果是，东西大道微微扭转，从他们家和古厝屋后拐了过去。

不在场的炮坚几乎承包了晚餐的着力点。刘永汀听明白了：问题不在于问题本身，而在于炮坚总能在别人身上找到所有问题的缘由。就像自家稻田里的水稻绝收，是因为相邻地块里没水。代驾已经候在门口，几个人戴了口罩上车，刘永汀一个人往镇政府方向走。深圳的周末和夜晚，他唯一喜欢去的地方是星巴克。一杯咖啡，半天时间，不做事、不想事，只有安静、舒缓。偶而也上网玩玩"争上游"，一点儿不用算计。现在，没有这样的空间，也没有这样的气氛。路边小店有人在玩儿斗地主，一个在喊："咱们一伙儿的不要压我！"一个在喊："不能通牌！"乡村最好的是空气。周边都是田野，开始听得到蛙叫、虫鸣。飘浮在空气中的是一层

　　　　　　　　　　　　　　　　　————————橘子不是橙色的

淡淡的青草气息，像是一杯清香型铁观音，鲜鲜的，让人很舒服。这才想起来：有多少年没有仔细去感受空气中的东西了？他家在山上，离镇上有四五公里，上小学四年级时，父亲执意把他送到镇上寄宿。他初考考了个第一名，直接进入县城一中读初中。中考前，学校要把他签在实验班，父亲说，还是去考泉州的实验班吧。一考，又上了。从此，便是市区三年，再后来，杭州七年。基本上要连乡村的夜空也要忘记的时候，他又回来了。他不知道自己还能待多久。

半夜醒来时，刘永汀脑子里还在琢磨这个问题。他再无睡意，索性爬起来检修两台电脑。都是一体机，问题并不严重，一台是内存条故障，一台需要重新装软件。凌晨三点多，正想重新躺下，值班电话响了。是炮坚的声音。这回投诉的是一处工地的施工噪音。刘永汀还没应答，炮坚像是猜透了他的心思，马上又接了一句："你不要想着工地离这里好几公里呢，不信你来听听！你来，现在就来，溪东街18号，不来我连你一并投诉。""啪——"刘永汀迷迷糊糊地在门口骑了辆共享单车，没几分钟就到了溪东街18号。大门是关着的。正在犹豫要不要拍门，转移到手机上的值班电话又响了。听对方稀里哗啦地投诉了一堆，他才缓缓说出一句："我在你家门口。"楼上的灯亮了。

"是你？我打了这么多次电话，你倒是第一个来现场的。"炮坚的表情有些意外，把他让进门，直接往楼上房间带。从楼梯拐角处往上挂着画，1，2，3，4，花花绿绿，不是鲜花就是水果。准确地说，并不是画，只是印刷品。小时候，刘永汀见过外地人就挑着这样的东西在村里卖，也是如此艳丽的色彩，十元一件，装着古桐色的框，他一直以为是木质的，母亲拿手一摸，假木头，是塑料仿制的。房间里简陋得很，一床一桌一椅，却有一墙的书、一桌的书、一床的书。炮坚站到窗户边，耳朵几乎伸出窗外，脚尖踮了起来，身子也趴上去。那一刻，刘永汀怀疑眼前的炮坚是一张网，可以直接挂在窗户上。"你听，是不是很吵？大半夜的，像在人耳朵里心脏里打钻，还让不让人睡觉？这些不良商人趁着晚上电费便宜就连夜打井挖地基，你说是不是没有天良，是不是？"

"额——是——额，你可以关上窗户。关上窗户声音会小很多。"

"我怎么会不知道关上窗户声音会小？我又不是傻子！那张网从窗户上掉下来。关上窗户怎么睡觉？难道老百姓连开窗睡觉的权利都没有了吗？政府就是这么简单地解决问题的？"

刘永汀被问住了。噪音确实存在，但并不像对方说的那么严重。许久才憋红着脸说："要不你带我去看看，也不知道能不能叫得动他们停止施工？"

"你要去工地？"见刘永汀点头，炮坚的语气反倒软了，

　　　　　　　　　　　　　　　　　　————————————橘子不是橙色的

"你这样的干部还真是少见。算了，明天上班你跟领导反映一下吧，你一个小兵的话谁会听？"

堵在心头的东西瞬间解了化了。眼前这个穿着白衬衫的瘦小男人似乎也没那么可怖。刘永汀擦了擦额头的汗，就要往楼下走。炮坚说："既然来了，也别急着走，陪我喝杯茶吧。"泡的是陈年铁观音，一入口，他便皱了眉。茶太浓，浓得发苦发涩。

"喝不惯老铁？"炮坚问。

刘永汀不好意思地笑了，他说："我其实很少喝茶，我比较喜欢喝咖啡。"

"安溪人怎么可以喜欢喝咖啡不喜欢喝茶？茶可是国饮！喝茶是最健康的，你懂吗！"炮坚严肃得像个法官。中国人喝茶有至少三千多年历史，早在十七十八世纪中国茶便一统天下。如果不是因为茶，也不会有后来的鸦片战争。你知道鸦片战争也叫茶叶战争吗？"

"不，我不知道。"刘永汀脸上的笑容瞬间打结。

"那你知道美国独立战争也是因为中国茶吗？"

"不，这怎么可能？"

"不要用你的无知来掩饰你的无知！"

"我，我读的不是茶专业，也不是历史学……"

"可你是安溪人。"炮坚打断他的话说，"真不知道你这木头一块是怎么把研究生读出来的。"想想，又说，"不过，木头也有木头的好处，比较单纯，不市侩，不会走捷径。"

像是链子掉了下来，自行车骑不动了，刘永汀呆住了，喝也不是，不喝也不是；走也不是，坐也不是。砰——工地上传来重物撞击地面的声音，像捶打在他的胸口，很闷很疼。

回深圳的念头一直在。起床喝咖啡时，它跳进杯子里；写材料时，它偶尔会弹出在屏幕上；食堂用餐时，它在餐盘上闪；一刷朋友圈，它蹿得更猛。父亲几次说要来溪香镇看看，刘永汀一直拿工作挡着。说第五次的时候，母亲在一旁哽咽着说："你爸也就这么点儿心愿，你怎么就不能满足他一下？"母亲的眼泪再次发挥了千斤顶的作用，他的拒绝被顶回肚子里。

看过办公室和宿舍，父亲又说要上移民安置区去看看，刘永汀有点回过神儿来父母的醉翁之意了。公务员笔试成绩公布那天，正是签定安置方案的最后时刻，父亲果真放弃就地后靠的自建房安置方式，选择了集镇安置和外迁城镇安置两种方式搭配。一个月前，老家的房子已经腾空交出；上周，外迁城镇安置对象集中抽签，决定安置房选房顺序号，父亲抽到 83 号签，算是非常靠前的一个顺序。父亲高昂的情绪在他的一脸茫然里凝固，而后炸开。"你都来了两个月居然不知道移民安置区在哪里？你每天都在干什么？"

"那又不是我的工作。"

——————————————————————橘子不是橙色的

"可那有你将来要住的房子，你怎么会一点儿都不关心？"

未必。刘永汀只是在心里嘀咕，并没有说出口。箭一旦离了弦，总会伤人，还会生火。现在还不是时候。父亲看起来恢复得很好，但医生交代一定不能让他生气。

硬着头皮给表哥打了电话，表哥正配合卫生院的防疫人员在集市做物表新冠病毒检测工作，说一个小时后回来带他们去。父亲的嗓门儿大起来："为什么要表哥带？都在镇里工作，为什么还要他来带？"刘永汀不说话，在微信里问了表哥大概位置，叫上滴滴车带他们走。位置不难找，一处在祐水村村部附近，一处在溪香村卫生所正前方。溪香村安置片区大部分是民宅，路两边的房子已经拆了一大半，房子背面的田地大多闲置，不再耕作，望过去一片颓然。父亲下了车，双脚刚站定，马上就说："就这儿了，就这儿了，这边紧挨东西大道，交通便利，边上还有学校。你们看，北面的那座山峰跟咱们石门尖的山形是不是特别像？"母亲也说像。

三个人就近走走。两三块菜地上都有乡村两级干部和村民在测量面积，这边村民小声跟村干部说："皮尺拉松一点儿，松一点儿，不要拉那么紧！"那边乡干部冲着村干部喊话："皮尺拉紧了拉紧了，怎么这么松！"最中间的一小块菜地突兀地绿在那里，几个人站成一圈儿，似乎在争论什么。菜地里有茄子、四季豆、空心菜、小白菜，有人半弓着身子在摘菜。刘永汀停住脚步，小声说："好像我们镇人大主任在那里。"母亲说："你们领导？那要去打个招呼。"说着，把他往前推了一把。他只能继续往前，父母亲也跟了上去。人大主任对他的招呼只"嗯"了一声，堆着的一张臭脸并没有一点儿展开的意思。一旁的村主任赶紧凑过去，二人耳语一番。他自觉无趣，拉着父母就要走，弓着的那个身子突然直了起来，说："小刘小刘！"

刘永汀一看，是炮坚。他不敢直视对方的眼睛。老式电脑早就修好搬回去了，可工地凌晨噪音扰民的问题解决到一半就卡住了。领导说，镇里跟县里签了目标责任书，企业跟镇里也签了责任书，城市综合体建设赶时间赶进度，如果不"5+2、白＋黑"地干，时间会滞后半年，造成的损失不可估量。两害相权取其轻，这是一个大家都懂的道理。可炮坚不懂，半夜电话打得更勤了。刘永汀低着头，搓着手，他知道炮坚的眼睛紧紧追着他，他知道对方会向他"开炮"。他的脑子里波浪翻滚，嘴巴里却组不出词句。突然，像一记闪电，一声爽朗的笑在他的耳畔炸开。尔后，炮坚在说，一句接着一句："我看整个镇政府也就小刘还有为人民服务的本色。毕竟是研究生，素质摆在那儿。你们有谁愿意凌晨三点上门为我解决难题？你们有谁群众问题没解决会心生愧疚？都没有吧？"炮坚抓着一把小白菜的手指向他，说，"他有。"

"这次征地如果你再怪镇里那你就没一点儿良心了！"站在一旁的村主任赶紧打圆场说，"这次征用你的菜地，镇里工作已经做得非常细了，工作组找了你不下十几二十次吧？咱们主席亲自跟你谈最起码也有五次了吧？现在给你的这个条件已经是上限了，不可能再高了。你就当成支持村里工作，支持我工作好不好？"

"已经说过多少遍了，不是补偿标准的问题！"炮坚把小白菜扔进地上的篮子里，拍着双手说，"我是农民，没有了土地，农民还是农民吗？难道我能跟人说，我是下岗的农民？"

刘永汀的心头紧了一下。三年前，大白濑水利枢纽工程库区拆迁方案正式出台，乡村两级工作组上门做工作。父亲抱着厅堂中的石柱子，眼泪一滴滴地往下掉。"离开了土地，我们还回得来吗？我们这些移民还有真正的家乡吗？将来村庄被淹到水底，那我们将告诉我们的后人，我们的家乡在哪里？"他像根钉子一样钉在工作组前进的路上。姐姐被县里抽调回乡，负责做父亲的思想工作。父亲还是想不通。"我的家乡在石门村，离开了这里，我不是成了没有家乡的人？"姐姐只能求救于他。他回不去，只能打电话给父亲说，水库移民六十年前浙江就有过，著名的千岛湖风景区就是沉了两个古城、近千个村镇建成的，当年移民二十九万。二十多年前的三峡水利工程移民一百多万就更不用说了，人家安置到哪里？很多是出省安置，离开重庆、湖北到哪里？到上海、广东、广西、山东……咱们这算什么？都是在县里，还能选择就地后靠安置。按你这样的想法，我是不是也应该回村里工作，不要往外走？一辈子被国家需要一次，我们应该感到荣幸……"父亲总算点了头。

人大主任都说了，以后这里肯定会成立专门的社区，以后大家都是市民，没有农民了。另一个村干部模样的人说，当市民不是挺好？文明。

"住进高楼，农民就成市民，就'文明'了？"炮坚质问。"有这么简单？要我说思想上农民，进了城，给他别墅，他也能过成茅房；思想上城里人，下了农村，给他草屋，他也能过出城里人的日子。重要的是思想。炮坚指了指自己的脑袋说，我是农民，标准的农民，我成不了市民。"

"我儿子说了，当移民是我们为国家作贡献。为移民征地，你们也是为国家作贡献。"父亲主动凑过去，一脸的骄傲与自豪，"我们都应该为国家减轻负担。"

"对呀，你要赶紧签啊，你们不签，我们就安置不了啊。"母亲也按捺不住地说了大实话。

"为了安置你们，就要我们来牺牲？"炮坚的脸一沉，两眼瞪大，额上的青筋暴出。

"你们这点儿牺牲算什么？我们整个村庄里的人都要离开家乡当移民，谁愿意当移民？但国家建设需要，有什么办法？"父亲接了一句，"这个水库将来是要往金门送水的。"

"你们从乡下进城，那是变得更好。却要我们就地成为失地农民？"炮坚紧逼。

"什么叫更好？你以为进城就是更好？那完全是你在优越感下的主观推测。"刘永汀憋不住了。他拉了一下父亲的衣角，又拉了一下母亲的袖子，说，"你可以去问问我们村里的那些人，如果不用当移民，谁想来这里？"说完，带着他们就往回走。这时，旁边有三两个村民量好地围了过来。有人说："这个小伙子说得有道理，炮坚你不能这样。"炮坚不理。有人问，这就是那个新来的研究生吧？炮坚说，是啊，就是那个书呆子。会修电脑，还很会写文章，人家一来可就已经相当于是副镇长了，将来肯定是当大领导的料。

刘永汀觉得胸口一阵痉挛。

从人大主任办公室出来才八点半。往常的这个时间点，无一例外都在挤地铁。深圳是个大城市，地铁上却与小县城的菜市场一样味道复杂。车厢里的每一寸光阴正被充分利用，以各种各样的形式：有人在补觉，有人在看书，有人在听音乐，有人在看电影，好多人在吃东西。那个晃着大耳环、衣着光鲜的女孩儿经常一口汉堡一口可乐；那个拖着蛇皮行李袋转战下一个工地的农民工大叔啃着馒头、包子，就一口水瓶里的水；那个穿着西装、打着领带，看起来不是保险推销员就是房产中介的年轻人嘴里叼着煎饼，双手在笔记本键盘上"嚓嚓嚓－嚓嚓"；那个耳朵塞着蓝牙耳机、斜背着大包的中年男子咬一口三明治，再对着空气

"嗯""噢""好的好的""马上马上"……

刘永汀默默地走着。政府大院里人们你来我往，忙的完全是不一样的事。派出所所长招呼警员们出警，集合哨、警车鸣笛声响起，有村民追着呼啸而出的警车喊着："所长，所长，为什么扣下我的出入境许可证？我真的是去旅游，我不是去搞诈骗……"农业服务中心的主任带着两个年轻人往带斗工具车的车厢两侧贴上"森林防火宣传车"的标志，各自提着一捆宣传单上车；分管安全生产的副镇长在一棵龙眼树下跟企业办的几个小伙子交代，一会儿的消防演练要注意这个小心那个，要多带些缓降绳；拆迁安置组的同志们兵分三路，带着评估公司的人往村里赶……表哥正要下村，开车出来经过刘永汀身边时停下，递给他一根烟，他摇头不接。表哥问，同学邀约的计算机大赛计划泡汤了？他苦笑。表哥点上烟继续说："听说你被咱们拆迁总指挥重用了？不用担心，谁都知道那是最难啃的骨头。再说了，是领导亲自点的名，又不是你主动请缨要去的。说工作完不成试用期一到不给你转正？都吓唬人的。时间到了都转正，搞不好还给你转个副镇长当当。"

"我已经想好了，我不稀罕什么副镇长，也不会让他们有不给转正的机会。"刘永汀的喉头有些哽咽，"唉，乡镇工作真的没什么意思，没有什么知识含量和技术含量……"

"你别这么说。乡镇是个磨炼人的地方，你可千万别有什么想法啊……你又不是超人，什么事都能干，做不好很正常的，被人批评也很正常的，只要咱们尽力做了就可以了。"表哥还想安慰他，有同事在门口喊，表哥只能踩了油门先走，"回头再说啊！"

刘永汀不想给表哥回头再说的机会——也没什么好说的。接连两天，他都跟炮坚耗上了。第一天上午去，正在喝粥的炮坚直接拿筷子指着他就笑："我就那么随便一说，你们领导还真以为研究生好用是吗？这是没牛犁田直接拿骡子代替？"刘永汀无以应对，只觉脸上一阵阵的火辣。他很想转身往回走，可是，不行，从小到大，只有难题怕他，没有他怕的难题。就那么在门口站了有十来分钟，炮坚扔了把塑料椅子给他："你这是站着还想再长高是吗？你这样会挡我生意的。"他不跟人客气，坐下就坐下。炮坚不主动说话，他便也不说，一直坐到中午十二点。下午再去，炮坚举着茶壶坐在店门口，见他来了，远远就做了个往回赶的动作："回去回去，不用来不用来，没用的。"刘永汀一脸发烫，依然往前走。炮坚不再扔给他椅子，他索性就站在门口，一站就是一下午，一句话不说。晚饭后，他又去。端着饭碗坐在柜台前晃脚的炮坚一见，二郎腿一收，碗筷往柜台上"叭"一放，屁股一抬，双脚把藤椅一踢，"嚓嚓嚓"直接关了店门。他就坐在门口的一块小石板上候着。一个多小时后，炮坚打开小门探出头，见他还在，头一缩，门又关上了。只一两分钟，门又开了，炮坚走了出来，门响亮地

"哐当"一声关上了。他站起身来，正想迎上去，炮坚指着他开口了："你们政府干部不用下班，我们老百姓还要下班呢。别跟来啊，跟来我就投诉你侵犯个人隐私。"刘永汀像被那根手指定住了，直直地杵成电线杆一根。

第二天上午八点刚过，刘永汀又出现在炮坚店门口。炮坚抄起门边的大扫帚往外扫，一下，两下，三四下，扫到他的脚边，他腾起一脚，炮坚扫一大下，再腾起一脚，炮坚又扫一大下，眼前已是尘土飞扬，灰蒙蒙一片。以他为圆心，大扫帚还在夸张地写着地板上的大字，炮坚的数落也跟着扫帚的节奏一句句地被扫过来扫过去："你说你一个计算机研究生，怎么也就这点儿乡镇小干部的能耐呢？读书人怎么就没一点儿廉耻之心呢？被人这么赶，你怎么还有脸来呢？"有人看不下去了，抓住扫帚柄小声说："人家大小是镇干部，你不能这样！"炮坚拿手肘一捅："你个五官缺一官的，你充什么好人？要充好人你也不能出来吓人啊！"那人一退跳开两米远，罩着一层白色膜状物的左眼球瞪得又圆又鼓，嘴巴嘟噜了几声说不出话来。炮坚抄起扫帚继续对他扫射："走不走？走不走啊？不要以为我不知道啊，你这是带着私心来的，我不同意征用土地，领导就不认可你是不是？你们家就不能安置到这里是不是？是不是？"

"你不要侮辱人！你以为他们真愿意离开自己的家乡来这里？你以为这是城里，他们还觉得这不是自己的家乡

——————————————橘子不是橙色的

呢。"刘永汀被激怒了，胸口和眼眶里都热乎乎的。他想起房子腾空的那天，父亲拿起锄头砸了那口大鼎。砸下去的那一瞬间，父亲丢了锄头跪了下去。很多双眼睛聚拢过来，他的脸上、身上、胸口上爬着无数只虫子。"我来，是因为领导安排给我这个任务，你是我的工作对象。我们家不是移民，我也会来。你不要以为我很爱来，我也根本不在乎谁认可。来只是我的工作。我没来，说明我没做工作。"

"好了，你来过了，工作做不下去，你可以回去了。中学生都能做的工作，要一个研究生来做什么？"炮坚双手支在扫帚柄的顶部，岔开双腿冷着鼻腔冷着嘴说，"你说你一个学计算机的不好好地去研究计算机软件，来当什么乡镇干部！你这不是浪费国家对你的培养吗？"

"你放心，我会回去研究计算机，但不是现在。现在，这是我的工作。我领了这份工资，就要对得起这份工资。如果哪天我不打算领这份工资，也就不会来了。但现在不行，我必须来，俯仰天地我无愧于心。至于做不做得下去，那是能力问题。我敬你也曾是大学生，是有文化的人，可以明事理。如果你连这点儿最后的尊严也不要，那你放心，我不会再尊重你。"

炮坚把大扫帚往他眼前一丢："去你的尊严！我的尊严早在二十多年前就没了！"

什么东西被重重摔到了地上，散了。往下的日子生生涩涩，没有润滑也能前行。刘永汀还去，不打招呼了，就远远戳着，以计算机编程的强悍耐性一戳一个半天，一戳又一个半天，准时报到晚点签退。他也不直直盯着炮坚看了，大多数时候把视线安放在柜台的位置，偶尔溜一眼店门口的洗衣池，或瞄一眼经过店门口的小狗。炮坚不赶他，也不看他，但时不时冲他的方向望上那么一两眼，从货架上取下二锅头递给客人的时候望一眼，凶那个站在店门口撒尿的小屁孩的时候望一眼，拿着苍蝇拍拍蚊子的时候望一眼，把烟屁股往门口弹的时候再望一眼……两个人像是没有交接的平行线，你开你的店，他站他的岗。刘永汀感觉得到，有些东西在一天天变软，可能是投在身上的目光，也可能是照在头顶的阳光。

"你说炮坚被感化？还真的？"表哥止不住哈哈大笑，"兄弟啊，你想多了吧？石头真能开出花来，午夜电话还会一天不落地响？你呀，还是太年轻、太天真，总把人想太好了，呵呵！"

刘永汀知道崇尚经验主义的表哥自有道理，但他还是相信自己的感觉。就像那次编程大赛，导师以为他很大概率会走入死胡同，他一直感觉曙光马上就会出现。结果是，他的感觉对了，他一路杀进全省总决赛。现在，已经过了十二点了，他已经做好准备。值班电话安静得像个熟睡的婴儿，时间一分一秒地走，胜利在望的感觉熊熊燃着，越来越旺。迷迷糊糊睡下时，电话响了。

　　　　　　　　　　　　　　　　　　　————————————橘子不是橙色的

"你好！这边是香溪镇政府，请问你是哪里？喂！喂！"刘永汀不知对方为何挂掉电话。他回拨过去。没错，是炮坚的号码。原本熊熊燃烧的火现在半明半灭。先是没人接听。几声响铃后，应该是被摁掉了。他不敢再打，担心同样背上扰民的锅。再躺下，却总也睡不着。他想象着对方上过厕所，泡了茶，开了电视，拿起手机……五分钟，十分钟，半个小时，一个小时，两个小时，电话没有再响。他意识到一个可怕的事实——他盼望接到炮坚的电话！那个相声段子中，那个一夜等待楼上年轻人的第二只靴子落下的老人的心情，应该就是此刻他的心情吧！他想。

失眠的猛兽拒绝入笼。刘永汀下了床，穿上衣服，往炮坚家的方向走。他不想任由事态就这么发展下去。他想看看一个电话把人吵醒的炮坚究竟在干什么。拐过俊民巷就到了溪东街，路边院子里时不时传来几声犬吠。远处工地上的嗡鸣声响着，一刻都不停歇。经过叶氏宗祠，再往前走十几二十米，路的尽头，炮坚家的二层小楼缩着脖子站在那里，黑着灯，店门紧闭，门上没有挂锁。再往上看，二楼炮坚的房间，老式玻璃窗一扇开着，一扇关着。起风了，那扇开着的窗户被风吹着往里送，"嚓"的一声，撞到窗台上反弹了出去，"吭吭"晃了两下，风又把它往里送，又被弹出……像是甩给墙一个接一个的耳光。他缩了缩脖子，把夹克的拉链往上拉，轻手轻脚地往回走——他不想炮坚起来关窗户的时候看到他。一下，两下，三下，玻璃窗还在撞击，只是撞击声越来越小。不对！他突然意识到出了什么问题。撞击声越来越大，越来越刺耳。他开始回拨那个熟悉的号码，楼上有手机铃声在响，不停地响，灯没亮。他焦急起来，一边原地往上跳，一边叫着："叶自坚！叶自坚！"还是没有动静。他想起前天有村民扛了一架竹梯就放在对面那家门口，贴着墙角卧在地上。他跑过去。还好，它还在。

架好竹梯，刘永汀颤着身子往上爬。上一次爬梯子还是在他七八岁的时候。那天，表哥带他去掏老厝土墙洞里的鸟窝，表哥护着梯子让他往上爬。梯子没有这么高，他很快就爬到了顶，按着表哥说的伸手进那个洞里，他果真摸着了几个小小的蛋。他兴奋地喊起来："我摸到了，我摸到了，一二三四五，有五个呢！""快快快，掏出来掏出来！"表哥比他更兴奋，伸出双手做接蛋的动作。他正要往外掏，手被什么咬了一下，吓得他整个人缩紧，把手一松，一拔，一甩，什么东西被甩了出去。蛇！蛇！随着表哥两声喊叫，他的身体摇晃起来，整个梯子往旁边歪倒下去……梯子很高，踩在上面的双脚发虚发软，身体有些僵硬，双腿跟着硬成两根铁棍，扶着梯沿儿的双手使不上劲儿。风更急了，玻璃窗"夸夸、夸、夸、夸夸"地响着，刘永汀的身子沉沉地往上移，近了，近了，总算挨着窗台了。他打开手机手电光往里照，床上没人，房门关着；桌上有电脑，桌子前也没人。

他再上一级梯子，手机往里一伸，没人，还是没人，等等，窗户下好像是一双脚？没错，没错，是一个人。"叶自坚！叶自坚！"他叫了几声，没有应答。已是梯子最后一级了，他伸长脖子往里探，脚下的梯子开始往一边歪，那一瞬间，他已顾不得回头看，把手机往窗台上一拍，抬起一脚迅速一勾，双手一抠，像一只树懒牢牢抱住树枝。好一番努力，他总算顺利骑上窗台。从窗台上跳下，来不及喘上一口气，他取过手机往墙角一照——炮坚背朝墙壁躺着！

刘永汀打开灯，蹲下身子，一股酒气直逼过来，熏得他睁不开眼。地上的炮坚双眼紧闭，面色铁青，发白的头发稀疏得很，身子蜷缩成一团，俨然一只遇到危险的穿山甲。不，不，应该更像是一只蒸熟了的皮皮虾。他第一次觉得眼前的这个人有些可怜。这个人跟父亲差不多年纪，却什么都没有。他学着电视里的镜头，将手指探到炮坚的口鼻处。呼吸没问题，顺畅得很。他拍叫了两下，对方一动不动。他试着抱起炮坚的上半身，想把他整个人往床的位置拖，可看起来细细瘦瘦的一个人，却有着超乎想象的沉重分量。就像是游泳时被溺水的人拽住，往下，往下，刘永汀试了两三回，终不得手，只能改变策略。他抱来被子，一半往对方身子下塞，一半往对方身子上盖。又拿来枕头，正要往炮坚脑袋往下塞，炮坚突然睁开了眼，一手抓住他，一手在地上摸："你是谁？你怎么进来的？你来我家做什么？"刘永汀刚想开口解释，炮坚抓过墙角的酒瓶，挥起，砸下。

额头一阵温热往下流，天地一片血淋淋的红。

刘永汀醒来的时候，发现自己躺在医院的床上。表哥听他简单讲完昨夜惊魂，一边骂他狗拿耗子，一边又骂起炮坚狗咬吕洞宾："你知道那个炮坚一早怎么报的警？他说他家里遭贼了，他还把贼给拿下了。就他那家，还能遭贼？真是笑话！"没几分钟，派出所的民警来做了笔录。临近傍晚，表哥回镇政府吃饭。刚迷迷糊糊躺下，有人进了屋，他以为是护士，并没有睁眼。那人却没有走到床边查看，似乎就远远站着，好一会儿还在那里。他努力睁开眼，却见一个穿衬衫戴口罩的人站在床尾位置，双手扶在床尾架上，眼镜后堆着两眼笑，说："你醒啦？没事吧？你现在是不是特别想揍我一顿？你是不是特别后悔来乡镇？你是不是特别想走？"

原本准备得好好的弹药却从炮坚的枪口发射出来，刘永汀只觉胸口一阵疼，他侧过身去。如果父母知道这样的结局，还会坚决要我留在家乡？可是，现在，怎么可以离开？打败仗举白旗，这不是我的风格。不走？再去面对这样不讲道理的人？再去服务他？真的值吗？还有多少这样的人？一个个问题在心中盘旋。炮坚摘了口罩又说话了："说吧，你怎么会来我家？"

"该说的我都跟警察说了。"你走吧！刘永汀保持着侧卧的姿势。

"我想听你自己说。那么晚，你怎么会到我家来？真的是因为我没打电话？不，我打了，我听到是你的声音……"炮坚往上顶了下眼镜说，"昨晚按理不该你值班。我算过。你们八天一个班次，四十岁以下才需要值班，每个班次四个四十岁以下的，三十二天轮一次。是不是你同事跟你换班了？我知道你有回拨，我没接。好，即便是因为我没打电话你才来的，那你怎么就知道我出事了？怎么会从窗台爬进来？说吧，是不是因为帮我修了电脑我没给钱，所以不甘心？还是因为看我不爽想来整我？你刚出社会就想报复人？别跟我说你是为了我好，我可不像警察那么好糊弄。现在能有这样的好人？还是根本就是你有特殊嗜好！"

炮坚密密地说，急急地问。刘永汀觉得他嘴里的那两条河流已经在悬崖前合拢，只剩下一个名字叫刻薄。河流还在往前狂奔，马上就要坠落，刘永汀一个急转身坐了起来，双眼死死盯着炮坚，拿手指频频戳着自己说："是我傻，好不好？好不好？是我自作聪明，看你窗户一半开着一半关着，觉得这不符合你的习惯。这样你满意了？话说到这份上，你能不能也告诉我，你为什么会关一半的窗户？你不是一直在主张开窗户的权利？"

炮坚怔住了，像是河水停止了奔跑，又像是空气停止了流动。他的手掌在床尾架上摩挲来摩挲去，仿佛答案就在那里。好一会儿，他才说："工地那边实在是吵，喝了酒，还是觉得吵，睡不着，就爬起来关窗户，也没开灯，刚关了一扇就摔倒了……"

"你还没有回答我的问题。"刘永汀把目光下移，冷冷地说。

"你别说，关上窗户，声音确实小了许多。"炮坚提高了语调，有几分讨好地笑。

"你还没有回答我的问题。"刘永汀略微抬起目光问，"你不是一直在主张开窗户的权利？"对方没回答，他就那么一直看着，看着。炮坚抬手一扬说："哪儿那么多为什么？你值班，我不想打电话。没为什么，就不想打。"

"因为我？"刘永汀不敢相信自己的耳朵。那一瞬间，似乎有些东西在胸口涌动，眼睛里湿热起来。炮坚哈哈一笑："你想多了，我只是恰巧那天不想打而已。"有些情绪还在眼睛里发酵，炮坚已经岔开，说起另一个话题："这两天我一直在等你，我以为你还会来。"

很多东西绞在一起，刘永汀不知道从哪里开始说。三天前，母亲大人一通电话把他召回家。说是父亲想见他，其实是母亲想让他去见两个女孩儿，一个是教师，一个是护士。都是姿色中等的实在姑娘，都是适合结婚的对象。母亲的用意非常明显：拿一个本地姑娘拴牢儿子的心。母亲不知道，他不是风筝，婚姻也不是拽风筝的那根线。真想飞，有风就行了。

"你没来。你放弃了？不想说服我了？"炮坚问。

　　　　　　　　　　　　　　　　橘子不是橙色的

像是被按了倒退键，那些湿热在一点点往回收。刘永汀耸了耸肩膀说："无所谓了。乡镇工作，我不会做很久的。我不擅长跟人打交道。还是跟计算机打交道好，简单。"

可是人有感情，机器没有！炮坚有些激动起来。现在的年轻人做事怎么可以是无所谓的态度？事情马上有进展了却打起退堂鼓？末了，他喃喃地说："农民变市民，我觉得也挺好。"

"我不适合乡镇吧？"刘永汀低头，拿右手的拇指抠左手中指的指肚。好一会儿，他似乎明白了什么，猛一抬头，惊讶地问："你刚才说什么？你同意签合同？"

"你是不是觉得在基层做这种工作很浪费？我看你是身体归乡，灵魂还流落他地。这样不好，这样你终有一天会精神分裂。你要让它们统一起来，合为一体。"炮坚没有回答，只是说："乡镇需要你这样的干部。所有人都把我当疯子，只有你知道我不是。"他更像是在自说自话。"你注意过女人的脸吗？那些年轻时细皮嫩肉的看起来是漂亮，可上了年纪后，衰老得也厉害，反不如那粗糙的柚皮脸耐看了，是不是？将来这里真建成信息技术产业园，需要有一个懂行的领导来分管。"炮坚的语气突然亮了起来，"你知道'长赐'号货轮最终靠什么解困？"

刘永汀显然感觉有些莫名其妙：新闻里说挖掘机挖了几天……

"那么小的挖掘机能挖出什么来？你没注意到解困的日子？3月29日。28日晚上是什么？满月啊。满月是个什么时机？地球受到的太阳引力和月球引力正好处于相反的方向或同一方向，涨潮就会达到最高潮。最高潮懂吗？不明白？涨潮是不是水涌上来？"

"嗯，明白了。"

"明白了？"

"差不多。"

"真的差不多？我看你还是没明白。水能覆舟亦能载舟不是？现在明白了？"

"明白。"

"那你说这橙子是不是橙色的？"炮坚指着桌上的几个不知火问。

"当然。"

"不，它只是看起来是橙色的。所以，明白了？你觉得适合不适合，也只是你觉得。"炮坚把目光抛向窗外。一棵瘦高的玉兰树，几只麻雀在枝丫间蹿来跳去。"都说早起的鸟儿有虫吃，你说早起的虫儿是不是也有鸟吃呢？"炮坚问。

这个……刘永汀没反应过来。他注意到，今天穿在炮坚身上的衬衫特别白，特别笔挺，一丝褶皱都没有。好一会儿，他才接了一句："也许吧，谁知道呢？"

花房有鱼

如果不是他马上就要死了，她第三次回观音岩的时间肯定还会再晚很多年。

　　第一次上岩是 22 年前。那年冬天，他用借来的凌志轿车把她娶进门。每次说起那个扯断肝肠的大喜日子，她即便嚼着麦芽糖嘴里也尽是胆汁。从县城到镇区的山路有些弯弯绕绕，她的肚子一路都在酝酿事端。好不容易到了山脚下，她正想打开车门喘几口气，却看到他比锅底还黑的一张脸。不行不行，辰时马上就要到了，得抓紧上山，卯时一定要进门。没办法，她像头牲口被鞭子赶着一路吐上山，心思跟着路边那些迎风的芦苇一起飘摇。

　　她觉得受骗了。她当然知道他家在山上，但他说，山不高，一点儿也不高，可实际上高得很，一直在爬坡，爬不完的坡。洞房花烛之夜，她生着闷气不让他碰，他用力扳过她的身体说："我怎么骗你了？我们这山怎么会高？你看对面，那里，那儿的山可比我们高多了，是不是？"她第一次意识到思想的落差——她心中关于山的参照物只是学校后山的那个小山头。想来，一开始就注定是个错误。有些东西不知不觉间就留下了痕迹。年轻时确实可笑，跟他

　　　　　　　　　　　　　　　　　　　　——橘子不是橙色的

见过三次面就确定了婚事。父亲同事介绍两个人见的第一次面，没说几句，他直接就坦白交代，父母都是农民，家里只有茶园，有很多乡下亲戚需要帮忙。母亲说，农村出来的热心、直率，不遮不掩，不像邻居家姑娘去见的小伙儿，说父亲是开矿的，其实就是个挖煤工。后来，他约她看了场电影。电影讲了什么她已经没印象，她只记得男主人公有一个可以养鱼的花房，出电影院的时候他感慨道："等将来有钱了，我也做一个可以种花种草的花房，再养一缸热带鱼。"她听得心头有些发热。母亲不关心这些，母亲关心的是从头到尾他连胳膊肘都没碰她一下。母亲说，这人看来还挺老实，靠得住。再后来，他约她去了趟公园，送了她一条上海的桑蚕丝围巾。母亲说，这人看起来挺豪爽大方，不会小家子气。母亲说的都对，但她只看到单面。母亲不知道所有的这些都是双面的，当自己还是别人时，正面朝上。当自己成为他的家人后，正面开始朝下。

　　开车的是他堂侄。说是堂侄，却至少比他年长五六岁的样子。一早查了下滴滴顺风车，到观音岩要将近 100 元。她默默退出软件，跟他大嫂说打不到车。他大哥跟他一样的急性子，马上安排从省城往岩上赶的堂叔拐去城里接她——好像她早一点儿上岩，他就可以晚一点儿死。高高在上的观音岩，从来关乎的不是大悲就是大喜。五年内两次上岩，皆因为有人去世。人生像是一出时时反转的戏，大喜埋下了大悲，大悲又何尝不潜藏着大喜？他父亲去世那一天，她才知道他的眼里也装有泪水，心也会疼。那一瞬间，欢喜像是一道光透过石头缝隙照进来。她以为就这么改变了。可是没有。他父亲的遗像刚摆进厅堂没两天，他的各路酒友就打着安慰他丧父之痛的旗号把他拉进酒场。于是，一切照旧，欢喜皆空。时间流动得如此缓慢，明明只隔着五个年头儿，却像是隔出了五个世纪。

她一坐上车，他堂侄就讲个没完。讲他对他们一家的好，讲他对远近堂亲的各种关照。他就是这样，对别人总比对自己人好。他堂侄像在犁田，犁过一垄又一垄，像翻开他一本厚厚的功劳簿，她看到教堂里被钉在十字架上的耶稣。她沉下脸，低下头刷微信，一页一页迅速翻。记在他名下的账，三天三夜都翻不完。堂侄停住嘴，踩下油门，把汽车开得跟飞机一样快。她拿出事先准备好的保鲜袋，对着嘴把袋口抻开。他堂侄瞟一眼后视镜，嘴角一咧，说："这路这么宽这么平，您放心，绝对不让您有吐的机会。"路况确实有些出人意料。修这条公路时，他捐款两万元。她说他是打肿脸充胖子，他说人不能忘本。公路剪彩后不久，他约女儿上山，女儿有些犹豫。她发话了，再过几个月就中考了，哪儿还有闲时间？上了高中，时间就更宝贵了。这个话题像被上了锁，他没有再提。再好的路在山上顶什么用？就像再帅的小伙儿还是农村户口，她会允许女儿跟他谈恋爱？

————————————————橘子不是橙色的

她往窗外吐了一口痰，恶狠狠地。道路两旁的山坡上，那些已经连成一片的当年的芦苇如果有记忆，是否想抓住复仇的机会反吐她一身？

合上窗户的时候，车厢像刚被霜冻过，有一种干硬的冷。他堂侄挪了挪屁股，偷偷放了个很臭的闷屁。王家人可真够厉害，连放屁都能放出同个方式同款类型的臭。他总喜欢在家里放屁，餐桌更是重灾区。看他停住嘴巴、放下筷子、抬起屁股，她就知道他的"三步曲"又来了，只好抱起碗就跑。动作稍微迟缓一两秒就来不及，无形的烟雾弹立马漫天飘散。她拿手盖住碗，可碗里的每颗米饭、每根菜依然无法避免沾染他的屁气，她总是一阵连着一阵恶心干呕，瞪着他问："你不会去走廊上放？"他拿手往空中扫了扫，说："吃饭皇帝大，放屁是常情。会放屁说明身体通畅！太舒服了！"说完，继续低头吃他的饭。

她很奇怪，今天居然没有恶心感，也没有干呕。她打开窗户，对着风说："放点儿音乐吧。"

"嗯？什么？"他堂侄没听清楚。

"我说放点儿音乐。"停顿了差不多五六秒，她关上窗户说。

音乐瞬间响起。一声舒缓的"咱老百姓——"后紧跟着的是非常动感的节奏，整个车厢似乎也跟着律动起来。她眉头一皱，主歌起，放的是解小东的《今儿个真高兴》。一遍接着一遍的"咱老百姓，今儿个真呀真高兴"。他堂侄意识到了什么，嘴上忙不迭地说，不好意思，不好意思，我换一首我换一首，脚下已经踩了刹车，手上开始好一番忙乱起来。

不用，就这首。她冷冷地抛出一句，心有万千个结在扭在绕在转。

结婚第二年谷雨那天，他请了一群人到酒店给她过生日。说是给她过生日，请的却都是他的朋友，讲的都是他喜欢的话题。她憋了一两个小时的气，好不容易把一顿饭给吃完。刚起身，连商量一声都没有，他又说要请大家去唱歌。生日蛋糕在 KTV 桌上摆了半天，大家你唱我唱，完全忘记了活动的主题。她一个人窝在角落里，数着越来越多的酒瓶，算着酒瓶背后的费用，听他们花着她的钱唱歌，看他以她的名义跟他的那些酒友们喝歪在一起，半个月工资去了，一个月工资去了……想着自己为了一件衣服跟人家还价三五元钱，一家服装店走了五趟；为了菜根儿的三二两重量，跟菜农就三毛两角计较半天，越想就越来气。肚子似乎接收到了这个信息，开始一点点痛起来。她凑近他说："我身体不舒服，我要先回去。"他头都没回，连连摆手说："等一下，等一下！"继续跟人划拳。等了两三分钟，她又说要走，他拉住她说："来，我教你划拳。"神经病，划什么拳？她在心底骂，继续等。等了四五六七分钟，她又去说，这回音乐起，他抓起麦克风，说："不急，不急，我唱首歌送给你。"说完搂着她摇摇晃晃往边上跌，嘴里开始唱了起来："咱老百姓，今儿个真呀真高兴！"她很是厌烦地甩开他的手，可他完全不知她的情绪，依然沉醉在自己的歌声里。那"高兴"一遍又一遍地响在她的耳畔，搅动着胸口的东西翻滚着往上涌，脑袋里突然有个东西炸开。她看看椅子，又看看桌子，冲过去双手抱起桌上的生日蛋糕往地上狠狠一摔。"啪——"蛋糕把什么都说了。

世界上许多黑暗的婚姻也是从美好的爱情开始的，就像再热闹的爱情也要安静地落下帷幕。婚姻一旦成了臭水沟，爱情只有腐烂——何况他们的婚姻里本就没有什么爱不爱的东西。她觉得被骗的还有好多，婚前的一切看来都是假象。结婚后，他依然爱往岩上跑。之前一直以为他孝顺，回去就是看父母，后来才知道，完全不是。经常是隔着几辈的堂亲的事，有人结婚了，有人去世了，有老人做寿了，有小孩儿满月了，但凡随便一个托辞都可以不回去，但他每次都能拿出一万个必须回去的理由。乡下人就是麻烦。不仅如此，他还一次次把乡下客人往套房带，又是好菜，又是好酒。他依然豪爽，只不过他的豪爽对象只有别人，而她已经变成了自己人。这让她很不满意。她不会出口阻止，但她可以在自己脸上出谜面。至于谜底，由你猜。他让她帮忙洗个菜，她说她要改作业。他让她出来一起吃点儿菜，她说她不饿。他让她出来敬大家一杯酒，她说她不会。他让她出来送送客人，她说她穿着睡衣呢。慢慢的，他开始把客人往饭馆带，她的脸更臭了。平日里，他经常帮这个女邻居拎东西上楼，帮那个女同事代个课，她冷冷地说，有时间操心别人老婆的闲事，为什么不操心自己老婆的事？他把脱下的鞋子一丢，粗话跟着丢了出去："你姆的，你以前不就喜欢我乐于助人吗？"她在心里一万次地说：我不是人吗？家里的马桶也会堵，电灯也会坏，你不知道吗？可是嘴一张，一闭，一截话像是横着往灶口塞的木头动弹不得。恋爱时真是昏了头，这婚后才看清的种种罪恶婚前怎么会都当成美德？他依然爱买东西，有时带回几盆花，有时带回一缸小金鱼，她埋怨他爱浪费钱；他依然爱运动，三天两头往球场跑，她埋怨他一点儿不顾家，孩子出生前一个小时还在球场上；他依然爱研究美食，她埋怨他除了吃啥都不懂；他依然爱跟人开玩笑，她埋怨他就知道哄别人开心……几个人说笑打诨，她一进来，一个个坐化，他笑着说她："怎么你一进来就带来一股冷风？"她变脸道："总比你带一股飓风回家来得强吧？"

　　人生就像一颗需要不断纠错的仙人球。如果任其自由生长，注定长出一堆大大小小没有重点的仙人球，注定开不出花。她想帮他摘掉多余的小球，可他不容许，还暴力还击。嘴上的，手上的，脚上的，他身体的任何一个部位随时都可以成为暴力源。他可以不要面子，她不能不要。她不跟他吵，不跟他闹，忍着，憋着，憋死他——果然她越不说话，他就越生气。当然，这些她都不会跟人说。自己的伤疤亮给别人，只会成为别人的笑柄，甚至将来还会成为别人攻击的武器。他以为他赢了？哼！骂不过他，还弄不死他的东西？他不是爱种花吗？好，他发一次脾气，她就拿开水浇一盆花。再发一次脾气，再浇一盆花。花都死光后，他再发一次脾气，她开始拼命投喂鱼缸里的热带鱼，他骂一次，就吃撑死他一条鱼。这很公平。慢慢的，他不再手贱，不再种花，也不再养鱼。女儿读小学的时候，养过一只小鹦鹉，她没想过下手。可是那年冬至日，他又动粗骂人，她赌气不给小鸟喂食，又忘记把鸟笼拿进屋内，天亮一看，饥寒交迫的小鹦鹉也死了。

好在女儿亲眼见证了他很多次火药桶爆炸的高光时刻。女儿无条件站在她这边。

这一次，他大哥连夜把他从省城往岩上载，她自己一个人在城里多待了一个晚上。用她的话说，那是他的农村，他一个人的农村。不属于她，更不属于她的女儿。每年寒暑假，他总会约她们母女俩一齐回岩上，一开始她还会应说："要去你们去。"后来，干脆连这句也省了。好在，女儿随她，上山也晕车，去了两年，再说要回观音岩就把身子一缩，头一僵，双手直摇。那以后，他也只能作罢。

眼前，破旧的大厝早已改建成三层楼房，抽水马桶用上了，淋浴房用上了，液晶电视用上了。但也无非如此。"早跟你说了，这十几二十年茶叶行情好，岩上现在可漂亮了，你就是不信！"她想起之前他说这话时那种连眉毛都在跳舞的神情。"鸭母镶金也扁嘴！"这句他经常挂在嘴上的话，她在心底一万次把它回给他。平生第一次见他如此安静——别说骂人，他连说话的力气都没有了。可怖的黄色浸透他的脸。摸着良心说，他并非恶人。但他有一张恶嘴。那恶嘴一张，有刀有枪有炮有火，有毒性强大的药。这种嘴上的恶有时比心里的恶更可怕，它太直观，太强悍，攻击性太强，传染性也强。好的婚姻关系应该是漂亮的斗拱，一根根看不见的榫卯支撑着，你凹进去的地方正好我凸出来，紧密契合在一起。可他们不是。从来不是。

人是极其复杂的动物。当你极度喜欢一个人的时候，他拿水泼你你都觉得浪漫。当你极度厌恶一个人的时候，他就正常喘个气你都觉得是在犯罪。结婚不过一年，他就成了她跟人谈论时的"那个教体育的"。他也回敬她"语文老师"的称谓。语文老师性子慢，教体育的性子急。教体育的说"马上"指的是百米冲刺的速度，说"几点整"指的是空心投篮的准头儿，可往往他"马上"或者"几点整"了十几二十分钟，甚至半个小时，语文老师还在绣花一般地上看下看，左磨右磨，有时是犹豫该穿哪件衣服，有时是在琢磨带什么东西好。女儿出生后，问题就更多了。正吃着饭，床上的孩子一哭，教体育的放下筷子赶紧去抱："你姆的，快，快，快给她吃奶！"语文老师慢腾腾地挑几粒米进嘴里，慢腾腾地夹几根菜，慢腾腾地说"等一下"。这一等，五分钟过去了。上了小学，每天早上，他争分夺秒地起早做饭，临出门，她说要加一件衣服或者脱一件裤子，他看着手表干着急："你姆的，快点儿快点儿，要来不及了！"她缓缓地说："急什么？等一下。"这一等，十分钟过去了；再一等，十几年又过去了。

女儿还在飞机上。他大哥十天前就要求孩子请假回来陪他最后几天，他没同意。四天前，他大哥又要打电话，这回他没拦，她发话了："不行，小雅要考试！她要保研，绝对不能挂科！"他大嫂说："可以申请延期考试，怎么会挂科？"她当然知道可以延考，可她不想小雅期末这么长时间的复习白准备了。她把身子一扭头一转什么都不说，脸上横生出一把寒凛凛的刀，这刀拦腰一切，所有人的想法如同案板上的一根白萝卜，干脆而响亮地断成两截、三四截。直到前天，他大哥的医生朋友说："回去吧，恐怕拖不了两三天了！"她这才收起脸上的刀。

进门时，女儿一眼瞄到了躺在床上一动不动的他，只那么一眼，目光便迅速移开，在房间里搜索起来。女儿很快找到了她，身子来了个九十度转弯，往她的身边贴过来，往

她的身后躲，双手紧紧揪住她的手臂。女儿水汪汪的眼睛里
只有惊恐——他已经完全没有人样了。如果不是完整地经历
他每天一斤两斤一点点往下掉体重的过程，她也会怕。女
儿秋季开学后他查出问题，手术、化疗、电疗，仅仅三四
个月的时间，像是燃尽煤油的灯，癌细胞吞噬了他所有的
脂肪和肌肉。人生五十年的旅途中，他胖了四十年八个月。
他总是拼命吃，拼命喝，然后再拼命地减肥、健身。她说：
"你不吃那么多不喝那么多，像我这样哪里还需要减肥？"
他说："像你那样一米六就八十斤？你不要以为真的是人家
说的苗条，你那是身体有毛病。再说了，像你那样不消费，
社会怎么会发展？该吃吃，该喝喝，该减肥再减肥，我这
是在以各种方式为国家的 GDP 作贡献。"他是家里运动量
最大的人，也是同一年龄段里最早走进健身房的。他有他的
一套钢筋水泥原理，说是人的骨头就像钢筋，肌肉像水泥，
单有钢筋依然会弯会断，灌上水泥就完全不一样了，各种
锻炼其实就是在提升水泥标号。她说，要提升水泥标号不花
家里钱就可以。她有她的一套免费锻炼原理，说是很多人花
钱请人来家里做卫生，再花钱去健身房锻炼，这等于花钱
请人来家里锻炼，不是白糟塌钱？他说跟她讲不明白，她
说她也不想明白。实践证明，花掉的钱没有买来健康，他的
钢筋水泥没有发挥出作用。两天一次游泳，一周一次健身
房，不管他花了多少钱，癌症一来，钢筋照样断裂，水泥

照样瓦解。

有时候也觉得他可怜。纵有再多的朋友，又有谁可以代替他生病？杯中的酒可以随便找个人代替，身上的肿瘤谁愿意替你长？可这一切还不是他自找的？一米七八的身高加重了他的瘦，他的全身上下只剩一层皮，一层干干皱皱的皮，透着黑的黄皮。可即便生了这么重的病，即便每时每刻都需要人服侍，他的脾气依然没有任何收敛，甚至还在升级还在提速——仿佛他的病跟她有关。喝酒可以成为他无故骂人的理由，生病一样可以成为他随意发火的借口。这也是她极不能原谅的。汤咸了淡了烫了凉了，他不是扔碗摔筷就是砸汤匙，再就是丢给她一句："你是不是巴不得我早死？"化疗时一疼起来，他把她的父母兄长逐个骂过去，骂他们教出这样的好女儿好妹妹；有人来看他，他骂她存心要丢他的脸，他现在这个样子怎么见人？没人来看他，他又要骂她整天一张生锈脸，像是家里死了人，谁愿意来看她这张脸？她什么脸？他早已忘却，她也曾如花似玉，也曾娇羞欲滴，如果不是拜他所赐，怎会落得如今高颧骨、凹脸颊、深眼窝和一脸黄鹤斑？一百零三天，她已经受够了！不，不，何止一百零三天？整整二十三年！好在，快了，快了，倒计时开始了，一切都快结束了。这两天终于消停了，很快就要解脱了。房间里一股消毒水和药水的味道，这种味道覆盖了房间里的冷。她转过身去，把与她差不多高，体重多出二三十斤的宝贝女儿搂进怀里，挡住背后的所有。

"小雅，你爸最疼你最想看你了，你怎么躲那边去了？你赶紧过来呀小雅！"他大嫂招呼着走过来，伸手就要来拉女儿。女儿像一只受了惊吓的小兔子，蜷得更紧了。他大嫂的手像老鹰的嘴一样叼住女儿，怕叼不牢，干脆往腋窝底下夹，边夹边说："他是你爸，你别怕！你怕什么呀？"女儿可怜地向她求助，她点了点头，女儿极不情愿地放开手。她没有跟上来——她不想见他，她相信他也一样不想见她。

他知道女儿回来了，拼命挣开眼，拼命想坐起来。他像只虫子一样在床上蠕动了三两下，双手在两侧摸索了几番，终究只能无奈地放弃，重新软瘫在那里。他的鼻孔插着氧气管，胸口、手腕上连着心跳监护仪，手背上扎着针，针管里滴着用于镇痛的药水。女儿三岁那年夏天，他也这样不省人事地躺着。连续三天拉黑便，他还不以为然，继续征战酒场，最后直接从酒桌上被抬进医院。好不容易捡了条命回来，总算禁了酒。两个月期限一到，喊酒的电话一来，屁股又坐不住了。他指着门小心地说："我去跟他们坐坐就好，我不喝！"

她的鼻孔里吹出一股冷风，说："哼，酒虫养那么大只，还能不喝？你就不怕喝死？"

他把心一横拉开门，嘴巴比不锈钢门还硬，说："人固有一死，喝死也总比死不喝舒坦！"

隔在两个人之间的门"砰"地一声关上了。

人生就像是个大气球，每天都在往里充气，她以为她总有一天会爆炸。结果，她还没炸开，他先瘪了。令人费解的是，酒喝进胃里，拔掉他气门芯儿的居然是肝不是胃。她有些想不明白。

他的大哥和侄子、大妹和小妹都立在床的两侧，小妹的儿子挨着小妹站。她的脑子里突然浮现出那张获得世界新闻图片大奖的照片：一只秃鹫死死盯着一个瘦骨嶙峋的非洲小孩儿看。他的亲人当然不是秃鹫，但也好不到哪里去。他的大哥初中毕业就读了个职校，七搞八搞搞到了乡镇党委书记的位置上。他的大嫂高中还没毕业，却因为老公一人得道跟着鸡犬升天，七弄八弄，居然也能弄进公务员的队伍里，还搞得这个单位有朋友那个单位有同学。他们自己好了，就从没想过帮自己的弟弟弟媳妇也转到政府部门，他好歹是个大学生，而她好歹也是个正牌中专生。他的大妹高中没毕业就跟人私奔，老公七闯八闯，居然还办起了工厂，家里有的是钱。那年因为买第二套房子，她开口跟他们借十万元，他们居然好意思说厂子在扩建手头紧，只能借给他们五万元。他的小妹几年前离婚，带着儿子回到观音岩。说是在村里的小学代课领工资，如果不是啃着他每个月拿给母亲的养老钱，她儿子能养得白白胖胖？一股淡淡的檀香味飘了过来，此刻，他的母亲定然又在厅堂上点起了香，冲着祖宗的牌位又是跪又是拜。如果祖宗真的会显灵，就该先把这个偏心的老女人收了去。孙子孙女小的时候同时放在她手上带，大孙子养得高高壮壮，小孙女养得又瘦又小，成日里不是发烧就是咳嗽。明明看见老人把瘦肉汤给小孙女喝，把瘦肉给大孙子吃，说她，老人还有脸说小雅不爱吃肉。如果不是小时候没养好，她相信，小雅绝对考得上清华、北大。

他大嫂把小雅往床头推，小雅杵着身子，他大妹说话了："你这孩子怎么这么不懂事，你爸成日就念叨你念叨你，你还站在那边不过来？快过来啊！"小雅被他大嫂推着往前挪了两小步，又往后背墙的位置缩了两脚，低着头，眼睛直直钉在地板上，像是地板才是她的父亲。

他抬了抬手，终究连手都离不开床，只能再次放弃。随着手一软，嘴里吐出长长的一口气，他的身子又陷下去了几分。他大妹看不下去了，冲过来连推带拽把小雅拉到他的床边，拉起小雅的手往他的手边放。他刚动了动手指，小雅迅速把手往回抽，被他大妹围追堵截往前送。什么都被他看进了眼里。他缓缓翻转过手掌，掌心向上，像在等一只即将歇落的漂亮蝴蝶。可惜，漂亮蝴蝶没有歇落的想法，她的眼睛看向的是母亲。母亲的眼里没有答案。

他大嫂冲他大妹递了个眼色，他大妹退到一边。他大嫂一手搭在小雅的肩上，一手拉着她的手，轻轻地拉着，轻轻地说："小雅，你爸等了你这么久，肯定有话要跟你说。你不用害怕，他是你爸，他现在最放心不下的只有你……"见小雅的目光还没有回到正轨，他大嫂转向她的方向说，"你说是不是，美茹？"这回，她终于发话了，说："是啊，他是你爸，去吧！"他大嫂把小雅的手轻轻往他的掌心放，那掌心努力了几下才合拢起来。他说的每句话就像是从他的掌心缓缓渗出，时断时续，又细又短。

声音很弱，但她听得很清楚。他有两张银行卡，一张在他身上，一张在单位办公桌抽屉里。她叹了一口气，摇了两下头。果真世界上唯有钱最值得信任——他终究还是信不过自己。也是，自己又何时信任过他？两张卡里总共还有三十六万元，五万留给母亲养老，五万给小妹的儿子当学费，剩下的都留给女儿。她知道他有钱。但她不知道他背着她偷偷藏了这么多钱。这么多年，除了学校发的工资，他每年寒暑假都跟人合办篮球培训班，赚了不少，被他酒桌上喝掉的也不少。如果每个月少喝四五场酒，一年至少可以省下三四万元，十年就是三四十万。真是可惜。他倒是对他王家人考虑得周全，给母亲和小妹都留了钱。那我呢？我还不如他小妹？我不是王家人？她冷冷一笑。也是啊，就快不是了。算了，这么多年，这样的东西还少吗？别人的储蓄罐里存储的是钱是快乐，她的储蓄罐里存储的永远只有烦恼。

他停下来喘气。大口地喘着气。有那么几秒，屋内的一切都静止了。他大妹走过去帮他捋着胸口，让他先休息一下。他用力摇了摇头，看着女儿又继续缓缓地往下说："要学会跟同学处好关系，要学会交朋友，多个朋友多条路，不要只顾读书，将来出社会不像读书这么简单……你要孝敬你妈！这辈子，我没有让她享过什么福，她也一直对我有很多不满。"

他总算说了句人话。他总算还想到了她。她的心头微微一晃，像是冷冷的肚子里进了口热汤。他小妹正好看过来，目光一对撞，她马上又进行了否认。单有话有什么用呢？话谁不会说？一句话抵得过五万？世间唯有从银行取出来的钱是百分之百真的，什么东西不能造假？

或许这句他压根就不想说出口的话耗掉了他太多力气，他又停了下来。气喘得更粗了，胸腔一上一下地起伏。他的目光绕着床走了一圈儿，走到他小妹的孩子时就走不动了。他的手指往掌心处勾了两下，说："其他人日子都好过……将来你要照顾你表弟，我就不放心他。"

"王得力，你能不能给自己的女儿留点儿好？小雅还是个孩子，你就要她去照顾别人？她拿什么照顾别人？她自己都还照顾不好自己呢！"

"我是说，我是说，将来她有能力……"他瞪大眼睛盯着她，大口喘着气。

　　　　　　　　————————橘子不是橙色的

她能有什么能力？她朝着厅堂的方向大声说："当年不是嫌弃我们生的女孩子吗？现在倒是需要依靠上我们女孩子啦？男孩子好啊，男孩子厉害啊，那你们依靠男孩子啊，你们男孩子不要依靠我们女孩子啊！"孩子出生的那一天，她刚被推出产房，隐约听到他妈对他大妹说："是个臭妹仔！怎么会是个臭妹仔呢？哎——"这一声"哎"像把利刃在她的心头刻了整整二十年。她握紧床上的扶手咬牙对自己说："我一定要让他妈后悔自己说的话！"从小学一年级开始，她逼着他托人找关系让女儿进最好的学校、最好的班级，高中时更是进了实验班。小雅很争气。他的兄弟姐妹们生的儿子们没有一个能与小雅相比，甚至提起来的资格都没有。

　　"你——你——我是说……"他的胸脯剧烈起伏着，声音一点点变小，变弱，"将来她，她肯定比小杰过得好……"突然，"呼"地一声，血从他的嘴里喷涌而出。"啊——"小雅尖叫着跳出几步开外，他大妹大哥率先往前冲。床上瞬间一片殷红，床边已经乱成一团，屋内各种忙碌奔跑，拿脸盆接，拿毛巾擦，打电话找医生，帮忙拦住要进门的老人……所有人都奔向他。小雅又往边上退了几步，没有看他，只是拼命甩手往身上看。看见上衣溅到血，她赶紧脱掉上衣往一旁凳子上扔。再看裤子，又看鞋子，确定没有沾到血，这才收起惊恐状。像是交出了一份满意的答卷，小雅步态轻盈地走出考场，走向她。她用最大的怀抱迎接了女儿的回归和到来。他就是这样，到死都不会承认自己的错误。幸亏女儿更多遗传了她的基因。她背过女儿的双肩包，摸着宝贝女儿的头说："不用听他的，他已经糊涂了……赶了半天路，你累了吧？走，上楼去睡觉。我也累了。肚子饿不饿？要不要吃点儿东西？你今年的考试准备得怎么样……"

他被大哥大妹一人一边扶住，整个人几乎半坐起来。血从他的嘴里汩汩而出，很快就是小半盆。他攒了两天的力气，终于零存整取一次性全都耗尽了。

来吊唁的人像是沙滩上冒出来的沙蟹，一只接一只，一拨接一拨，一群接一群。这让她很烦。她觉得顶多一天就可以解决的问题被无端放大到了三天——他大哥说道士挑不到这一两天有什么好日子，其实用脚趾头想都知道是因为好几个路途遥远的堂亲正从全国各地往家赶。他平时就爱折腾，死了也还要折腾人。人都走了，还有这必要吗？她想。她与他是硬币的正反面，是南北两个极。她崇尚简单：简单的物质生活，简单的人际关系。她不轻易交朋友，也不轻易参加社交活动。所有的社交归根结底就是花钱。不仅花钱，还要耗费时间、精力，甚至还费心思。她宁肯选择在家看电视，或者到河滨路散步，这些都不花钱，还什么都不用想，也什么都不用说。他不同，坐不住闲不住，整天就想往外跑。就在体检报告单出来的前一天晚上，他给她做完晚餐又要奔赴酒场。她见状把粥碗往桌上重重一放说："你忍个一两天不喝会死啊？"他呵呵一笑说："都说了喝酒只是一种手段不是目的，男人的人际关系需要酒局来维护。今晚小雅学校有个教授回来，我去认识一下。好的人际关系就像狗肉，助强不助弱。单靠关系没有能力绝对难成事，优秀的人再助上点儿关系，凡事皆可成……"她不等他说完，鼻子一抽，喉咙深处一个"哼"："是啊，所以你就天天吃狗肉？天天这么吃，你也要消化得了啊。"她拿起筷子敲着碗说，"反正我已经说过很多次了，如果将来你因为喝酒身体出毛病，我绝对不管你！"他拍了拍胸膛，边换鞋边说："放心，我这强壮的身体保证出不了什么问题。"她怎么都想不到自己一语成谶。她更相信他每天都在织一张脆弱的蜘蛛网。说他网出了什么关系？倒还真有。比如，两个月前在省城的手术，酒友的专家大哥亲自操刀。可亲自操刀又能怎样？还不是一样的结局？再结实的蜘蛛网，风一来雨一来，照样丝断网破。

因着她的关系来的，无非三五个同事——这样很好，省去了许多麻烦。她觉得自己和女儿像是在演戏，来一批人，她们被逼着站在边上肃穆三分，看他们给他的照片鞠三个躬，她们机械地对他们回礼，然后握手，男的女的肥的瘦的认识的不认识的手，一一握过去。跟她们一起演戏的还有他大哥大嫂大妹小妹，他们的演技可比她们好多了。有人来的时候，他大妹"我兄喂"地哭喊着，他小妹也哭得肩膀一抖一抖的，快餐一来她俩可是吃得比谁都大口，比谁都快。也是，吃饱了才有力气继续哭。他大妹不仅自己哭，还要求她和小雅也哭。她彻底火了，指着冰棺说："我已经很配合你们了，他都不敢说什么，我还管别人怎么说？爱哭你们哭，我才不哭！我都哭了二十多年还不够吗？"他大嫂的脸是苦着的，可该化妆该描眉该涂口红，人家照样啥都不落下。冲着他大哥来的也有不少人，多是借着他的离世来跟领导表忠心。死老公的是她，他们却跟他大哥握了更长时间的手，好像死的是他大哥的老公。她不想看这些千篇一律的表演，她只希望太阳赶紧落山，这一天天赶紧过去。

他平日的付出果真有了很好的回报。除了朋友、同学、同事、学生、亲戚，最多的是酒友。酒友们来是来了，但不敢走近她。这没什么不好。十年前国庆节的一个深夜，她打给他十几二十个催回电话后，他终于被酒友送到家门口。她打开内门，隔着外层防盗门，看他闭着双眼被人架住两个胳膊还一个劲儿地往下滑，听着几个人各种解释、各种道歉，无名火在脑袋上烧成一个火球。她指着他说，他爱喝就让他去喝，别往家里送。说着，"砰"地关上门。他们并不罢休，又是按门铃，又是敲门。她怕女儿被吵醒，只能再次打开门，说："是谁让他喝醉的，谁就要负责到底！你们爱送哪里就送哪里，不要送我这里！"内门再次被关上，她站在门后，听一个说，要不送医院醒酒吧？一个说："不好吧？好像这种醒酒也会载入档案里。"一个说："总不能放在酒店里，万一出事怎么办？"一个又说："要不，送到他大哥家吧，我有他大哥的电话。"那人正在拨电话，他不知怎么就醒过来了，大声吼叫着不让对方打电话。几个人在过道上吵嚷着、推搡着，隔壁楼栋有好事的房主人亮了灯开了窗，再这样下去，对面房门很快就要打开。没法子，只能连开两道门，把他们让进屋。几个人扶他在沙发上躺下，跟她又是一番解释和道歉，她指着那些人一个一个骂过去："我今天正式告诉你们，如果哪天他喝死在酒场上，我一定上法院去告你们！一个都不放过！"几个人瞬间跑得不见人影。她却跑不了。跑不出房子，可以跑出房间。也就是从那天晚上开始，两个人正式分床。床是隐秘的谈判桌。同睡一张床上，即便刚打过一场仗，胳膊一碰脚一碰，像在谈判桌底下试探一番便可以握手言和。没有了这张谈判桌，任何一方想要先低头也变得困难了。慢慢的，连话也基本不说了。人家是不敢约他喝了，可他依然约人家喝啊。总能新生出乱七八糟的各种什么友。泡个温泉能泡出七八个泡友，打个球能打出二十几个球友，玩个扑克能玩出五六个牌友，去上海参加个培训班还能多出十来个训友。她不知道怎么会有这么多人来看他。其实也没什么好看的。一个死亡的躯体，一张重新画过的虚假的脸。她不想看，女儿不敢看。

他大哥又去接客了。这回来的是一个大老板，说是他的中学同学，其实更主要的原因是他大哥是人家的"父母官"。他的葬礼成了他大哥迎来送往的接待处，成为他大哥向众人一次次炫耀自己庞大社会关系的舞台，也成为他大哥可以一次次出去抽烟喝茶休息的理由。她的目光随着他大哥往外走，落在吊唁厅门口右前方。一条长凳子待在那里已经有小半天了，她很想把它拿进屋内，拿到身后墙角：没人来的空当，哪怕挨着凳子边沿坐上三五分钟也好。可是，厅堂太过肃穆，她也只是随便想想。小雅闭着眼睛。也许在睡觉，也许在背英语。孩子定然已经累坏了。如果不是他给生出的这个事，孩子今天应该参加期末第一科考试。没办法，这个科目只能申请延迟到下学期初考了。好在，这种延考还可以按卷面成绩记录，不会像补考那样考再多分数也只能登记六十分。三天后有第二科考试，她和小雅都认为无论如何不能再错过。孩子昨晚背书背到凌晨两点。这孩子读书一贯好强、一贯刻苦，每场考试都要争第一。只要这学期再拿个四点五以上的绩点，推免应该不成问题。这一点让身为母亲的她很是欣慰。从小学到初中，他只懂得负责孩子的一日三餐和上下学接送，这些都是难度系数较低的物质层面问题，她负责精神层面的学习辅导。这十几年来，孩子只负责读书，读好书。刚进大学那会儿，也出过一些问题。跟舍友处不好，跟其他班委不合拍。他说："同学们说的也有道理，你晚上十一点多还开着灯读书确实影响舍友休息，作为班委肯定要承担职责帮忙做些事情……你应该学会融入集体。"孩子委屈地哭，她也不高兴了："为什么是我们有问题？为什么不是别人有问题？为什么那么老实？为什么要去迎合别人？不用迎合！学习多累！睡不着那是她们自己有问题，关灯什么事？做那么多班级的事干什么？学习最重要。"他说这样做有点儿要无赖。实践证明，要无赖这方法很管用。一个学期后，没人再提这个问题——提也没用。

小雅的身体晃动了两下。她确信，孩子真是睡着了。她靠过去，把孩子的头往自己的肩上一拨，他大妹扯了扯她的衣角说："别让小雅睡啊，随时都会有人来。"

"让她稍微休息一下，她太累了。"她解释。

"她昨晚不是早早就去睡了？"他大妹急了，声音跟着大了起来："她爸躺在那里，她怎么能睡得着？这让人看到了会怎么说？"

"管别人怎么说！"她也急了，大声吼起来，"死的都死了，还非得让活人也累死才行？把他女儿累死，他就能活过来吗？"

"阿姆如果看到她们这样，非气死不可！"他大妹对着他小妹一阵摇头，小声地嘀咕。

　　"气死就气死！"这给了她天大的理由，她死死盯着他大妹质问道，"他姆能在家里睡，他女儿为什么连稍微喘口气都不行！"他大妹的五官完全遗传了他母亲，大饼一样的脸，青蛙一样的突眼睛，她很不喜欢。五年前，办完他父亲的葬礼后不久，他把母亲接来家里。一天夜里，他溜进她的房间，她以为他良心发现。未想一番床上功夫后，他装得很不经意地提起，阿姆辛苦了一辈子，也该让老人享几天清福。她瞬间明白，原来这才是他床上百般讨好的目的。她当然知道他想听什么，但她就是不说，死活都不说。等到第二天，他在餐桌上直接摊牌说，阿姆不回去了，就在家里住下了。她斜了他一眼，说："你妈又不是你一个人的妈，为什么住我们家？"他一拍桌子："刘美茹，你什么意思？"她也横眉冷对道："如果你是在征求我的意见，我就这意思，给她租个小公寓，你们兄弟俩轮流去伺候。你要不尊重我意见也可以，她住下，我和小雅到外面租房子住，绝不影响你当孝子。"最终，她再次赢得了胜利。婚姻关系就像循环播放的乐曲，你退让一次就次次需要退让，永无止境。她才不会这么傻。

　　"阿姆苦都苦死了，还能睡？你有没有良心，这种话都说得出来！"他大妹彻底被激怒了，拉上一旁的大嫂要求评理，"大嫂大嫂，你说是不是？"

他大嫂毕竟是老江湖，谁也不帮腔，只拉拉两边的手说，都少说两句，别让人家看笑话。她想还嘴，这时，小雅醒过来了。她索性一不做二不休，气咻咻地往外走，走到门口，把长凳子搬进屋内。母女俩刚在长凳子上坐下，有三个人走到了门口。戏还得继续演。她赶紧拉着小雅起身，把小雅的头往下一压，自己低头的同时又拿脚一勾，把凳子推到墙角。短短两三秒时间，她又表现出一个正经历丧夫之痛的寡妇该有的样子。他大妹、他小妹又开始抽泣。

常规的三鞠躬，常规的一鞠躬还礼。三个人看起来年纪都不大，她猜测该是他进了体校的学生，长得都很"体育"。旁边两个个头儿高的不是跑步就是打篮球的，中间那个矮壮的应该是练举重的。他当了二十多年的体育老师，学生没有几千，也有千儿八百。教体育的毕竟是教体育的，一星期一节课，很难和学生处出什么情感来。可他有他的本事，每周一课也能自带流量，居然也能跟一群十几岁的小屁孩儿称兄道弟、喝酒打球。因为这，他还被校长谈话批评过。她可不像他这样为师不尊、长幼不分，她认为老师就该有老师的样子、老师的威严。她带出来的学生，没有一个敢跟她开玩笑——说句跟学习无关的话都不敢。

三个人奔着她们母女俩过来了，她做好了配合演戏、配合握手的准备。他们没有伸手。他们从她们面前经过，直直走向冰棺。突然，一声"王老师"在房间里炸开。她扭过头去，只见矮胖的青年趴在冰棺上哭，他的双腿一点点软下，另外两个青年一人一边将他架住。她听到矮胖的青年哭着说："王老师，你骗我！你骗我！一个星期前，你还跟我说你很好，你很好，让我好好考，一定要考上研究生，还说放假回来一定跟我们好好喝一场，怎么说走就走了呢？"他大妹、他小妹像是被传染了，哭出了大动静。她们这一哭，矮胖青年似乎不好意思了，压低了音量。他大哥走过去劝了几句，矮胖青年被扶着起身，三个年轻人缓缓往外走。走到她们身边时，他们停住了。她再次准备伸出手。矮胖青年伸出了手，但他的手没有伸向她，而是伸向了她身边的小雅，问："你就是小雅吧？"

小雅慌乱地往她身后躲，矮胖青年尴尬地收回自己的手，又说："你放心，以后有什么事尽管跟我们说，有我们呢。你就把我们都当成哥哥。"另外两个青年附和道："是啊，我们都是你的哥哥，王老师有交代，我们会关照你！"

她一听急了，把小雅往身后一拉，挺起胸膛挡在前头说："关照什么？我们小雅读的是名牌大学，你们读的什么学校？我们小雅需要你们关照？"

"您是师母吧？您别误会！"穿风衣的高个子连忙解释，"以前王老师一直关照我们，现在我们有能力来关照王老师的女儿了。"

她突然来了兴趣，问："王老师关照你们？他都怎么关

　　　　　　　　　　　　　　　　橘子不是橙色的

照的？"

三个人你一言我一语，她很快就听出了大概。他们都是校田径队的，毛衣青年和风衣青年一直不喜欢读书，矮胖青年书读得比较好，但家里经济条件差，三个人相约初中毕业一起去打工。他一直劝导他们一定要读高中考大学，文化课成绩上不去就考体校，文化课成绩好就去考特招生。为了保证矮胖青年安心读书，他从七年前开始资助这个学生。一切如他所愿，毛衣青年和风衣青年现在都成了体育老师，矮胖青年以体育特长生资格考进中南大学，不出意外的话，秋季会继续读研。

三个年轻人对他千恩万谢，她迅速在心里头算了笔账。每个月一千元，加上学费住宿费，一年最少两万，四年八万元，三个人二十四万。他可真是慷慨啊，对别人家孩子都比对自家女儿好呢！这些钱将来给女儿在上海买房子不好吗？为什么要给别人？她狠狠瞪了冰棺一眼，脚上的旧伤口隐隐痛了起来。五年前夏天，他一个女同学的女儿成了植物人，他组织了一次饭局，把自己喝得几乎趴下，在同学群募捐了十几万。第二天吃早餐的时候，知道他带头捐了两万元，她说了一句："你们班又不只你有钱，何必硬充好汉！"他一听，直接平地起风雷，正要打饭的碗往地上一摔："你姆的！"什么粗话都骂了出来。她知道他的疯劲又起来了。她提着心不再说话，只默默吃她的饭，默默地看他摔门而去。防盗门"咣哐"一声响后，她提着的心终于放下，这才注意到脚面已经一片殷红。此刻，他终于发不了火了。她的目光下意识地往脚面上放，黑色皮鞋似乎渗出了血。再次抬眼时，目光跟矮胖青年有了短暂的交汇，青年的眼角还有未干的泪滴。

恐怕他担心的是往后再没人接济他的生活了吧。心头一冷，她的嘴角跟着往下一拉。吊唁厅重新覆盖安静。人走了，人又来了。先是他大哥，再过一两分钟，县领导也该要来了。

一纸婚书跟随他进了焚化炉。过往终成青烟一缕。从此，她成了寡妇，成了人们张口闭口的"那个寡妇"。本可以不成为寡妇。孩子刚出生第二年，她提出离婚。他不同意。他妈带领他们全家不同意。她的姐姐也觉得没道理。姐姐说："人家对你那么好，你怎么还要跟人离婚？"她不想多说。他就是一团火，一团火苗乱窜的火。靠得太近，会被灼伤烧伤。而离开一定距离，感觉到的总是暖。大家远远看到的都只是表面。他们不知道，关起门来，他可以要多不要脸就有多不要脸。大家夸他厨艺好，他其实向来只做自己喜欢吃的；大家夸他疼老婆，每天接送老婆上下班，他其实只是不想别人说他骑摩托让老婆踩自行车；大家夸他是个好爸爸，抱娃的姿势标准，尿片洗得很干净，他

橘子不是橙色的

其实只是怕她搬丈母娘当救兵；大家夸他出手大方，他其实是把家人的屁股拿来当给别人看的脸皮……这些都不重要，关键是她妈也不同意。她妈说："离婚？你要让人家笑掉大牙？带个那么小的孩子，谁敢娶你？"她说："我们母女俩自己过不可以吗？"她妈说："怎么过？才买的房子，就算他把房子留给你，你一个人的工资还得起按揭？"看在钱的份儿上，她忍下了。孩子上小学五年级，房子的按揭还清了，她又提离婚。她妈说，孩子都那么大了还离什么婚！她不管，拟了协议书。可他就是不签字。他说，孩子马上就青春期了，这样对她很不好。万一她叛逆怎么办？看在孩子的份儿上，她又忍下了。孩子高考那年，六月八日下午，一起去接孩子的路上，他平静地说，既然彼此过得这么累，要离就离吧。这回她不同意了。他如此迫不及待，说不定备胎早就等得不耐烦了呢。也是。相差不过两岁，四五十岁的他油光滑面意气风发，而她一脸枯黄皱纹横生。只要这边一离婚，他下一秒随便都能找个二三十岁的未婚女子再结婚再生小孩儿。而她呢？肯定只能孤独终老。她不能这么便宜了他。当然，更不能便宜了他想找的另一个"她"。他一脚踩了急刹车，又骂了出来："你姆的，这么多年你不就一直想离婚？怎么现在又不离了？"她不看他，把头扭向窗外，冷笑道："我想离你不离，现在你想离我就要离？哪儿那么简单？你当我是手上的烟啊！"

"好！你姆的不离！"他握紧双拳砸在方向盘上，恶狠狠地说，"你说的不离，你姆的！那咱们就一起耗死！"他猛打方向，猛踩油门，她的头被甩到了车门窗上，"咚"的一声响。

她猛地醒过来，额角应该是被撞到了，有点儿疼。她不停摩挲着。开车的堂亲解释说，刚才有辆对向行驶的车占道超车，差点儿撞上。她"噢"了一声。连坐个车回他的观音岩都还要享受他的阴德。因为他的死，隔着一辈两辈甚至三四辈的堂亲都来了。她怀疑他们是在赴一场盛宴。葬礼只是一个人宣告落幕，何至于要这么多人来见证和围观？不过也是，他生前所做那么多不就图的这死后的"辉煌"？那些人珍惜这最后向他表达感谢的机会：左一个感谢他找慈善总会解决了父亲手术费的几万元缺口；右一个感谢他帮忙申请了助学贷款；东一个感谢他解决了"黑户"孩子在租住地就近入学问题；西一个感谢他联系的神医妙手能回春；南一个感谢他帮忙使得交通违法不扣分……她真想不到他还有这么多通天的能耐。她从来不愿求人，也不愿被人求，她家关系再近的亲戚也从来没人敢跟她开这样那样的口。他习惯托这个找那个办事，他家但凡沾点亲戚边的都能找到他帮忙。他可真是活菩萨啊！就像是观音岩祖厝里归大家公共使用的灶堂，无论谁家办酒席，几块木头扔进去都能烧出旺盛的炉火。

小雅还在看书。买的是明天中午的飞机票，后天和大后天各有一场考试。经过这么多天来回折腾，成绩肯定会受到

————————————————— 橘子不是橙色的

影响。哎，他可真是会疼女儿，选择了这样一个拖人后腿的时间点走。她的胸口一紧，一口气提了上来。几天时间回了两趟观音岩，像是一次性把半辈子债都还清了。也好，时间紧迫，所有问题一次性解决最好。刚提起的那口气就这样松了下来。

厅堂里，主事的堂亲解开一个白布包，跟在场的人做了简单报告。总共收到七万多银子钱（白礼），扣除治丧花费的两万多，还剩下五万二千三百元。堂亲把橡皮筋束住的钱一沓一沓往桌上摆，说，都在这里："一，二，三，四，五，这些一沓一万元，剩下这些二千三百元。"又取出账簿打开说，"七万多银子钱，得力大哥大嫂的朋友同事总共有三万六千多，他自己的同事朋友……"

"这些不用念了。"她打断了堂亲的话，说，"我跟小雅一会儿还要赶回城，不用跟我讲这些。"

按照岩上的惯例，这些都要让家属知道。尽责的堂亲还想往下说："银子钱都是人情债，无非现在你随我，将来我随你，得力大哥大嫂他们……"

"你说总共多少？五万二千三百元？"她上身前倾，双手直直伸了出去，堂亲的话像是被她的双手拦截，就这样断在那里。她可不管堂亲的眼色，双手自然呈包拢状把那几沓钱拢住迅速抄揽到自己身前，再麻利地拿起一沓，把橡皮筋一拽，一，二，三，四……不行，手指太滑，带不大动钞票。她取来个茶杯，往杯子里倒了半杯水，拿手一蘸，这下速度快起来了。"刷——刷——刷"，"刷刷——刷——刷"冷冷的厅堂里只有数钱的声音，间或有他妈从卧室里传来的一声长吁一声短叹。堂亲看一眼他大哥，他大哥看一眼他大嫂，他大嫂看一眼他大妹，他大妹看一眼他小妹……像是在做一场目光的接力，每个人的目光中各有滋味。他们有的摇头，有的展眉，有的耸肩。好不容易数完一沓，她拿橡皮筋重新扎上，又拿起另一沓冲着小雅喊："小雅，你来帮妈妈一起数比较快。"小雅为难地说："我不懂得数。"继续低头看她的书。她把目光投向他大嫂，他大嫂微微动了动身子，站在边儿上的他大哥的手就搭了过来。她当然明白。她才不管他们怎么想，继续低头数她的钱。她的手指在茶杯里进进出出，在钞票间飞舞，好不容易数完了。没错，是五万二千三百元。她把最后一小沓钱束好，拿过旁边的一个塑料袋，把钱往里装。

"你不给老人留一点儿？"堂亲忍不住问。

"为什么要给她？她又不是没钱！她还有那么多个孩子不是？"她把装钱的塑料袋往自己背的斜挎包里塞，连塞了几下，说，"再说了，这些不都是他们来看王得力的？难道是看她的？"

一屋子目光的交接再次进行。他大哥和大妹都张了张嘴，又缓缓合上。见她拉上挎包拉链，大有拔腿就走的架势，他大妹开口了："那二哥之前说的给妈的养老钱和给小妹孩子读书的五万元呢？"

"王得力都糊涂成那样了，说的话还能信？他哪儿有那么多钱？他之前都跟我说，卡上也就十来万，要留着给孩子读研究生和出国留学用的，怎么可能再用作其他？都给她们了，孩子将来读书再找你们要？"

"可是……"他大妹还想往下说，她很不客气地直接拦截说："好了，小雅明天赶飞机，我们要先回城了，还有很多事情要做。对了，你们谁送我们一下？还有，明天能不能再让个人送小雅去机场？"见没有人应承，她的手指准确无误地指向他大哥的孩子，说，"小凯，明天你送一下小雅吧，一点的飞机，九点就要出发。就这么说定了。"说着，又转头向他大嫂交代道，"你让刚才载我们上岩的那个人再送我们回城吧！我们现在就走！对了，你不是说他妈准备了一只鸡要给小雅补一补吗？鸡在哪里？杀了没有？不杀我可不要啊！有没有剁块啊？会不会很肥啊？"他大嫂愣住了好一会儿才说："应该在厨房吧。"她一个人到厨房转了一圈儿，抓了只小母鸡，又拿了几十块红薯、两棵芥菜、几棵萝卜、一个包菜、一把芫荽，悉数装进一个蛇皮袋。蛇皮袋有些沉，有些脏，她让身体跟袋子留出足够距离，双手伸直向前用劲提起，屈着的双腿分得很开，碎着小步往外走。经过女儿身边时，她拿手肘捅了捅说："小雅，走了走了！"

抱着书的小雅很不耐烦地甩了甩手说："哎呀，你烦死了，急什么急啊！"

进了屋，小雅背着书包直接进了自己的房间。这几天，孩子落下太多功课，也落下太多该背的英语单词。小雅是个爱学习的孩子，一直是；从前是，现在是，将来也是。她想起刚才数钱的时候，他大妹插嘴进来说了几句话，钞票搓过，像是多出来两张。她必须确认一下，千万别给数错了。她往客厅的沙发上一坐，从包里取出装钱的袋子，腿一盘，开始数钱。连续两捆都是正确的，她拿起第三捆，刚要数，小雅喊了声："妈，我要吃四果汤！"

"王得力！"她冲着厨房的方向脱口就喊，"王得力！"那声音急速、尖锐，像枪膛里同时发射出的两颗子弹。厨房里空空荡荡。她突然意识到了什么，嘴巴和手同时收住了。拿过橡皮筋把钱重新捆好，她起身出门。女儿爱吃的是隔着小区两条街的德记四果汤，店主是他的一个泳友，以前都是他去买。哈密瓜是正宗的新疆哈密瓜，西瓜都是沙瓤的，菠萝一定是甜的，绿豆、石花膏、仙草汤都是店家自己熬的，汤水很甜。每次买回来，他总能一百次跟孩子炫耀："这甜可不是白砂糖的甜，更不是糖精，我亲眼看我朋友加了荔枝蜂蜜，两大勺呢。"她对着桌子嘲笑道："你以为蜜罐里装的一定是蜂蜜？"像是在嘲笑桌上那个装着饼干

————————————————橘子不是橙色的

的水果罐头瓶子。

　　到了店里才知道，现在不是季节，没有四果汤卖。小雅很不高兴，对着电话喊："我不管，我现在就想吃四果汤！以前冬天我爸买过，一定有地方卖！"没办法，只能去城中心的秉正堂连锁店碰碰运气。也没有。怎么办？她又不能像他能变花样给变出来。这孩子固执得很，别看她秀气斯文，却跟他一个德性，发起火来也会炸雷也会摔东西。怎么办？怎么办？

　　拐角处新开了一家花卉店。透过整片玻璃墙往里看，白色的主基调配上简单的铁艺装饰显出一种特别素雅的小清新。她忍不住把头一抬，店名是艺术化处理过的"花房有鱼"。"花"字的起笔横画往左伸出很长一段再微微折下，俨然一个小屋檐。"鱼"的下横画往右伸出一长段再往上折起，像是鱼缸的轮廓。没有来由，心中一阵小欢喜。那四个字里有阳光照进来，有花在开，有鱼在游，还有风有云，有各种香味各种绿，像极了那天他们一起看电影的氛围。欢喜只是一刹那，她的脸上不起波澜。一个皮肤很白的女孩儿推开玻璃门走了出来："阿姨，您进店来看看，有新到的桔梗和玫瑰，要不要带一把回家插？"很标准很舒服的普通话，甜得发黏。一个戴眼镜的男孩儿也紧跟了出来："进来进来，有很多小绿植，可以带一盆放桌上。"本地乡下的口音，很重，比观音岩更重的那种。

他们那么年轻，他们身上像是种着一大把的阳光，他们对视的眼睛里都能流出蜜来。没错，他们的爱情刚刚开始。刚开始又怎么样呢？看吧，他们早晚得知道，一切美好终将只是过往——她白了一眼这对二十来岁的小恋人，直直地扭过头去。

故　香

谁谓荼苦？其甘如荠。

——《诗经》

一

这一次，上帝跟我开了个天大的玩笑。

"鹰隼"号快剪船停靠在加尔各答港，亨利先生通知我们带行李下船。亨利先生是希尔公司的股东，同时也是此次在伦敦招工的代理人。看他招的都是水准一般的经理，我推测他也高不到哪里去。

不是常规的补给吗？我合起《在茶叶的故乡——中国的旅游》，完全没有起身的意思。上船前，约翰叔叔送了我罗伯特·福钧的两本书。相比《漫游华北三年》，我更喜欢这一本。转头望向窗外，岸边有黑色的浪潮涌动。那些等着搬卸货物的苦力们欢呼着奔跑着拥挤过来，快剪船俨然一个刚出炉的大蛋糕。他们的头发是短的，皮肤或者黑色或者棕色，这让码头的下午无端生出深色调的灰暗，没有一点亮光。中国人不应该是有辫子的吗？我指着那群苦力，惊叫着站了起来。这不是中国，这是哪里？

尽管我对中国的认知仅限于几本书，以及茶馆听来的故事，但中国于我来说并不陌生。这个港口完全不符合中国的气质与形象。父亲的茶馆里经常有水手光顾，来得最多的是远东航线的水手。每次远航回来的头几天，是茶馆最热闹的时候。水手们三三两两地来，每个人手上都会带一两个茶样，那是他们远航夹带的"私货"，一般少则三五十磅，多则一两百磅。水手们总说这是公司允许自家私用的茶，大家心照不宣。父亲是个鉴定茶叶的高手，水手们都信服他的评判。父亲相信茶叶老祖宗中国人的方法，沸水浸泡个五分钟，强弱、高低自然分晓。他给每泡茶下的结论比那些品茶师还专业：如果两三遍冲泡后，茶汤还能保持原有的色泽，他会说"这茶是站着的"；如果他说"这茶扁塌塌的"，那说明这茶毫无生机与活力，也完全没有足够的香气；如果茶香浓郁，滋水醇厚又不苦不涩，他会竖起大拇指，连说："全茶！全茶！"当然，过后，父亲总能优先以非常合理的价格从水手们手上买到高等级的工夫、小种、白毫、松萝、熙春。第二年春天，伦敦才开始茶叶拍卖，拍卖价年年攀升，再加上竞拍经销商和零售商的中间利润，茶叶店的进价总是很高。父亲会象征性地购买一些低等级的武夷，这样不容易引起关注，茶馆的生意才能一直做下去。

　　去过中国的水手都很有意思，满嘴都是说不完的故事。在我看来，中国像是一锅熬得相当浓稠的汤汁，往边上轻轻一沾，便很有味道。只是这汤汁有些古怪，不同人会沾出完全不同的味道来。小的时候他们会告诉我，中国男人的辫子很长。他们还会告诉我，中国的女人在我这么大的时候就要被裹脚。我更喜欢约翰叔叔，他带给我另外一个中国。他是父亲最好的朋友。从我出生起，家里就从来不缺中国的东西，小到小孩儿玩的拨浪鼓、风车、七巧板、九连环，大到一个花瓶、几个茶杯、几副碗筷。有一次，他甚至带回来一个大茶壶，结果刚下船就摔碎了。他会说："嗨，托尼，等你长大了，我带你去中国！"他还会说，"托尼，等你长大了，娶一个中国的小脚姑娘，头发乌黑，眼含微笑，话语温柔，又乖又巧。"他知道许多关于喝茶的故事。他说，很早以前有个葡萄牙水手去中国，结识了一个官员。官员送给他一包茶，回家后，他请来亲朋好友一同分享这异国珍品。结果，水手上街买瓶酒回来，发现母亲把茶煮熟了，把茶水倒掉，所有人正围坐在桌前吃茶叶。水手问："怎么不喝茶呢？"母亲说："茶都这么难吃，那水也好不到哪里去，我早把它倒掉了！"我们都在笑水手的母亲傻，他便讲起他十六岁第一次跟人去茶馆里喝茶的笑话。有天早上，水手相约早早去茶馆，伙计摆上几碟花生米、瓜子之类，又给每人座位前摆上一个上有盖子下有托碟的小瓷碗。伙计说了句什么，他没听明白，以为让他们喝茶，打开一看，里面就几颗茶叶。等了好一会儿，见伙计没再来，他就问，怎么中国人喝茶不加水？有个老水手告诉他，中国人一般都是吃茶，吃茶吃茶，你不明白？他一听，原来如此，果真把茶叶拿出来，一颗颗地往嘴里塞。一嚼，又粗又硬又苦又涩，正要诉苦，就见伙计提着大水壶上来了。伙计逐个打开碗盖，逐个往盖碗里加水，他这才知道自己上当了。伙计一转身，他抓过盖碗就喝，结果嘴巴被烫得起了泡。他非常详细地讲解了中国人如何一手持托碟端起盖碗，一手捏起碗盖压住碗口阻挡茶叶流出，我觉得这应该是世界上最斯文的喝茶方法了。

"哪来那么多问题！难道约翰没有告诉你吗？我们公司招的是种植园的经理，去中国的是其他公司。我们的种植园在印度，可不在中国。"亨利先生没有约翰叔叔的好脾气——或者，两个多月的海上生活让每个人都失去了耐性。他显然看到了我的书，说："你以为你这是要去旅游？你要去中国也可以，种植园挨着的就是中国呢，走过去就到了。"

他说得如此轻巧，仿佛印度与中国只是隔着一堵墙。这种感觉非常不好。就像你眼见着加进红茶里的明明是糖和奶，喝进嘴里却满是豆蔻、茴香、胡椒、丁香的味道。但我已经没有选择的权利。父亲破产了——曾经带给他财富的东印度公司，这回成了祸害。从母亲去世的那年秋天起，父亲便时常闷闷不乐。母亲的病是个缘故，但似乎并不仅仅如此。公司好像发生了什么大事，他不愿跟我多说。那两三年，约翰叔叔经常来家里。一天晚上，我听到父亲在找约翰叔叔借钱，这是从未有过的事情。我听到约翰叔叔说："都已经跌成这样子，不能再买了，你这是在赌博！"父亲的眼里喷着火，说："就是赌博也不可能一直输，是吧？"约翰叔叔还想劝说，父亲却不想听了。

父亲无心经营茶馆，生意越来越差。去年，房子被银行收走后，他再给不出我的大学学费，我只能回来帮他打理茶馆。经常有人来讨债，他开始酗酒，没日没夜地喝。水手们仍然找他鉴定茶叶，可醉过酒的嘴巴也难以清醒，客人们总说茶馆的茶味道变了。我讨厌这样的父亲。我的祖父原本在伦敦最繁华的地段开着一家名为"美丽花园"的奢华茶苑，因为一次投资矿产失败，祖父借酒浇愁，一个冬天的夜里醉酒后冻死在路边。他是他父亲的翻版，我们经常吵架。我几次交代约翰叔叔帮我找份工作，我想离开这个令人心碎的地方。约翰叔叔总是试图劝阻。几天前，他突然来茶馆找我："你说你想离开伦敦，你想去哪里？"约翰叔叔问。

"中国！我几乎是脱口而出。离这里远远的！"

"明天有船去中国，真的去吗？"

"去！"一个小时前，我刚被还没酒醒的父亲打了一巴掌，正巴不得马上离开，"什么工作？"

"茶叶种植园经理。"约翰叔叔简单介绍了一下情况。他妻子的侄子一个星期前去应聘了这个岗位，因为母亲突然生病，那孩子决定留下来照顾。约翰叔叔一探听，招工代理

————————————橘子不是橙色的

人是以前的一个朋友，就向他推荐了我。

约翰叔叔是个认真的人，他不可能连地方都没有问清楚。除非，他跟我一样想当然地以为只有中国才有茶叶种植园。这些已经不重要了。现实和理想之间隔着的不仅仅是大西洋和印度洋。我的前途随着远去中国的"鹰隼"号消失得无影无踪——不久前，它刚创下九十七天完成从英国前往香港的航程。我的命运就跟此刻堆放在岸上的大批英国布料一样，被迅速分割瓦解。布料的运气比我好，那么多人围着它们团团转。它们被奉为上宾。而我，不会有人顾及我的失望。世界像是一个倒流壶，某个节点上倒进去的东西，会在另外一个节点上再流出来。两百年前，东印度公司将印度的棉布运回英国，棉布带来的舒爽让西方人的生活慢慢告别野蛮、粗鲁，甚至变得细腻而又丰富。因为进口棉布冲击了本土毛织物和绢织物工业，政府先后通过了《禁止进口棉织物法》和《禁止使用棉织物法》。而现在，不种植棉花的我们用纺纱机生产出更为便宜、精细的棉布，反过来卖给印度，卖给这个世界上最大的产棉花国家。这真是一个荒谬的世界，我们却只能接受。

二

在加尔各答过了一夜，第二天，我们便坐上开往阿萨姆的蒸汽船。蒸汽船后面拖着平底船，平底船上黑压压的一片，起码有五六百个苦力。主要是孟加拉人，来自那格浦尔、比哈尔地区久居丛林里的部落土著，奥里萨的东柯里亚人，以及桑塔尔帕尔加纳地区的噶兹人，他们将分别被送往包括希尔公司在内的多家茶叶公司下属的几个茶叶种植园。一堆人坐在甲板上，你根本看不出他们脸上什么表情——或许，他们脸上根本就没有表情。蒸汽船上的人表情可就丰富多了。新招来的茶园经理、助理都是非常年轻的白种人，他们表现出兴奋和好奇，这边走走，那边看看，对于这份即将开始的工作显得很是迫切。兜售小商品的商贩跑前跑后，两周多的船上时光无疑再一次散发出强烈的卢比之味。各家公司的职员、受指派前往各个茶园实地检查的调查员，多是英国人，他们显然已经厌倦了这样的生活，一路都在抱怨差事的苦累。一开始，阿萨姆只有东印度公司和阿萨姆茶叶公司，自从几年前坎宁勋爵颁布一项法案，规定如果种植园主种植茶树的土地没有连带债务和抵押，就可以获得这片土地的所有权，到目前为止，至少有五十家公司在阿萨姆建有几百个茶叶种植园，成千上万的人拥了进来。

　　船上有不少欧洲人。他们可能是医生、船长、药剂师，或者退伍军官，以及刚脱下制服的警察，他们都想在阿萨姆挖出一片属于自己的茶园。当然也可能是东印度公司、梅尔公司、贝格邓禄普公司的职员，他们的公司在这里开辟

　　　　　　　　　　　　　————————橘子不是橙色的

了很多茶叶种植园。希尔公司此次从伦敦招聘来的十几个人已经自动分成了几个小群体，咖啡馆服务生跟餐厅的厨师、银行小职员在一起，木匠和铁匠在一起，植物园园丁和农场工人在一起。他们总是在聊发财的事情，仿佛那是一个永远聊不完的话题。要去的地方似乎遍地金子，随便一刨就能刨出一大块来。反正，总能听到非常荒唐的事。协议里的薪水并不高，一年无非一百五十英镑，但正如代理人亨利先生说的："我们想招的是人才，三年后，你们可以从茶园发出的每一批茶叶中抽取佣金。想想吧，到时你们自己就是个小老板了！"但愿他没骗人。

　　我总是独自一人。一路上，没有可以说话的人。准确地说，是没有可以说得来话的人。这注定是无趣的航行。

　　这天午后，亨利先生喊我过去，他的身边站着两个中国人。那么光的大脑门，那么长的黑辫子，很是引人注意。年长的那位四十来岁，个头矮小，白白胖胖，罩在长袍外面的褂子跟他脸上的皮肤一样细腻光滑，应该是丝绸缎面的，里面还衬着丝绵。他的眼睛又圆又鼓，很深的双眼皮，一脸和善的笑。年少的那位身着棉布衣裤，应该是伙计，跟我差不多年纪，瘦得像根中国筷子。

　　"来，让我们林老板认识一下！"亨利先生拍拍我的肩膀，笑着跟他们做介绍，"我们这位托尼先生可是个中国迷，他昨天还以为我们要去的是中国呢！他们家世代开茶馆，专卖中国茶。"亨利先生要去找招工机构的监工谈苦力的事情，就这样把两个中国人介绍给了我。

"是吗？"林老板一脸和善的笑，他说的是非常流利的英语，"那你最想去中国的哪里啊？"

"刺桐港！"我几乎是不假思索。

"你知道泉州？"林老板显得非常惊讶。

听说那里商人云集，货物堆积如山，到了晚上整个城市灿烂无比……已经有好几个月没跟人好好说话了，这勾起了我强烈的表达欲望。我尽量还原书里关于刺桐的描述。十二岁生日那天，父亲送我《马可·波罗游记》。他说，很多人质疑内容的真实性，但我和我父亲都深信不疑。我父亲一直想去产茶的中国看一看，我也想。

林老板比画了一下自己和伙计，说："我们的家乡就在泉州。"他的话语总是非常简洁。

"筷子伙计"补了一句："我们老家安溪也产茶，你们英语的'tea'就来源于我们的闽南语'茶'。"他的外眼角上扬，有藏不住的欢喜。他的发音有些奇怪，像是糖里夹杂着一两粒细沙。

我很好奇："你们那儿产什么茶？"

"铁观音。特别香，特别醇厚。""筷子伙计"一脸的神气，那神情好像也能释放出茶香来。他说的明明是英语，却又夹带着一两个我听不懂的词汇。这应该就是约翰叔叔说的远东贸易经常使用的混杂行话，福钧去中国听到的把葡萄牙语、英语、中国话、马来语等语言混合在一起的洋泾浜语大概就是这样。

"铁——观音？也是一种茶？是绿茶？红茶？"看"筷子伙计"一再摇头，我也摇起了头。

"你居然不知道我们安溪的铁观音？""筷子伙计"有些生气，话语中充满了不屑。"你们家还世代开茶馆呢！"那表情就跟英国人无法相信居然会有人不知道女王是谁一样。

林老板打了个圆场，说："英国人一般喝绿茶和红茶，他们不懂乌龙茶。"

"你们可能不知道，英国现在基本只喝红茶。十几年前伦敦世博会上公布说，你们会在绿茶中掺杂石膏增加重量，还会用普鲁士蓝和铜绿来给绿茶染色……很可惜。"

"这很好。幸亏你们只喝红茶。"林老板的大眼睛里闪过狡黠。他的话让人听起来很不好明白。

他看到了我手上的书，问："你看的是《在茶叶的故乡——中国的旅游》？"

"你知道罗伯特·福钧？"我一下子就来了精神。严格来讲，他只知道这本书，知道有个人把茶叶从中国带到印度，但不知道那个人是福钧，也不知道具体怎么带的。展现我的时刻到来了，我饶有兴致地告诉他们，福钧剃了个光脑门，用马鬃在头上编出大辫子，穿上中国人的装束，成功地骗过官员、城门守卫、船夫，顺利到达产茶区；成功收集到茶苗和茶籽后，福钧请当地木匠打造出八个玻璃做的沃德箱，用来装茶苗，把虱子灰拌进茶籽里防腐，分别托运于四艘货轮，一月从上海出发，三月底才到达加尔各答……

"怎么会用那么久？""筷子伙计"打断了我。

"原本可以更早到达加尔各答植物园，没想到货船因为生意的事情，先到锡兰转了一圈儿，这耽搁了很多时间……"

"这很好。"林老板的话让人很难理解。

"你说那个箱子叫什么？""筷子伙计"关心的是另外一个问题。

"沃德箱。"

"海上那么长的路途，怎么浇水？"

"不需要浇水。这个原理很复杂，跟你讲你也不一定清楚，反正你只要知道不需要浇水就可以了。"我长叹了一口气，"唉，可惜阿拉哈巴德那个讨厌的政府官员，他干了世界上最蠢的一件事，他打开了那个玻璃箱，结果……"我卖了个关子。

"结果怎么啦？""筷子伙计"果然很着急。

"唉——"我叹着长气，说，"到达萨哈兰普尔植物园的时候，一万三千株茶苗只活了一千株，很多茶苗上长满了真菌和霉菌……"

"后来呢？""筷子伙计"还是着急。

"后来就全烂了，一棵都没活。可惜了！"我说。

"是有点儿。""筷子伙计"话语中似有惋惜。

"这很好。"林老板望向他的伙计，说，"幸亏他打开了那个玻璃箱。"

"这很好。""筷子伙计"轻轻附和了一句。

"这怎么好了？要不是后来福钧有了新的创意，把茶籽直接种在沃德箱里，肯定没有茶苗活得下来。"我想起了他们的铁观音，突然就失望起来。"可惜福钧没有去泉州。"

"他去了也没用。福钧做得再好，碰上那个笨蛋植物园主管詹姆森也没招。他坚决要在平地种茶，要用大量的水灌溉……他们以为种菜呢？""筷子伙计"的语气里有一种嘲讽的味道。

"幸亏有那个主管。"林老板又冒了一个"幸亏"出来，他没有笑。

我有些糊涂了。这个林老板"幸亏"来"幸亏"去，他简直就是个"幸亏先生"。有人跟"幸亏先生"打招呼，他微微一笑，往旁边走。现在就只剩下我跟"筷子伙计"了。

"你很崇拜那个福钧？""筷子伙计"问。

"托马斯·杰斐逊说过，对任何一个国家而言，能够被接纳的最伟大的贡献就是给它的文化带来一种有用的植物。福钧做到了。"

"是啊，他做到了，他担当了一个强盗的角色。"

我无法接受"强盗"这个字眼儿，它和他严重冒犯了我对福钧的情感。"你太狭隘了。最起码，他让中国茶更进一步走向世界。"

　　"你这是典型的强盗逻辑，我们不要这种走法。你们英国人利用我们中国人发明的火药来打中国，利用中国人的纯朴善良来抢夺中国的茶、骗我们的人……"

　　我意识到了问题。他绷着脸，胸脯剧烈地起伏，拳头握得紧紧的，眼里有东西在涌动、在燃烧。此刻，我想我已经挑战了眼前这个中国人的底线。或者说，我都忘了他是中国人，尽管他说着不是很纯粹的英语。

　　平底船上传来几声尖叫，我顺势开溜。

三

　　许多人往船尾的甲板上拥挤。蒸汽船很快靠岸停了下来，招工机构的监工带着医生爬上平底船。几分钟后，他们回来了。亨利先生问："怎么啦？后头船上出什么事了？"

　　"死了一个孟加拉人，这没什么大不了。"监工回答得非常轻松。这事经常发生。

　　下午，医生往一块小木板上贴出了第一张讣告。有水手说，除了最终上岸的苦力，种植园园主还需要以这些讣告为依据，为前往种植园路上的亡灵付钱给招工机构。

　　一路都在逆流而上。几乎每隔一两天都会有关于苦力的

　　　　　　　　　　　　　　　　　　———橘子不是橙色的

讣告。有时候是痢疾，有时候是热病，有时候是说不清楚的病因——可能是霍乱，也可能是天花。没多少人关心。

过了贾木纳河，就进入布拉马普特拉河，河面非常宽阔，水流相对和缓。这条河发源于中国境内的雅鲁藏布江，最高处海拔有三千多米，流入印度后海拔只剩下一百米左右。两岸除了黄土就是茂密的丛林，没有任何建筑，也不见任何人。船速慢下来的时候，可以清楚地看到水面上不时有缓缓移动的水纹，仔细一看，水面下一条巨大无比的鳄鱼在游走。近水岸边，经常看得到成群的鹈鹕。

蒸汽船的条件跟快剪船没法比。拖着一艘笨重的平底船跑不快不说，声音还大得出奇，整个船舱的顶棚随时有被掀掉的危险。气压似乎很低，空气又闷又湿。微微有点儿西面吹来的风，平底船上的气味显得特别重。

蒸汽船停下来的时候，已是深夜。平底船上的苦力都被赶上岸——狭小的空间容不下几百个人同时躺下。他们像是得了天大的自由，叽里呱啦欢呼着一路小跑。招工机构委托的几个士兵大声呵斥着，拿枪捅着这个，挡住那个。他们乖乖就地坐下、躺下，岸边一片漆黑。夜晚是最难挨的。所谓的床大概就只是一块木板而已，没有床单，更别提枕头。房间里像是放了一千只一万只蚊子，到处都是"小型轰炸机"。我用衣服把头包得严严实实，只留两个鼻孔出气，可还是睡不着，索性就爬起来。甲板上空空荡荡，驾驶室里的水手歪坐在椅子上打着呼噜。两个放哨的守卫歪靠着，有一句没一句地说着话，慢慢也没了动静。我在船头甲板上找了个位置坐下。二月底的河风吹来还有些凉，水气又湿又重。如果这时能来上一杯父亲冲泡的红茶，感觉应该会好很多。父亲一定想着我去往中国了，可是现在，我却人在印度。

砰的一声，船尾方向像是有什么重物掉到了地上。紧接着，有个黑影猫着腰碎着步子往岸边走。那黑影走走停停，不时回头望一眼蒸汽船，最终走向那群苦力。黑影蹲下身子，最边上的一个苦力坐了起来。似乎没有任何言语，黑影像是递过去一个什么东西，而后迅速反身离开。几秒钟后，第二个，第三个……像是砍倒的树桩被重新扶起，相邻的苦力一个紧接一个坐了起来。

我蹑手蹑脚走向船尾。黑暗中，只有一个特别瘦长的身影。是他？我伸手拦住了"筷子伙计"。"你干什么去了？"

"没……没……""筷子伙计"受了惊吓，倒退一步往边上躲。"我睡不着，上岸走走！"

"是——吗？"我追着贴过身去，加重的语音被刻意拉得很长很长。我知道，他对我藏着秘密。一只鸵鸟把头埋进沙子里，他说出来的，只是大家都看得到的鸵鸟屁股。他不敢招架，只一味疾步快走。这更坚定了我的判断，他一定想盗窃苦力去卖。走船多年的船长说，这样的事情时有发生，一个苦力比一头牛值钱。有时候仅是从一个茶园转运到另一个茶园，半路上就被抢走了……

我的旅途突然变得不那么枯燥乏味了。

早餐，餐厅里显得有些嘈杂与忙乱。船长和厨师在不停交流着什么事，厨师说得有些激动。几个水手进进出出，相互嘀咕着什么。亨利先生和"幸亏先生"坐与我相邻的桌子，"筷子伙计"走进来，径直在我对面坐了下来。之前那么多天，他连看都不看我一眼。这是一个非常反常的表现，有些东西正在发挥作用。

"这个给你。""筷子伙计"递给我一个糖果大小的红色圆罐。他指了指我的脸，又指了指我的脖子，示意说，"万金油，抹一抹，蚊子不敢来……"

他定然是在向我示好。我领了他的情，但不说谢谢。

船长拍了拍手掌，示意大家安静，许多张嘴依然没有停下，它们咀嚼食物，交流储存了一夜的想法。船长又说了一长串，我不明白他说了什么，可餐厅里瞬间炸开了锅。我听得懂的听不懂的声音搅在一起，像在打架。我不由得把目光投向这个能把乱七八糟的话混在一起又说得很清楚的中国人。蚊子于他似乎不成问题，他的脸上、脖子上不像我们密布红点儿。

船长说昨晚厨房里剩下的一大盆米饭突然不见了，厨师怀疑有人偷拿。他帮我翻译。

这船上谁会去拿米饭？米饭又不好吃，有什么好拿的？

我好生奇怪。

有招工机构的监工率先站了起来，说："一定是那些黑鬼！"

"肯定是！"有人支持。

"不是他们还能是谁？"众人呼应。

"如果你们给那些苦力吃饱饭，人家哪里需要偷米饭？""筷子伙计"冲着招工机构的监工喊了一句。他喊的是混杂话，话里有英语有印地语，却同时让英国人和印度人都听得明明白白。这个情况很有意思。印度人把丁香、小茴香子、胡荽子、芥末子、姜黄粉、孜然、葫芦巴、辣椒等统统搁在一起，做成了咖喱。他们再无法从咖喱里分出哪是丁香，哪是小茴香。眼前的这个中国人，不仅能把不同国家的语言像印度人煮咖喱一样炖，还能让听的人清楚地从他乱炖在一起的话里理出对自己有用的信息来。这是一种天大的本事。

"谁说我们没给他们吃饱？他们永远都吃不饱的！"招工机构的监工在辩解。

"我昨天都看到了，你们给那些苦力吃没有煮的米。没有煮的米怎么吃？你们简直不把他们当人……""筷子伙计"突然停住了话。我看到"幸亏先生"瞪了他一眼，又转过头去与亨利先生说话。他又小声地嘀咕了一句："苦力吃不下米，他们就可以把更多米拿去卖给船长。"

几个招工机构委托的监工同时笑了起来。一个说："他们本来就是用来干活儿的！"另一个补充说："给大象吃的东西需要煮吗？"一船的人似乎都在笑。"筷子伙计"呼呼地鼓着腮帮子，盯着"幸亏先生"看。不认同他们的观点，但我需要整理一下措辞，我不想因为几个黑人得罪这些将来可能需要密切打交道的人。这个时候，亨利先生站起来发话了："如果因为你们把没有煮的米给苦力吃导致他们死亡，我是不会付钱的！"他的话很管用，抑或是他口袋里的钱管用，招工代理立即服了软，对他各种表态、各种承诺。

四

　　"我全叔一定跟亨利先生说了什么，不然你们老板肯定不会这么说。""筷子伙计"有些洋洋得意。可我分明看到对面的"幸亏先生"埋头吃他盘子里的东西，连头都没有抬。我的脸上一定显现出了狐疑，"筷子伙计"立刻接了下去："你不知道我们林老板在巴城的木木茶铺生意有多大。几十年来，他们家一直是荷兰、葡萄牙、西班牙商船在巴城的大供应商。荷兰商人最懂得中国礼节，中国人喜欢跟荷兰人打交道。三十年前，东印度公司海外贸易垄断权被取消，老亨利先生开始做茶叶生意，找的第一家中国茶铺就是我们老板的父亲开的。老亨利先生人很好，不像一般的英国人，两家的生意就一直这么做下来了。如果不是这么深的交情，亨利先生也不可能带我们来这里……"我很关心他们来这里做什么。"筷子伙计"却突然转换了话题，说，"你将来有什么需要、对工作不满意什么的，尽管找我，我让我们老板跟你们老板说，肯定没问题，包在我身上！"他把胸脯拍得嘭嘭响，仿佛那是一面可以敲的鼓，而他没有说出来的秘密却怎么都敲不出声响。"你不知道我们老板家多有钱。你不是知道武夷吗？武夷山那儿有十八座山峰是他们家的，幔陀峰、宝国岩、霞滨岩等，他们在每座山上都建有茶厂，十八个茶厂啊，产的都是最好的武夷。"

"你们安溪自己不是也产茶吗？干吗又跑到武夷去种茶？"我觉得他的话里有问题。

"林老板的祖上不是穷嘛，就去庙里拜佛抽签。关公托梦告诉他，要往北、往北，北面是他的福地。他一路向北就到了武夷，在一家岩茶厂当雇工。一天夜里，白马托梦与他。第二天他循着梦境，挖出一大堆白银。后来，他先后买下附近十八座山峰种茶，家乡的老枞水仙、梅占、软枝乌龙、本山、肉桂、铁观音，能找到的茶种都在武夷山上种了个遍……"我们重新坐下来好好吃饭。不知怎的，像是突然就有了交情，我们慢慢地讲到了他自己。他姓王，名之信，跟林老板是同乡，六年前去厦门木木茶铺当伙计，两年前被派往巴城。林老板答应他，等他做够七年，满二十二岁，会另外开家茶铺让他打理，还会帮他娶一门亲。他的眼睛笑得眯起来，说，当然啦，她最好是个乖巧的女人。

　　果然跟约翰叔叔说的一样，中国人都喜欢乖巧的女孩——虽然"乖"与"巧"像是难以调和的矛盾体。我也跟他交换自己的信息，当然，我不会告诉他父亲破产了，这没有意义。日子似乎一下子开阔起来。有人值班的厨房里没再丢什么东西，半夜里也没再见他上岸。人难免有犯错的时候，是的，我不会多说。到了古瓦哈蒂，河面突然变窄，船速慢了下来。过了最窄处不足半英里的地方后，河面恢复了宽阔，很快就进入了茶园密集的产茶区，不断有人下船上船。这些当过医生、船长、药剂师、军官，以及刚脱下警服的英国人，都想在阿萨姆挖出一片属于自己的茶园。经理同行们根据亨利先生的安排，先后在不同的地方下船，通常是两三个人结伴。每个下船的地方，都有种植园派来的人提前候在那里。有时候，一艘很小的独木舟上坐着两个人，那意味着有一段更难走的路在前头。有时候，或者三两个人或者只有一个人等在岸边，但都会有一头大象。每一两个经理下船，一般都会同时带走几十个苦力。还在发烧的那个北爱尔兰人看起来情况很不好，走路尚且走得摇摇晃晃，但安排他去的茶园到了，他只能下船。希尔公司新聘的医生只有一个，他一直在船上。我希望北爱尔兰人去的那个茶园里就有医生马上给他做进一步诊断，吃了药好好睡上一觉，情况或许很快会好起来。什么都影响不了我们继续前进，船越跑越快。

　　接近上游的地方，亨利先生、医生、两个中国人，还有我和一个苏格兰人，我们一起下了船。船上剩下很少的几个人，基本都是服务于东印度公司和阿萨姆公司的职员，以及招工机构的几个监工。来接我们的是哈瑞，公司茶叶生产部负责人，同时还是公司驻地种植园的经理。他是亨利先生姐姐的孩子，来这里已经三年。他和一个士兵模样的人各骑着一匹马，两头大象的背上分别坐着一个驯象人。哈瑞安排我们每三个人坐上一头大象走在前头，他和士兵则负责驱赶走在后面的那些苦力，士兵肩上扛着枪。偶尔，他也会跑到前头来招呼我们，但更主要的还是跟亨利先生介绍最近植物园发生的事。比如又平整出了多少茶园，压了多少茶苗，再比如又死了几十个苦力，患热病的又多了几个。空气依然有些潮，但也有几分清新，精神一点点活络起来。森林基本处于原始状态，两旁的树木高大茂盛，藤蔓植物缠绕其间，时不时有不知名的鸟的鸣叫声，一群猴子在树上蹿来蹿去。我感慨了一句："这里简直是人间天堂。"哈瑞说："那是！住久了，那些野鹿、野猪、野鸡、野鸽子啊什么的你都会看腻，白鹭、黄鹂也有，还有会开屏的孔雀，还有那种世界上最小的蜂鸟……"哈瑞越说越兴奋，"我前天见到独角犀了，真的只有一只角，那皮跟大象一样厚，皮上密布着许多圆圆鼓鼓的疙瘩。"他昨天特意进到丛林里打了几只山鸡，今晚要请大家吃山鸡宴，这山鸡宴包括咖喱鸡、烤鸡块以及山鸡汤。山鸡汤触发了亨利先生的谈兴，他聊起上次在巴城喝过山鸡汤去听南音跟人打架的事。我正好奇什么样的音乐会好听到让几个男人为之打架，"幸亏先生"居然开口唱了起来："三千两金费去尽空，今旦流落只苏州……"丛林像是为这段小唱紧急清了场，那些刚刚还在欢闹的各种鸟儿也忘了歌唱。

作为回应，亨利先生让坐在我前面的苏格兰人也来一首英国歌曲。苏格兰人唱的是一首流行很广的歌曲："当你走进一家破落的织布店，两三部织布机映入眼帘，如同废物一般被冷落在角落。你问这般光景是何原因？店里的老母亲说得可怜：'女儿们因为织布机不方便，离家到工厂去赚钱……'"不可否认，苏格兰人的嗓子很好，音准也很好。他唱得很欢快，可是，这破坏了氛围。

走了几个小时，总算到了驻地。一大片新开辟出来的平地，翻出来的泥土还有着新鲜的味道。两座单独的木头房子，一排平房，四周已经围上篱笆，篱笆外有一大排高大的树。哈瑞说，将来那些篱笆会刷上白色，树干也会刷白，还有院门户门都会刷白……我琢磨着：篱笆围起来的区域内住的是白皮肤的欧洲人，刷上白色，丛林里的猛兽才会跟棚屋里住的黑人一样，不敢轻易越过这晃眼的边界来冒犯我们。平房四周将来还会种上万寿菊、牵牛花之类的花花草草，它们更容易成活并能迅速繁衍出成片的绿意。再以后，不远的地方会建上网球场，将来公司的职员来此度假的时候，除了打猎，又多了一个娱乐项目。隔着一段距离，是几排大窝棚，刚买来的一百多个苦力被赶到那里，大象和阉牛就养在大窝棚的边上。再隔出一段距离，有几间平房，那是一个茶叶加工厂。驻地四周都是规整的茶园，有一英尺高的茶树，也有新栽下的茶树苗。远处，有一小片高大的野生茶树。再远处的山顶上，有一座富丽堂皇的楼房，那是总督来此度假时下榻的地方。

亨利先生和"幸亏先生"住进单独的木头房子，我们三个被带进平房。房子果然跟看起来的一样好，床铺、被褥、桌椅、柜子，日常生活需要的物品应有尽有。虽然比不上伦敦的楼房，但比船上强出百倍。椅子上搭着兽皮，坐上去又柔软又暖和。墙上钉着一只鹿角，我们把衣服挂在上面。更重要的是，平房边上就有个小水池，水池里蓄着从山上引来的泉水，清得可照见人影。哈瑞的山鸡汤还没熬好，做烤鸡块和咖喱鸡都需要用到的葛拉姆马萨拉还在制作当中——这种东西需要由豆蔻、丁香、花椒等三十种香料研磨成粉混合在一起。亨利先生招呼我们到他那儿喝茶。

<h2 style="text-align:center">五</h2>

中国人可真是讲究。王之信不喝哈瑞泡的印度红茶，跑

回去拿来一小包锡箔纸包着的茶，居然还同时拿来一个紫砂壶和四个小茶杯。他让大家先喝些白开水把口漱干净，这才开始冲泡。第一遍茶水刚倒出来，屋子里已经萦绕着一股淡淡的幽香。哈瑞正想去加糖，被王之信给止住了："不要添加任何东西，就这么喝，这样才能喝出茶叶本身最原始的味道！"

"这就是你说的铁观音？"我端起茶杯深深嗅了一口，问，"你们往茶里加了什么？这么香！"

"哪有加什么呀，这是铁观音自带的香，是最原始最自然的香。"王之信一脸骄傲，又夹杂着些许神秘的意味，"你先喝一口，先一小口，不要多……"他一边讲解，一边示范："像这样……"我听见茶水在他的口腔里先是咻咻，后是啾啾地响着，自如地运动翻转，他的嘴巴里像是挤着几只正在学叫的小鸟。他又说："对、对，一小口，不要多，先提住气息，不要急着吞下去，用舌头顶住上腭，噙住噙住，然后放下舌头，让茶水在口腔里铺展浸润，渗透到牙缝间，然后，这样，这样，舌头绷紧，咧一下嘴，把茶水往上送，让上面的牙缝里也能钻进茶水，这样，口腔里的每一个细胞都能充分感受茶水的滋味……是不是它跟其他茶都不一样？不要吞下去……"我哪里懂得这么复杂的技术活儿，他的话音还未落地，我的茶水已经入了喉。

"这还真是能喝的香水啊！"哈瑞勉强喝了一口，淡淡说了一句。我按着王之信说的，又呷了一小口，那奇异的香刚进了鼻子便迅速兵分两路，一路直往头顶上蹿，一路直往心脾处钻，什么东西被打通了。茶水入了喉，一种甘醇又从喉底爬上来，满口生津。我连喝了几小口，不禁赞叹，还真是非常好喝的香水！

王之信越发神气，说："这还不是最好的，我们还有……""幸亏先生"叫住他，说了一句中国话，他才没再往下说。我在心底里暗笑：这有趣的主仆俩，总是一个往前冲，一个往后扯，用物理学的理论来说，这倒形成了一种平衡。

"如果我们这儿有这么好的茶种，那很快就可以与中国抗衡了。"哈瑞咂巴着嘴，跟亨利先生建议说，"我们是连片种植园，中国是各家各户自己种，他们的价格永远无法低于每磅一先令二便士，而我们每月付给熟悉茶叶加工的苦力才五卢比，一般苦力只需三卢比。再加上不需要支付税费，等到阿萨姆茶园丰产的那天，英国哪里还需要找中国进口茶叶？"

王之信不高兴了，像是一瓶放久了的酒，话里话外发酵出一种酸："我就不明白了，你们那么点儿小得不能再小的国家，怎么就老想着欺负人家？怎么就不想让人家有好日子过？你看我们中国，国家比你们大吧，我们就不欺负人。我们中国人就是喝茶喝太多了，人太好了，太讲究礼仪，太善良宽容，以为世界上所有国家所有人都会同样对我们以礼相待，才会任由你们来欺负。好在你们后来喝茶了，喝茶可以让一个民族变得文明。"

这一点我有些认可王之信。很多年前父亲就说过，茶可以改变整个社会说话的语调。他总说："你能否想象，如果没有喝茶，具有侵略性、喜欢吃红肉喝啤酒、好战的英国人如何变得温文尔雅，表现出绅士风度？他们一定还在战场上厮杀，算计着再到哪里去多弄几个殖民地来。"哈瑞可不是这么想的，他很是不服气，说："我们哪里欺负人了？"

这可惹恼了王之信，他的语气马上变成了质问："你们还没欺负人？你们跑去侵略我们中国，你们在人家印度的土地上肆意妄为，你们到处搞殖民地，这还不是欺负？"说实在话，喝了那么多年中国茶，很多时候我还是看不懂眼前的这个中国人。他肯定没有林老板喝的茶多，他总是习惯正面进攻，而且每一次都火力十足。这回，他找到了对手。

哈瑞还想往下说，被亨利先生叫住了。"幸亏先生"跟着咳了两声，两个人的争执终于告了一个段落。大家重新回到一杯茶的美好里。王之信没有给哈瑞续茶的意思，哈瑞也识趣地没有把茶杯递过去。有个印度人焦急地跑到门口来喊哈瑞，他放下杯子赶紧走了出去。不知是否有意，喝着喝着，亨利先生把话题引到了我身上："托尼，你应该感谢林老板，是他要我把你留在驻地。"

我对着"幸亏先生"感激地一笑。走过来续茶的王之信小声说了句："是我跟我们老板说的。"见我仍然没有反应，索性把我拉到一边。"我听他们讲，一般的小种植园条件很差的，也就两三个人管一两百个黑人，连干净的饮用水都没有，碰上雨季，基本逃不过热病。最可怕的是，方圆五六英里内没有医生，一旦染上病就麻烦了。驻地就不一样了，条件肯定是最好的。"

我知道这个中国人在向我讨人情，情况绝没有他说的那么严重。我的注意力在新续的茶里，茶水越来越醇厚，茶里的香和被香包裹着的韵味在齿颊间停留、回旋。一会儿，哈瑞回来了。"又死了两个……"他说，耸了一下肩，"没事，山鸡汤好了，咱们去吃饭吧！"

两个黑人苦力死了，哈瑞让黑人领班领着另外两个黑人苦力把他们拖到四分之一英里之外的地方，扔到那边的丛林里。

这天夜里，王之信一直在翻身。他出去了两次。第一次去的时间很短，但再短也足以撒出十泡尿。第二次的时间应该很长，在他出门和进门之间，我又迷迷糊糊睡了过去。密集的狗吠声传来时，我听到他进屋关门的声音。

"外面怎么啦？"我问。

"应该是有苦力偷跑了吧。"他有些气喘吁吁。

"刚刚你去哪里了？"我又问。

"我去看了一下。"他的回答有些含糊。

王之信果然没有猜错，这回跑了八个苦力。从抓回来的三个苦力身上都搜到了钱，虽然只有几卢比，但哈瑞看出了端倪。他说："一定是被人怂恿的，有人给了苦力钱，这些黑鬼平时挣的工资早就花光了，一个子儿都不可能剩下的。"亨利先生问，有没有可能有人来盗窃？我下意识地看了一眼王之信，他正专心吃他的早餐。哈瑞非常肯定地说："没有哪一个盗窃的人会贴钱给苦力。别以为他们这样就可以跑了，哪儿那么容易？他们最好被野兽吃掉，让我抓回来，非让他们做双倍的活儿不可。这些讨厌的黑鬼，一点儿不懂得珍惜。哪个植物园能像我们这么好？"

　　"抱歉啊，我再好奇地问个问题啊！"王之信拍拍手上的面包屑，把身子往后一仰，说，"你们大英帝国不是自称几十年前就取消了奴隶制吗？怎么还在这里使用这么多的奴隶？"

　　"我们哪有使用奴隶了？"哈瑞一脸莫名其妙，"他们是我们的劳工，这是法律允许的，不使用劳工怎么经营？"

　　"换个名称而已，这没有什么区别！"王之信并不认可哈瑞的解释。

　　"你这个小王，真有意思。"亨利先生哈哈一笑，"他们真不是奴隶！他们有工作期限，有工资，怎么会是奴隶？我们都跟他们签了合约。"

　　"他们看得懂合约？"王之信直直盯着亨利先生问，语气明显有些收敛。

"不管他们看得懂看不懂，反正我们有合约，我们使用的是劳工！"哈瑞再一次强调。

一直不说话的"幸亏先生"突然想起了什么，问："你们这儿应该也有中国的劳工吧？"

"有是有，只有很早之前的几个。去年又从槟榔屿和新加坡招了几个广州人过来，到了才知道他们根本不懂得种茶，就让他们走了……"哈瑞特意用了"走了"这个词，这让刚才的对话软了几分。"幸亏先生"只是点了下头，我看他的心思已经跑到了不知多么遥远的其他地方。我还在揣摩，哈瑞打断了我。他想换些零钱去零售店买火柴，我直接把手指向王之信。"我没有，他有！他身上有很多！"

"不，我没有。"

"昨天不是还有很多？我看到了的。"

"用了。"

"这地方哪儿用去？"

"店铺里买了东西。"

"昨天店铺不是没开？"

"反正就用了。没有了。"

我意识到了问题，出门时把王之信往旁边一拉，问："你不会是把钱都给了那些黑人了吧？"

"怎么可能？我自己都没钱，怎么可能去支援别人？我又不是救世的佛祖！"王之信不管我，阔步往前。一些秘密似乎越来越密切地关联起来，我在犹豫要不要跟哈瑞说。

六

公司在驻地周边十英里范围内已经开辟出连片的种植园不下五处，哈瑞带我们去的是最近的一处。由丛林地带演变而成的茶园，跟我在约翰叔叔的描述中对茶园的想象完全不一样。不是山地，是平原，大片的平原，大有一眼望不到头的气势。平原中间东戳一棵西戳一棵参天大树，大树下面是矮矮的茶丛，不足两英尺高，一行连着一行，行与行之间虽然留出一定间距，但远远看去是连成一片的绿海，很是壮观。六年以上树龄的茶丛再过一个来月就可以开采，茶树上微微冒出星星点点黄绿色的嫩芽，煞是好看。几十个黑人劳工蹲在地上拔草、捉虫，茶树底下虫草旺盛。适合丛林生长的地方雨量充沛、土壤肥沃，同样适合茶树生长。而适合茶树生长的温度、湿度，同样也适合杂草、昆虫和细菌的生长。它们甚至长得比主体植物更疯狂。不远的地方，有中国劳工在示范讲解比画，黑人劳工在地上劳作。茶园背面地势稍高点儿，一群黑人劳工在砍树，另一群黑人劳工把砍下的木头锯成一段一段，两只大象正用象鼻卷起一截截木头往四轮车上装，新的茶园还在一片接一片地开辟。这让我想起吃桑叶的蚕。

"幸亏先生"非常专业，在我看来长得基本没什么差别的茶树，他居然一眼就能分辨出哪些是本地阿萨姆茶，哪些是中国茶，哪些是阿萨姆与中国茶混杂以后生出的杂交茶。茶真是种非常奇妙的植物。同样是这些边缘有锯齿的长椭圆形树叶，可以做出绿茶，也可以做出红茶，还可以做出难度系数更高的乌龙茶。"幸亏先生"表情非常严肃，他的分析显然也不给亨利先生留有情面。种植园目前存在的首要问题是没有好的茶种。纯种的阿萨姆茶再怎么做，都只能做低端的红碎花。几片中国茶园，茶种纯是纯，但茶种本就不是什么好茶种，再加上用种子繁育，早就越变越差。至于那些杂交茶，用中国话说，不土不洋，完全走了样。"幸亏先生"踩了踩脚下的土地，问："这边海拔多少？"

　　"应该跟海平面差不多吧。"哈瑞说。

　　"那就是零海拔了？想在零海拔的地方种出好茶，这怎么可能？你们觉得用中国的唢呐能吹出贝多芬的《第五交响曲》？"见我们没有听明白，王之信说了一句，"这就像想用法国的谷物酿造俄国的伏特加，你们觉得可能吗？绝对Impossible！Impossible！""幸亏先生"缓缓摇了几下头，无奈一笑："你们想在这里种出跟中国一样好的茶，可能性不是很大。"

　　我相信他们的说法。如果种得出好茶，那么一八四〇年春天，东印度公司绝不可能将三分之二的试点茶园移交给阿萨姆公司，而且头十年的租金全免。

"请您过来不就为了给想想办法？"亨利先生挠着头，很是无可奈何，"我们这儿紧挨着上阿萨姆，条件应该还算不错的了。"

"你们那个铁观音茶种那么好，能不能弄一些过来？"哈瑞插进一句。他倒是惦记着这事。

"任何一种植物都讲究适应性，铁观音就只适合在我们安溪种植。""幸亏先生"语气和缓地说，"你看当年，我祖辈也曾经把它移植到武夷山去，可长出来就不是那个味道呀。"

我算是听明白了，原来王之信不能言说的就是这个秘密啊。这个爱面子的中国人。哈瑞叫来几个中国劳工，"幸亏先生"跟他们聊了起来。大多数时候，他问，劳工们答。劳工们一开始还是英语、中国话、阿萨姆话混着说，偶尔还需要停下来解释"幸亏先生"没听明白的阿萨姆话。慢慢地，英语和阿萨姆话都被他们丢到一边，取而代之的是完完全全的中国话。他们谈论的应该都是有关茶叶种植和制作的专业问题，亨利先生一脸认真，他大概听得懂中国话。很快，王之信也加入其中，几个中国劳工越谈越起劲，眼里一点点放出光。这大概不是亨利先生想看到的，他冲着哈瑞喊道："哈瑞，今天这么好的天气，走，带林老板去丛林里打猎吧！你上次说在哪里有见到什么面包鸟？印度怎么可能有面包鸟？你带我们去看看……走啦，走啦，林老板！"

他边说边拍了拍"幸亏先生"的肩膀，"幸亏先生"只能停住，跟着走，哈瑞赶紧走到前头。王之信没有跟上来，他朝着其中一个中国人走去。我很好奇他们说了什么，让一只昂首挺胸的公鸡，回来时变得垂头丧气，像是打了一场大败仗。

跟着哈瑞在驻地转了两天，亨利先生安排我去核对账目。亨利先生带着两个中国人去了萨地亚的阿萨姆公司，公司在纳齐拉总部的负责人是他的同学。

跟着哈瑞进了几次丛林，见到了许多在英国见不到的鸟类、昆虫，还有植物，能垒出面包一样的窝的面包鸟，头顶长着钢盔状突起的犀鸟，色彩斑斓的蝴蝶，能开出像伞一样的花的天胡荽，长在树干上的槲蕨，结着紫红色卵形果实、可以拿来做染料的蓼……一个十四五岁的小黑人紧紧跟在我们身后，他的左右肩膀上各挂着一把猎枪，双手举着托盘，托盘上有雪茄、蛋糕、咖啡壶，咖啡壶里装着哈瑞最喜欢喝的咖啡。哈瑞走得非常快，小黑人用双臂将两支猎枪夹紧，弓着身子一路小跑。哈瑞要停下打猎，他就递上枪；哈瑞要停下喝咖啡抽雪茄，他就递上咖啡递上雪茄。哈瑞说："看吧，看我怎么给亨利舅舅培训出一个好仆人来。"午后的阳光非常暖和，我坐在平房门口，悠闲地喝着下午茶。小黑人站在身后，时不时地为我续茶。一只黄绿色的蜥蜴吐着长长的芯子，甩着长长的尾巴，在篱笆外爬来爬去。哈瑞正朝我走过来，一只小虎崽跟在他的身后，这边抓抓，那边咬咬。那是印度人刚送他的礼物，他打算转送给亨利先生。他给我带来了一封来自伦敦的信。信是约翰叔叔寄的，信封里面装着两张信纸，一张是他写的，一张是父亲写的。

"我亲爱的托尼，当你看到这封信的时候，我已在天堂跟你妈妈相见。不要责怪约翰叔叔，是我要求他这样做的。那天你必须得走。再长的相聚也终须分离——父子一场，不想让你看到我的不堪。

"走到终点，唯一后悔的是，没有听进你爷爷当年说的话。你爷爷说，一辈子好好做一件事，做成一件事，就够了。我们总希望得到更多，却没想到最终会失去所有。欠下的债永远都还不完了，只有走。好在，你能及时离开。无论你是去中国，还是去印度，那都是离茶最近的地方。

"每个人都会去见上帝。茶叶，如此美好，被它带走，是一种极大的幸福。不用伤心，我去往的是天堂，你妈已经在那里沏好了中国茶……"

约翰叔叔简单解释了他的苦衷。父亲的离开没有痛苦，一杯浓浓的中国茶，一盆烧得暖暖的木炭……阳光如此强烈，我看到父亲坐在茶馆的柜台前对我笑。

"这是你爸爸自己的选择。"约翰叔叔说。

七

萨地亚的情况远没有我们想象的好，亨利先生的同学能给他的也只是很一般的茶种，他一直臭着脸。王之信倒因为又见到了几个中国劳工，抑制不住地高兴。他说："阿萨姆公司看起来比你们厚道。"没人搭理他。我怀疑他们到底是去挑茶苗的，还是去看中国劳工的？哈瑞偷偷跟我说："你说中国人真有这么好？仅仅因为是朋友，他们就真愿意公司生产出更好的阿萨姆茶？中国人又不是上帝！这没有道理。"我没心思管这些。这几天正是我繁忙的时候，各个种植园都往驻地来报送账目。

亨利先生也收到了约翰叔叔的信。用他的话说，约翰叔叔简直把我当成了自己的孩子。他说："放心，我会替约翰好好照顾你的。"他所谓的照顾，是任命我做财务助理。现在，我住进了单独的房间，还穿上了跟哈瑞一样的白裤子、白衬衫、灰夹克，还有绑腿和靴子。这种感觉非常好。哈瑞带我认识了各个工作部门的人员，办公室主任是个红鼻子的苏格兰人，他的表哥是公司的小股东；人事部经理是个矮个子的小老头儿，他的外甥是总督的秘书；仓管部经理是个满脸雀斑的年轻人，他的表姐夫在伦敦一家银行任职……印度本地职员也不少。总监工、监工们、医生、各个部门的一般职员，以及驻地边上的小零售商，他们见了我，都恭恭敬敬地问候："你好啊，菲尔德先生。"那些安保人员、厨师、园丁，以及大象饲养员们，远远就喊着："早上好啊菲尔德先生，晚上好啊菲尔德先生……"好像他们从早到晚

————————————橘子不是橙色的

都在做这一句话的练习。黑人苦力远远见了我便低下头，茶园里立着一根根烧焦的木头。

晚餐时才知道，王之信他们明天就要回中国了。虽然亨利先生拿出了英国带来的葡萄酒，但几个人还是吃得有些闷。两个老板真真假假地感谢来感谢去，我跟哈瑞东一句西一句地瞎扯，王之信一声不吭地吃他的牛肉，喝他的鸽子汤。"幸亏先生"给我们每个人敬了酒，大家客客气气，非常正式地说着告辞的话。

"王之信！王之信！"有人在外面喊，应该是那几个中国劳工。王之信像是刚睡醒，好不容易把头抬起来，急急走了出去。回来的时候，手上多了几封信。想来，那些中国人都不愿错过这个免费给家人带消息的好机会。他没有回自己的座位坐下，而是走到了"幸亏先生"那里，附在耳畔悄悄说了几句话。他们一定说了什么秘密，两个人的脸色都凝重了起来。我们英国人没有打探人秘密的习惯，亨利先生端起酒杯要再次敬酒。"幸亏先生"打住了他，主动给自己添了酒，把酒杯伸向他。这杯酒还是我来敬吧！亨利先生执意不让，这场面非常有意思，两个酒杯在半空中被推来推去，像是中国人打的太极。

我先干为敬！"幸亏先生"送出了自己的另一只手，两只手共同端着酒杯一饮而尽。而后说："有个不情之请……亨利先生能不能让那几个中国制茶师傅跟我们一起走？"

"开什么玩笑，他们走了我们怎么制茶？我们可是签了合同的。"哈瑞说。

"违约金我来给。""幸亏先生"说。

"那也不行。"亨利先生直摇手。

"要不，就那两个福建老乡。"王之信对着亨利先生伸出两个手指头。

哈瑞对亨利先生说，做红茶可全靠他们了。

"不行。"亨利先生摇头。

"要不，就一个，一个就好！"王之信收回中指，只留下食指。他把目光转向"幸亏先生"，"让那个泉州的老乡跟我们回去。"

"我说林老板，你其实跟我在这边谈中国劳工的事情一点儿意义都没有，你跟他们又不认识。"亨利先生把酒杯往桌上一放，说，"再说了，你能带几个走？我无非就这么几个人。阿萨姆公司你也看到了，中国劳工也不少，萨哈兰普尔植物园那边的中国劳工那才叫多。"

王之信不停点头，说："是，他们也这么说，他们说武夷来的茶师傅都在植物园那里。"

"有多少？""幸亏先生"问，"那个植物园有多少中国制茶师傅？"

"起码十几二十个。"哈瑞替亨利先生做了回答，"那里是中国茶苗的集中繁育点，我一直跟亨利先生建议，请你

————————————————橘子不是橙色的

们去那儿帮我们选种苗呢，那儿一定有血统纯正的中国好茶苗。"

停顿了几秒钟，"幸亏先生"说："这样，如果你肯让那个泉州老乡回中国，我愿意为你们跑一趟那个什么植物园。"

"你愿意帮我去一趟萨哈兰普尔植物园？"亨利先生显然有些惊讶，"你之前不是说要赶回去收购春茶，不行吗？你说的是真的？"

"真的。"

八

刮过一阵很大的风，乌云层层叠叠地盖下来，天地之间只留一道窄窄的缝隙。白天像喘着粗气，被压得特别短，夜晚一下子被拉得很长。哈瑞放了个很响的屁，蒸汽船像是颤了一下，急急往边上拐。"我的屁有这么大的威力？"哈瑞大笑。他学会了幽默，或者说，幽默重新回到了他身上——他说他读中学的时候还挺有趣，来了印度后，蚊子把他所有的幽默细胞都叮死了——这让烦闷的旅程轻松了许多。与上行的时候不同，下行的船上人明显少了许多。泉州的那个劳工并没有跟我们上船，亨利先生要求他等公司第一次尝试培育的茶苗成活了再走。

之前的路程一直很顺，比上行时都顺。没有平底船的拖累，又不需要时不时地停靠，很快就出了茶区，直奔古瓦哈蒂。布拉马普特拉河涨得满满的，水面显得更宽了，水的流速在加快，蒸汽船也越跑越快起来。突然，蒸汽船停了下来，餐厅里瞬间安静。有水手往窗外看了一眼便扔下牌，开始往甲板上跑。"是不是撞船了？"有人问。很多人站了起来，有的往左看，有的往右看。

对向行驶的一艘蒸汽船紧挨着我们的船停住。它的船头冲着岸边呈四十五度角，船尾跟我们的船头仅仅相距四五米，它的身后拖着一只平底船——每一艘上行的船上都成果丰硕。这是一个危险的距离，如果刚才我们的船没有急急往右打出方向，一定会跟他们的平底船撞在一起。平底船的顶棚只剩下一半，至少有六七百个黑人缩在一起。这样的阴雨天气，我穿着公司职员的整套行头，外面是西装，里面还多加了羊毛衫，而那些黑人身上，在加尔各答统一换上的粗布衣裤早就湿透了。平底船的船头位置站着一群黑人，其中的两个拿刀顶着两个印度人——两个印度人应该是给他们做饭的厨师——他们借此跟蒸汽船上的人谈判：他们要船靠岸。他们想上前面的船，或者给他们换一条有顶棚的船，他们想要吃煮熟的米饭。他们需要干的衣服。很多人在发烧，他们需要药……

"他们这是把人往死路上逼啊……还让不让人活了？"王之信一手拍在船舷上，手里的油纸伞差点儿掉到地上。

"无非差一个顶棚，这里对待黑人都这样……"哈瑞不以为然。"看着吧，他们想靠岸，蒸汽船会答应的。等船靠了岸，那几个闹事的肯定一个个被收拾。这些不怕死的猪仔！"

"你说他们是什么？你再说一遍！"王之信瞪着眼睛说。

"不是我说的，是美国人说的。"哈瑞耸耸肩，很是无所谓，他不知道自己已经捅了马蜂窝。十年前，王之信的大哥正是被抓上开往圣弗朗西斯科的船，从此消失。广州人管那船叫"猪仔船"。

王之信抡起一拳打了过去，哈瑞跌出几步开外。我赶紧冲上去扶起哈瑞，用身体挡在他们两个人中间。哈瑞使着劲想冲过去，王之信握着拳头还想冲上来。"王之信！住手！""幸亏先生"不知从哪里冒了出来，及时抓住王之信又要挥出去的拳头，把他拉回船舱。

对方水手喊话，让我们的船先走。这里几乎是整个河段最窄的河面，这样的角度卡着两艘船，哪艘船先开都冒着很大的风险。我们的船长跑到船尾，要跟对方理论。对方的船上突然两声枪响，不一会儿，两个印度人从驾驶室拖出来一个被打死的黑人。他们把黑人拖到船尾，当着平底船上的人的面扔进河水里。平底船上一片骚动，黑人们纷纷往船头挤，叽里呱啦说着话。我们的船上开始有人担心起来。有个欧洲人说："赶紧走，赶紧走，万一那些黑人上不了前面的船，会不会爬到咱们船上来？就那么几米，游都游得过来。"

九

　　雨沙沙地下，河水哗啦啦地响。世界一片苍茫。如果世界就这么安静下去，那么后来的很多故事都得重写了。所以，注定会发生什么事，上帝都安排好了。我先注意到靠窗坐着的那个英国老头儿。"他怎么一直坐在那儿？头部的姿势和角度好像也保持不变。"我问道。

　　哈瑞也注意到了。"刚才好像没看到他吃饭？"他很快就有了自己的判断。"看他这副落寞的样子，一定是到阿萨姆投资失败的投机客。"

　　"不可能吧？都已经这么大年纪了，怎么可能这么傻？"我无法将眼前这样一个白发苍苍的老人与奴役着几百名黑人的种植园主挂上钩。如果上帝也会变老，他应该也是这样一副慈眉善目的模样。

　　"你不信？要不要打个赌？"等不及我回应，哈瑞已经起身。他的兴致总是说来就来。他说："看着啊，我问给你看。"他走到老人面前，跟对方打起招呼，"嗨，先生，您是伦敦来的吧？"您这是要回伦敦是吗？连续问了几句，老人才缓缓将头转向他。那目光像是从远古时代跑来的一匹疲惫的战马，写满无力与虚乏。

　　"您是不是在阿萨姆投资种植园了？怎么样，是不是发达了？赚了很多钱吧？"哈瑞回头看了我一眼，一脸的坏笑。

"我的两万英镑，我的两万英镑……"老人像是突然从梦中惊醒，喊叫着站了起来。他比哈瑞整整高出半个头。他原地转着圈儿，四下里寻找着什么。看来，哈瑞找错开玩笑的对象了！正想着，他从衣服里掏出一把枪！我们相互使了个眼色，我起身，他往后倒退了一步，我们想要离开。就在这时，老人一把抓住哈瑞，手上的枪立马顶在他的脑袋上，嘴里咆哮起来："你们拿着我的钱都干了什么，啊？就是请了一堆人挖了一堆地出来，然后呢？茶树呢？茶树在哪里？你们就是一群骗子！你们抢了我的钱！不，不，那不都是我的钱！你把两万英镑还给我，还给我，还给我……"真让哈瑞给言中了，真是个投机客！老人的眼睛瞪得像两只发红的火球，额头上青筋暴起，举着枪的右手在剧烈地颤抖。哈瑞已经站不住了，他缩着脑袋一点点矮下去，脸色发青。周边座位的人纷纷起身，他们往门口的方向撤退。我做出投降的动作，希望借此能平息老人紧张的情绪。我努力跟他解释我们没有恶意，我们只是跟他打个招呼，但他的咆哮一声比一声激烈，手上的枪也随着他的咆哮一下重于一下地敲在哈瑞的头上。我不敢再说话。我担心我会进一步激怒他。我们就这样对峙着。

　　余光告诉我，并不是所有人都在往外走。有两个人正小心地往老人的后方靠近，我不敢往那个方向看。老人可能也听到了响动，回了个头。枪口刚微微偏离的那一瞬间，只感觉一股疾风，有个人一脚飞起，老人手上的枪被踢掉了。哈瑞的两腿一软，整个人栽到了地上。

　　如你所想，来解围的正是王之信和"幸亏先生"。这个晚上，三个年轻人的压惊酒是少不了的。你来我往，没几分钟，他们就不知干了多少杯。这一中一西两团弹性极好的面团分开揉了半天，现在又揉在了一起，依然可以烤出香喷喷的面包，也依然可以切出严丝合缝的面条。在酒精的作用下，王之信带我们回了一趟他的老家，一起想象了观音岩上的红砖墙、红地砖、黑屋瓦、燕尾脊，那条开着芦花、飘着南音的蓝溪；一起游览了城区的八大景点：凤麓春阴、薛坂晓霞、阆岩夕照、芦濑行舟、葛盘坐钓、东皋渔舍、龙津夜月、南市酒家……这些好听的名字据说是宋朝时一个大才子朱熹给起的。中国的文人日子过得悠闲自在，到处游山玩水，玩累了，就停下来写几首诗，给几个地方命名，然后好饭好菜好酒都有了。在他的描述中，我们还把他家乡的美食吃了个遍。中国的美食跟中国人一样，总是包裹着含蓄着，却拥有超凡的想象力。他们喜欢把各种东西包起来吃，可以做皮的东西也是五花八门，不同的皮可以做出完全不一样的美食。

　　第二天醒来的时候，已经到了中午，雨也停了。他们两个人都还在睡。一个小时后，阳光出来了。甲板上很多人，这么多天的阴雨，快要发霉的不仅仅是身上的衣服、鞋袜，还有整个人、整条船。那个白头发的英国老人也在。他主动走过来打招呼："我一直在等你们！"

"等我们？"

"昨天，对不起了！把你们吓着了。"

这其实是个非常斯文的老人，语气温和得像是一杯暖暖的中国红茶，甚至还带着他这个年龄少有的明媚。他是个药剂师，收入不高，但也不低，生活本无什么忧虑，几年前，听朋友游说投资了一个茶叶种植园，几个老年亲戚也拿养老的钱入了股。一直说很快要分红，左等右等没动静，亲戚们坐不住了，让他来看看。到了印度才知道，哪儿有茶园，只有一大片空地。对方说，要么再投钱，要么就等空地卖出去。每英亩十卢比开垦出来的茶园能卖多少钱？卖不出一先令。这不是纯粹在讹人吗？老人全身在颤抖，他已经说不下去了。我想跟他说，没关系，会有转机的，可这样的假话终究说不出我的口。"我走了！"他说着，便转过身去，一直往前走。我一时没反应过来。他走得非常快，这让我感觉到了异样。我连忙追过去，一边喊："你这是要去哪里？"他没有回头，一个劲儿地加速。旁边许多人看着我，他们都不知道发生了什么。我开始跑了起来，但是，已经来不及了，他爬上栏杆直接跳了下去。

又一条生命葬在了这条河流里。

十

到了加尔各答，我们办了几件事。"幸亏先生"和王之信往巴城发了电报，我跟哈瑞去了趟圣保罗教堂。教堂高大得很，雪白的外墙、哥特式的尖顶、色彩斑斓的玻璃窗、颜色绚烂的大油画，我仿佛置身于伦敦的圣保罗大教堂。我们给老人做了祷告，祈求他落在恒河里的灵魂依然可以找到去往天堂的路。当然，我们也给往下这一段未卜的旅程做了祷告。"幸亏先生"和王之信在教堂门口等我们，他们信的是佛祖和观世音菩萨，还有一种他们那儿才有的清水祖师。出来的时候，我们一起去兑换了印度卢比。中国人身上带了各种货币，有银锭、英镑、美金，还有一种墨西哥鹰洋，店家收了英镑。

我们所进入的是白人居住的区域，如果不是街道上那些拉着大象坐骑走来走去的印度人，我很怀疑我是不是回到了伦敦。大象背上搭着漂亮的毛毯，毛毯上是架有凉伞的座椅，座椅装饰豪华，坐在大象背上估计有国王出巡的感觉。一百多年前，东印度公司开始在这里设立贸易站，现在，这里深深烙下大英帝国的印记，到处是维多利亚风格的建筑，到处是英语招牌，到处是穿着西装、打着领带的欧洲人。路过一家照相馆，我跟王之信进去拍了照。哈瑞带我们吃了最正宗的英国牛排，又喝了王之信自带的铁观音，他们还买了一种叫作"香"的东西。上船前，王之信在岸边给那个冤死的英国老人点了两根香，他对着阿萨姆的方向拜了几拜，最后把香插在石头缝里。

可能因为有这一顿美食垫底，恒河上的行程也跟着美好许多。与布拉马普特拉河相比，恒河更加宽阔，流速也更为和缓。一路顺畅，很快就到了阿拉哈巴德，恒河与亚穆纳河在此交汇。据说，再过一个多月，浴佛节就将在这里举行，那是印度人一年一度的节日。我们需要在这里转船。船近码头，王之信双手合十，朝着西北方向念念有词，然后频频鞠躬。

我知道王之信的担心。到驻地第二天，他就找我借福钧的书看。他一定也看到了书里的那个细节——当年，福钧从中国得到的第一批茶苗就是在这里出了问题。我们的运气比福钧的那些沃德箱好，我们很快就坐上了蒸汽船。进入恒河的上游，水流明显加快，船速也跟着慢了下来。到了萨哈兰普尔已是下午三四点，下船后，很容易就找到了马车。听说去植物园，赶车人说，明早吧，明天一大早再走。问原因也不说。哈瑞替他回答，不用问，肯定担心不安全，半夜碰上个老虎豹子什么的。

第二天按照约定的时间——七点，四轮马车载着我们从旅馆出发。恒河边上的码头像是一壶正在柴火堆上烧煮的热水，已经微微冒着鱼目般的气泡。女人们最先在这里忙碌。有的赤着脚站在水里洗衣服，有的正从河里取水，有的顶着水缸往回走，有的拎着水桶正赶到河边。一个被母亲硬拉去河边的六七岁的小女孩儿可能还没睡醒，也可能脚下的水太冷，正抹着眼睛嘤嘤地哭。一个背上背着婴儿的妇女拿右手护着头顶的水缸，左臂夹住腰间的一桶衣服，迈着小步往回走。尽管她如此小心，水缸里的水还是时不时地溢出，淋在婴儿的身上，孩子哭闹起来。一个八九岁的小女孩儿站在大树下卖大饼，她的目光追着我们的马车走。哈瑞说，那饼难吃得很。王之信还是坚决停车买了两个。一只肚子上掉了一大片毛的老狗半眯着眼睛，歪着脑袋趴在地上，偶尔微睁一下眼，懒懒一看又再趴下。两三部牛车、马车早早等在码头上，船只还没到，有足够的时间，几个男人把脑袋凑在一起抽起烟来。几只乡船停靠在这里，一个守船的年轻人打着哈欠站在船头，裤头一拉，一条细细长长的抛物线落入河中。空气中散漫着一层薄薄的雾气，灰蒙蒙、湿漉漉。近处的草尖上挂着晶莹的露珠，放眼看去，一大片的草地上像是结着一层透明的网。阳光稀疏地洒下，困意袭来。

醒来时，天色大亮，已经出了城区，正往山上走。路明显窄了下来，刚好容得下一辆马车。走着走着，日头有些大了，气温也逐渐往上升。阳光，草木，空气清新，满目葱绿。王之信说，这才是春天该有的完整模样。除了"幸亏先生"，我们三个自然不愿辜负了这春色，时不时跳下马车来

————————————————————橘子不是橙色的

玩儿。无论是植物的种类，还是大自然的色彩，这里都与阿萨姆有很大不同。王之信认识很多山上的植物，树冠呈塔状的是冷杉树，树叶细得像针的是松树，树冠像个扁球的是椿树，叶片呈卵形的叫野牡丹……哈瑞折了一根树枝当起拐杖，又拿拐杖不停比画着说，在附近的群山中居住着一群拉杰普特武士，他们身着红色的丝织品，蓄着八字须，饲养着世界上最好的马匹……

"杜鹃！杜鹃！"临近中午，王之信突然指着半山腰喊起来。顺着他的手势，我们看到一大片花的海洋。铺天盖地的淡粉和大红，高的植株是一整树地怒放，矮的植株也一朵朵地开。他掐下一朵便往我嘴里塞，说："你尝一下，很好吃很好吃的，酸酸甜甜的。"我扯下一片花瓣，一尝，味道果然不错。他又掐了一朵给哈瑞，说："小时候每回上山割山芒，走累了，我们就停下来吃杜鹃花，这种花可以止咳、祛风湿、解毒。山上还有很多小金橘、草莓，我最喜欢吃那个桃金娘，我们管它叫'中尼'，叶子可以用来止血，果实可以用来安胎……"他蹲下身，指着开出纯白色香花的植株说，这是栀子花，将来结出的果实可以用来止血、消肿……又指着一根缠绕的藤说，这种很快会开出漂亮的黄花，它叫断肠草，吃了会死翘翘的……

"不知女王伦敦的植物园里有没有这些植物。"哈瑞转着手上的杜鹃花，他总会想一些我根本想不到的问题。

我说："如果希尔公司的茶园不在阿萨姆，而在这里，那该多好！我喜欢这里。"哈瑞笑着说："公司可没有在这里种茶的打算，公司只会向丛林深处进军再进军。"王之信一听，又不高兴了："你们英国人的欲望怎么就没有个头儿呢？这种无限量地扩张，只会加速更多黑人苦力的死亡，也会破坏山林里土著部落的生活。"哈瑞没有把王之信的话当真，他哈哈一笑说："这怎么可能？他们感谢我们还来不及呢！你看，我们英国人所到之处，公路通了，铁路通了，蒸汽船来了，我们让他们的社会进步和文明了起来不是？"王之信从鼻孔里哧了一声出来，说："你们闯进人家的家园，占有他们的土地，这就是你们所谓的'文明'？按照你这样的逻辑，早在一千多年前，作为最先进和文明的国家，我们中国也应该这样把文明送到你们的国家不是？"这一来，哈瑞的脸色也不好看了。

　　赶马车的人在前面喊我们："快点儿啊，不要离我们太远啊，这山里有虎有豹有猞猁呢！"我也借机催促起他们："走啊，走啊，快点儿追上去啊！"重新坐上车后，有很长一段时间大家都不说话。拐过一道弯，进入一片特别茂密的树林，马车走得更慢了。突然，一阵翅膀扇动的扑棱声起，不远处飞出一只黑色的鸟，伴着一声奇怪的叫声。旁边的树林里有树枝摇晃了几下，发出唰唰声。"大家小心点儿！""幸亏先生"小声提醒大家。见我们一脸诧异，王之信的得意劲又来了，说，听见乌鸦叫是凶兆，肯定有什么不好的事情要发生。

十一

"你就这么确定那是乌鸦？"哈瑞指着空中那已经看不到踪影的鸟儿，哈哈大笑，"就算它是只乌鸦，它怎么就跟好事坏事连起来了？你们中国人可真有意思。"哈瑞的笑声还未停歇，几个印度人倏地从林子里蹿了出来，挡在我们前行的路上。赶马车的人见状，将缰绳一扔，跳下车躲到马车的后面。难道这就是哈瑞刚刚才说的拉杰普特武士？他们身上穿着红色的丝织品，嘴上蓄着八字须，手上或者拿着长矛或者拿着砍刀。走在最前面的那个年轻人用砍刀指向"幸亏先生"说："要想活命，把钱留下！"他像是在笑，右嘴角大幅度上扬，右脸颊的肌肉堆积在一起，这让他的嘴看起来像是占了大半张脸。是他？我偷偷指着最前面那个年轻人说，这人我见过，在船上。又跟哈瑞示意道："是不是哈瑞？那天你也在。"哈瑞挨了王之信一拳的那天，在我们走回房间时，后面追上来一个印度人，他先是数落了一通王之信的不是，然后像是无意地问了一句："那两个中国人是做什么的？敢这么横！"

"做生意的。"哈瑞正在气头儿上，张口就答。

"他们很有钱吗？"

"是，很有钱，相当有钱。"

我看到那个人笑了起来。他的右嘴角像是被什么东西用力牵引着大幅度往上提，一半的脸挤在一起。那种笑容令人过目不忘。眼下，哈瑞知道自己闯了祸，伸手就要摸枪。可枪在我们的行李箱里，行李离我们有一个手臂的距离。王之信的两只拳头握得紧紧的，像是随时就要砸出去的两块硬铁。他的两只腿若不是"幸亏先生"拿脚顶住，恐怕早就跳下了马车。见我们没有反应，几个印度人抄着家伙往前走。眼看马上到达跟前，"幸亏先生"突然站了起来，砰的一声枪响，印度人立马抱头鼠窜、四处躲闪。借着这个空当，哈瑞也慌乱地找到了他的那杆猎枪。我这才注意到，"幸亏先生"手上举着一把手枪，枪口正对着天空。刚才那一发子弹，他并没有朝印度人打出。两匹马受了惊吓，有些摸不着北地在原地转起圈儿来。"幸亏先生"迅速抓住缰绳，急忙喊赶车人上车。马车很快就被控制住。现在，有两把枪正对着那几个拉杰普特武士，他们捡起掉在地上的长矛和砍刀，却不敢上前。

"不要开枪！""幸亏先生"小声提醒着哈瑞，又转头催促赶车人，"走！走！"马车慢慢调整好方向往前走，那些印度人不敢轻举妄动。哈瑞可不听他的，直接瞄准那个最前面的年轻人。我抓住哈瑞的枪管前部往上一抬，砰的一声枪响。马车小跑起来，那些印度人就那么远远站着，变成一小

———————————— 橘子不是橙色的

片黑点儿。很快就进入一个村庄，马车慢了下来，赶车人忍不住发问："你们就不怕下山时他们再来劫一次？"这话可能正好说到了王之信心坎上，他很是愤愤不平地问"幸亏先生"："刚才为什么不朝他们开枪？对这些山贼土匪，难道还需要客气？"

"出门在外，枪是用来防身的，不是伤人的。"

"这……不是一样？"哈瑞不由得疑惑了。

"不一样。"

"怎么不一样？伤人不也是为了防身？"

"防身是目的，伤人不是目的。""幸亏先生"总是不舍得多说一句话。剩下的行程，我们一点儿都不敢大意，两把枪一直握在他们手里。好在一路顺畅，我们没再碰上什么危险。进入山谷，有几户人家，零星有些茶园，茶树已经发出新春的第一批芽，深绿色的底板上冒出星星点点的黄绿。转几道弯便到达植物园，给我们开门的是一个三十来岁的英国人。知道我们是希尔公司派来的，他很热情地带我们去办公室。刚往里走了几步，王之信就迫不及待地问："那个詹姆森在吗？"

"哪个詹姆森？"

"威廉·詹姆森啊，就是觉得福钧的沃特箱应该打开的那个。"

"不知道。英国人完全没听明白的样子。"

"你们现在的主管是谁？"我插问了一句。

"罗宾逊·史密斯先生。"英国人突然间想起了一件事，说，"哦，我知道了，你说的应该是我们老主管，他已经调到加尔各答去了。"

"唉——可惜了！"王之信一声长叹，无限沮丧与失望，说，"我还有很多问题想问他呢！"

"你有问题可以问我们史密斯先生啊！他是植物学家，是你们要找的那个詹姆森的学生。你们真幸运，史密斯先生刚从德拉敦种植园回来，他肯定很高兴见到他老师的朋友。"

不知道这个英国人是怎么跟他的主管介绍我们的，反正十分钟后，史密斯先生确实一脸笑容地在办公室接待了我们，并为我们每个人送上一杯加了奶和糖的红茶。当然，他很快便知道，我们跟他的老师其实没有半毛钱的关系，顶多就是一本书的交情。但这并不影响一个英国绅士该有的风度。史密斯先生跟詹姆森共事多年，他知道很多关于这个笨蛋的故事。正如我们在书里看到的，福钧确实把詹姆森骂了个狗血淋头，但詹姆森并不以为然。他不否认福钧说的有道理，但也不认为自己的理论完全错误——既然有那么多茶树在他主管的喜马拉雅植物园活了下来，那么他的方法没有道理不获得支持。而且，他说他会一直坚持自己的理论，除非不让他当这个主管。王之信表示支持詹姆森的观点，我觉得这其中有巴结的意思。这是我几个月来聊得最为欢畅的时

——————————————橘子不是橙色的

刻，明明五个人坐在一起，却完全是我们三个人的话题。聊完詹姆森，我们又聊到了罗伊尔、法尔康纳，最后又聊到了瓦里奇，他们三个都是东印度公司的植物学家。就是在这个时候，我们产生了分歧。

　　毫无疑问，作为植物学界的前辈，瓦里奇发挥了最为重要的作用。如果不是他认为印度确实适合种植茶叶，东印度公司就不会先后派出戈登和福钧去中国采集茶苗和茶籽；如果不是他组织了庞大的外科医生关系网络，全面搜集印度偏远山区的土地信息，并最终建议在法尔康纳任主管的萨哈兰普尔植物园建立茶叶种植实验场，那些茶苗和茶籽就可能葬送在加尔各答植物园里。瓦里奇博士认为，一定要在喜马拉雅山山麓，中低纬度高海拔的地方，才可能种出好茶来。他的判断是正确的。没有他，印度今天这漫山遍野的茶园就不可能成为现实。史密斯先生希望得到我跟王之信的认可，他问："你们觉得呢？"

　　"我觉得还是法尔康纳的作用大些吧。如果戈登带回的中国茶树种子和茶苗没有在这里培育成功，有瓦里奇的建议又有什么用？我不会去质疑一个植物学家的专业知识，但既然他那么诚恳，我也愿意实话实说。"

　　"要我说啊，罗伊尔对你们英国的意义更大。如果不是他说服福钧去中国，你们的茶叶种植园里哪儿能有这么多好茶种？我们也没必要跑这么远来买茶苗了。"王之信倒是两边都不靠，但他的话听起来有些怪怪的味道。他自动划分出了"你们"和"我们"。所有人都以为他说完了，史密斯先生很可能想进一步阐述自己的观点，哪儿想到他摆摆手，马上又否定了自己。"不对不对，我觉得你们英国人忽略了一个人的重要作用。那个爵士，约瑟夫·班克斯爵士，很早很早以前他不是写了份报告，专门探索在印度种植茶叶的可能性？人家五六十年前就写了，只是你们东印度公司那时正沉浸在对华贸易带来巨大利润的喜悦中，你们把人家的建议束之高阁。他的想法就是一颗种子。没有他的那个想法，你们有谁会去注意印度有没有野生茶树，能不能人工种植茶树，能不能移植中国茶？今天在印度的一切怎么可能成为现实？他是你们英国全球植物贸易计划的核心所在，没有他，你们怎么可能开启世界最大宗的植物生产？你们永远要靠进口，进口！"

"你这想法非常新颖，我们英国人从来没有人这么考虑过问题。"史密斯先生冲着王之信又是点头，又是竖起大拇指。如果他的耳朵再大一点儿，我相信它们都能扇出风来。他说，"我觉得你说的非常有道理，科学就应该有这种质疑精神。我们欧洲人一直不缺乏质疑精神。欧洲人喜欢探险、冒险，而所有的探险都是基于对世界的质疑。如果不是因为对世界的诸多质疑，我们的探险船不可能一次又一次地选择远航，我们不可能去发现美洲大陆，不可能知道地球是圆的，不可能去发现宇宙的秘密。可是，现在，在我的学生里，最缺少的恰恰就是这种质疑精神。如果你留下来当我的学生，你一定会成为一个了不起的植物学家。"

对这个，史密斯先生美其名曰"质疑精神"。在此之前，我一直认为王之信对这个世界长期持有怀疑态度。当我说起英国工厂专门设有给工人喝茶的"茶歇时间"，他会说："这怎么可能？资本家怎么可能对工人这么好？"当我告诉他，一百多年前的切尔西拉内勒夫茶苑有直径一百五十英尺的圆形大厅，围绕大厅的墙边设有两层包厢，人们穿着盛装在圆形大厅里漫步攀谈，在包厢里喝茶聊天，他会说："这怎么可能？这听起来像是一个大剧院！"如果我跟他说，一七〇六年伦敦有一家"汤姆的咖啡屋"开始卖茶叶，他会说："什么？这可真是稀奇，这不是我们中国说的挂羊头卖狗肉吗？"当我说起一百多年前，单单伦敦就开有两千家咖啡馆，在这些被人们称作"一便士大学"的咖啡馆都可以点茶喝，他会说："天啊，这怎么可能？我们北京城七八十万人也才一百多家茶馆，你们英国人怎么那么能喝茶？你们是不是都不用干活儿？"如果我告诉他，正派的中产阶级家庭去旅游度假，都不会去提供白酒的酒馆或小旅馆酒吧，但他们会去茶店，他会说："天啊，多花那么多钱他们怎么愿意啊？"对我的话他总是怀疑，总是批判，但他的怀疑和批判里更多是好奇，是迫切想去了解的兴趣。这一点是很多英国人没有的，所以，我仍然会乐意讲给他听。现在，这个"怀疑"有了进一步的意思。

"我？留下来？当你的学生？你觉得可能吗？这些可都是我们中国茶呢。"王之信一阵冷笑。他的凤眼眯成一条线，他往下说出的每句话，也像是从那道缝里发射出来的冷飕飕的箭。"另外，我必须纠正一下史密斯先生的说法。您刚才恐怕是美化了你们欧洲人。我不否认欧洲人爱冒险爱探险，可我想问一下，你们有哪一次探险的目的是纯粹的？哪一次探险不是基于经济和政治的初衷？"

哈瑞站了起来。这是一个非常明确的信息，它无理地打断了王之信的话。史密斯先生意识到他可能忽略了两个更为重要的客人的情绪，赶紧转换了话题。他主动提出带我们参观植物园区。这里应该更像约翰叔叔说的中国茶园的场景吧？园区在山谷中，山谷四周是层层叠叠的群山，翻过一座山还有一道岭。附近分布着许多这样的山谷，植物园在许多山谷中都设立了茶叶种植点。温室及露天种植区域处于平地，平地四面几乎为崎岖、倾斜的山地所环绕，那些山地有大有小，一块块都种满了茶树。露天平地上种植着橡胶树、辣木树、紫檀树、苦楝树、相思树，温室里种着各种热带、亚热带植物，有奇形怪状的仙人掌、棕榈树、苏铁、蕨类。各种颜色的杜鹃花正肆意地开放，除了猩红、粉红、杏红等红色外，还有白色、黄色、紫色、绿色、淡蓝色；各个品种的兰花也是应有尽有，有蝴蝶兰、大花蕙兰、墨兰、君子兰、建兰、虎头兰。既有福钧从中国带来的中国蒲葵、中国瑞香、白紫藤、中国金橘、迎春花、荷包牡丹，还有印度本土的白玉兰、月季、瓜叶菊、天竺葵、海棠、旱金莲、扶桑……王之信的心思不在这里，他自己一个人在园区里转来转去。当我们在池塘边观看白色、蓝色、黄色、红色的各种睡莲时，他跑过来问："怎么没看到福钧用的那个沃德箱？"

"什么沃德箱？"哈瑞问。

"福钧从中国采集茶苗和茶种来印度时用的一个箱子。"史密斯先生解释。

"一个箱子有什么好看的？"哈瑞依然不解。

"你不懂。"王之信没有看到哈瑞难堪的脸色，只是一个劲地催促史密斯先生走。我走到哈瑞身边，跟他简单解释了沃德箱的工作原理：白天阳光照射，玻璃箱里的植物叶子吸收光能，利用土壤里的水分与二氧化碳发生光合作用；到了晚上，在冷空气作用下，植物挥发出的水蒸气凝结于玻璃罩上，逐渐形成水滴滴落到土壤中，从而保持土壤的湿度。如此这般，水分将从内部源源不断产生，光合作用也将持续进行，玻璃箱中的植物便能长期存活。听着感觉神奇，真正见到沃德箱时，哈瑞还是表现出了不屑："这不就是个玻璃箱？还是破的！"

"通俗点儿来说，"它是一个密闭的玻璃箱。史密斯先生指着箱体的交接处说，"当时福钧让中国师傅在这些地方都用油灰和油漆涂上，保持箱体的密封性。没有密封，水分就会跑掉；没有水分，就没法儿进行光合作用。"

　　"这跟刚才我们参观的温室其实是一个道理？"王之信问。

　　"对对对，你很聪明。这种便携式玻璃箱颠覆了原始的种植模式，使各种跨大区域大空间的植物移植成为可能。这一二十年来，除了福钧成功把各种优良的中国茶种移植到印度，用来提取奎宁治疗疟疾的金鸡纳树也直接从秘鲁移植到印度，连巴西的橡胶树也移植到了锡兰，这简直是植物经济的一次大革命。如果一百年前我们就有这样的沃德箱，那英国的植物贸易计划可以提前一个时代到来。"史密斯先生的言语中满是帝国植物学家的骄傲。

　　"是啊，是啊，不得不佩服你们啊——"王之信冷冷地哼了一声说，"这么多年，你们的不懈努力确实成功了，你们那些优秀的植物猎人让你们的国家称得上是世界植物复制工厂啊！'伟大'的复制工厂。你们总是站在英国人的角度考虑问题，你们觉得合适吗？"

　　"那不然要站在哪个角度考虑问题？"史密斯先生问。

　　"事物总有两面性，看待问题也有多个角度。就像一支笔是直的，插进水里就变成弯曲的了。"王之信说完转身离开。

"他没有回答问题。"哈瑞说。

"不，不，他回答了问题。"史密斯先生笑了。

十二

这时，基本上只有史密斯先生和两个中国人在聊，我和哈瑞成了听众。史密斯先生是个美食家，他去过中国厦门，这个城市跟王之信的家乡同样说闽南话。年龄相差二十几岁的两个人又有了许多交集点。他们聊起一种叫作蚵仔煎的东西——把海蛎、鸡蛋、薯粉、香菜拌在一起煎，史密斯先生觉得那就是中国的海鲜比萨，王之信说比萨绝没有蚵仔煎的嫩滑口感；他们又说起一种把炸瘦肉、猪大肠、猪血、豆干加在一起的面线糊，需要搭配一种萝卜和米磨成浆蒸成的萝卜糕……说得我跟哈瑞都直流口水。史密斯先生非常喜欢中国，他了解中国的历史。他知道"万国来朝"的汉朝、唐朝、明朝都有着几百年的基业，知道八百年前的泉州就已经是全世界海洋贸易的中心。他不相信马可·波罗在中国朝廷里当过官，他甚至怀疑《马可·波罗游记》是杜撰出来的故事，但他说还真有外国人在中国为官……看来他是个不折不扣的中国通。

晚餐非常丰富——当然，不是他们谈论的中国美食。有烤羊排、煎牛肉、烤鸡块、青菜，居然还有炸鱼薯条——这是一道刚在伦敦流行的美食，我一直还只是耳闻。作为西班牙军人在美洲发现的印第安人的主要食物，马铃薯长期被爱尔兰之外的英国人嫌弃。现在，同样的食材，当它被切成一段段，油炸成金黄色，与同样油炸过的鱼混合搭配在一起，就有了完全意想不到的效果。唯一的缺憾是，炸鱼的原材料不是肉质细嫩的鳕鱼，而是恒河里的一种小鱼。

史密斯先生无意间说起种植园附近的一条小溪里可以钓到一种鱼——几年才长一点点的小鱼，肉质更细更嫩更甜美。哈瑞便接话说："明天我们去钓鱼。"

"明天不是要去看茶园和苗圃？"我小心地问。

"那就看完再去钓鱼。"哈瑞说，"来得及。"

"你们去钓，我们正好去茶叶种植园走走。明天咱们就兵分两路……"王之信表现出难得的大度后，向史密斯先生抛出了一串问题，"当年福钧带来的制茶师傅还在这里吗？你们后来应该又聘请了许多制茶师傅吧？能不能让我们认识一下？能不能看一下名单？有没有泉州的、福建的？有没有王姓的或者是林姓的？"

"你们到底是来看茶苗的，还是来看中国劳工的？"哈瑞有些不满。

"当然是来看茶苗的，顺便看看我们的中国老乡。"王之信轻松一乐，说，"就像你看完茶园去钓鱼一样，两者不相矛盾啊！说不定还能找到我哥呢！"

"你哥不是去美国了？他什么时候来这里了？"我觉得

有些奇怪。

"我有好几个哥呢！"王之信笑了起来，说，"开玩笑的，开玩笑的。我哥才不会来这里，他要去挖美国的金子，才不来印度种中国茶……"

"你们是不是又要为中国劳工赎身啊？"哈瑞说，"要我说啊，中国劳工比那些孟加拉人条件好太多了……"

"他们又没卖给你们，怎么叫赎身？"

"不管怎样，你总得先了解一下违约金吧？你们这些中国老乡，为了四十五卢比的工资，居然肯跟人家签这么高的违约金。当然，也不全是他们傻，主要是买办们太能说了。买办说，我让你去管一个大种植园，让你当大经理，管一两百号人，制出上等茶来还可以有赏金，你是公司的一员，可以享受优厚待遇，你们进出自由，想留就留，想走就走。你说这么好的条件谁不会心动？哈……"哈瑞非常夸张地笑了起来。

我有一种强烈的不适感。

福钧在描述那些他带到印度的中国茶师时曾这样说："他们崇拜我，对我抱以最大程度的信任，视我为他们的导师和朋友。只要我一直以仁爱之心对待他们，那我就等于起到了潜移默化的作用，让他们也以仁爱之心对待其他人。"他们是仁爱了，可是我们呢？我问自己。

"上帝他老人家如果知道你这样没爱心，一定会不高兴的。"王之信似乎是在开玩笑，但我听不出来这有什么好笑——中国人的幽默让人难以理解。哈瑞显然也没听出来。他收住刚才的笑，给王之信献起计策来，说："我觉得你们应该把那铁观音拿出来请植物学家喝一下，没准儿史密斯先生一高兴，就会少算你们一点儿违约金……"

"你有铁观音？"史密斯先生两眼放光，说，"我在厦门时喝过。原本带回来一小包，但半路上不小心淋了雨，真是可惜得不行。"史密斯先生咂巴了几下嘴，说，"那是我喝过的最好喝的茶，让人记忆深刻，那种茶特别特别香……"

"对，对，是能喝的香水。"哈瑞插了一句，他颇为自己这个独创的比喻得意。我也很想把那个"能喝"改成"好喝"再说一遍，但我看到王之信冲我撇了下嘴。这个奇怪的中国人，他似乎不希望人家夸他们的茶。

"那不是一般的香，是一种……"史密斯先生激动地比画着，他在寻找一个最贴切的表述，是一种可以触动灵魂的香。

我惊讶于史密斯先生的用词。

"可惜都喝完了。"王之信无奈地摊了摊手，说，"其实也没你们说得那么好啦！"

"我们茶园里应该也有铁观音。"史密斯先生说，"是不是铁观音，你们明天正好帮我确认一下。"

"应该也有不少黑人劳工吧？"哈瑞冲我使了个眼色，

————————————————橘子不是橙色的

他似乎在暗示什么。见我没有附和，他凑过来小声地说，"看吧，今晚肯定又有事情发生。"

哈瑞恐怕要失望了——一夜太平。第二天上午，史密斯先生带我们参观植物园的苗圃和实验性茶叶种植园。名为植物园苗圃，实际上不少于五分之四的面积育的是茶苗。茶苗的种类之多，完全超乎我们的想象。A号苗圃育的是武夷山的正山小种，B号苗圃育的是武夷山的大红袍，C号苗圃育的是大白毫，D号苗圃育的是西湖龙井，E号苗圃育的是黄山毛峰……史密斯先生指着远处一个接一个的苗圃说，那边还有肉桂、大叶乌龙、凤凰单枞、白芽奇兰、紫笋、碧螺春等。连王之信都不说话了，这有些出人意料。王之信最大的特点是闲不住。通常情况下，嘴闲了，脚必闲不得；脚闲了，嘴必不得闲；两者都闲了，眼睛就闲不住了。

若干年后，我们三个英国人在伦敦的咖啡馆喝茶，还聊到了他的三个"不得闲"。哈瑞说，他将来一定是个靠脚吃饭的好伙计。我说，不，他应该会是靠嘴吃饭。史密斯先生连连摇头："不，不，不，他应该会靠这个吃饭。"他指了指自己的脑袋说，"这种人，给他一把斧头，他能造出一艘船；给他一把梯子，他能上天摘月；给他一个支点，他就能撬动整个地球。眼下，没有斧头，没有梯子，也没有支点，两个中国人成了哑巴。"

"天啊，中国人搞出这么多个品种的茶来，他们也不怕把自己搞晕了？"哈瑞显然跟我一样震惊，他的头摇得就像我小时候玩儿的拨浪鼓。我一直以为中国茶就是绿茶和红茶，怎么还有这么多区分？这怎么区分啊？

史密斯先生借机给我们上了一小课。

他用了一个非常形象的比喻，说就像同样的面粉可以制成面包、蛋糕、比萨，也可以做成面条。不同的茶种，做出来的红茶和绿茶是完全不一样的口味，它们有着自己的相对适应性。比如，正山小种如果制成绿茶，它的醇厚特性会使茶叶难以清爽。再比如，西湖龙井一旦制成红茶，则汤水寡淡，无法比拟小种茶。这又跟面粉的道理一样，如果你拿低筋面粉做面包，永远做不出你想要的韧性来。如果你拿高筋面粉做蛋糕、饼干，永远做不出疏松的口感。

"我看中国人最大的特点就是，他们总喜欢把简单的事情搞复杂。你说我们英国人，茶就是 tea，多简单。他们中国，茶除了叫'茶'，居然还叫什么'荼'啊，什么'蔎'，还有什么'荈''檟''茗'，听起来都晕。"哈瑞说。

"这说明中国人自古有讲究，他们过得细致。虽然都指的是茶，但称呼还是有所区别的。发苦的茶为'荼'，老粗的茶叶为'荈'，茶树长得高大的为'檟'，早采的为'茶'，晚采的为'茗'。"史密斯先生越讲越起劲，"不仅这些呢，他们还会管茶叫'云华''余甘氏''先春''不夜侯''玉爪'……中国人多有文化，能创造出这么多词来形容茶。还有，中国管'喝茶'叫'吃茶'，你们知道为什么吗？人家以前真就一直是拿茶叶来吃的。你们不要以为是那种野蛮的嚼食，人家是几个文人聚在一起，吃吃茶吟吟诗。宋朝人管那个吃法叫'点茶'。怎么点？把茶叶碾碎了，先加点儿水拌匀，然后边冲开水边搅拌，就生出许多洁白如花的泡沫，他们就拿泡沫来比赛，谁泡沫保持得久谁就赢……我说得对不对啊，林老板？"

"约翰叔叔果然没开玩笑，中国人以前真是吃茶。"史密斯先生连问了两遍，"幸亏先生"才回了句"没错"，他总是不舍得多说哪怕一个词。几个英国人在大谈特谈中国茶，而两个中国人几乎一言不发，这是多么有趣的场面。这种情形维持了差不多半个小时，直到史密斯先生带我们来到山坡上五号试点种植园。他所说的铁观音茶树就在这里。整个种植园里都是瘦瘦高高的乔木，唯独边上有几棵矮矮壮壮的灌木。这些灌木上长出的茶叶叶片，革质层显得特别厚，茶叶的锯齿状边缘特别明显。

"这真的是铁观音！"王之信几乎是惊叫出来。

十三

"不，这不是。""幸亏先生"说得非常肯定，"这是我们那边的另外一个茶种——本山。"

"这明明是。"王之信争辩道，"你看它这锯齿，本山不是应该……"

"哎呀，难道师傅还会不如徒弟懂吗？"哈瑞像是好不容易找着了挖苦的机会，拍拍王之信的肩膀笑道。王之信抬了一下手臂，有些厌烦地甩开哈瑞的手，又转头问史密斯先生："你们有没有育这个茶苗？"

"暂时没有。一直不知道这是什么茶种，所以也就一直没有育苗。现在知道了，明年可以考虑培育一些。"史密斯先生问，"本山应该是属于乌龙茶，那好像是另一套制作工艺了？"

"那是。"王之信的小骄傲又来了，"乌龙茶的工艺可没红茶和绿茶这么简单，需要晒青、摇青等工序，特别是摇青……""幸亏先生"招呼哈瑞往苗圃走，说："一会儿还要去种植园，现在我们就把茶苗种类和数量给确定下来吧。"

有些东西再明白不过——低调的老板不想伙计太高调。这是哈瑞的想法，我却不这么认为。我们按照"幸亏先生"给的建议，完全排除了广州的茶种，决定购买武夷的正山小种、大红袍、水仙和肉桂，还有西湖龙井和安徽大白毫等，每个茶种都要了四五千株。一个小时后，史密斯先生、两个中国人，还有植物园的一名医生，坐上了植物园的四轮马车。他们要去的是珀伊尔茶叶种植园，据说种植园里只有刘姓和陈姓两个中国制茶师傅。哈瑞纠结了很久，终究没有坐上去。"看吧，这回肯定要带个中国劳工回来了。"哈瑞望着马车的背影说。

四个人直到第二天傍晚才回到植物园。哈瑞预测错了，他们没有带回来什么工人。他们只是多去了哈瓦勒堡种植园，那里制作出来的茶叶有一种比较特殊的气味。史密斯先生之前一直推测这跟一个陈姓的师傅有关，"幸亏先生"帮他们找到了答案。那片茶园土层比较薄，土层下面是烂石层，含有丰富的矿物质，种出来的茶叶自然含有更多微量元素。王之信的状态有些不对劲，整个人蔫得像粒葡萄干，刚进房间就往床上躺。

史密斯先生帮我们安排好了第二天的用车，四轮马车载人，四轮牛车载茶苗，九点钟出发。离晚餐还有一点儿时间，他便在自己的房间摆开了茶桌。喝的是史密斯先生珍藏的正山小种，前不久刚从英国带来的。茶是好茶，只是少了王之信，这样的下午茶像是缺了润滑油的齿轮，生涩难以运行。每个人都坐得方方正正，谈得正儿八经，连哈瑞也俏皮不起来。刚冲到第三遍水，王之信喊我出去。史密斯先生请他进屋喝茶，他应了声"不了"，反身就走。进了我的房间，他伸手递给我一个小瓶子，说："送你一点儿我们最好的铁观音。"

"不是说没有了？"我忍不住问。那是一个圆形青花瓷小茶罐，说不出来的漂亮与精致。得是什么样的茶，才能配得上这样的瓶子？

他让我先将茶收起来，见我用衣服包裹住茶罐，这才说："上次你喝的那种，确实没有了。不过，有我也会说没有的。"末了，他又交代，"这茶自己喝就好了，不必示人。"

我笑了，说："你就不怕我将来也成为植物猎人？"

"不，你不会。"王之信想起了另外一件事，说，"借我的那本书能不能送给我？"

"我本来就打算送给你的呢。"我说得非常轻松，但肚子里却有十万个为什么。"你要先走？"

"我怕到时给忘了。"王之信的脸红了，他摸着脑袋解释说，"忘了就不好了。"看他有些心不在焉的样子，我指着他说："不对，你肯定还有事。"王之信放下手，说："算了，算了，有件事情还是告诉你吧，也还要请你帮忙呢。"他说出来的事情着实吓了我一大跳。故事还没完全讲透，他突然站起来，边往外走边笑着比手势说："走，走，去'驾崩'！去'驾崩'！"我有点儿摸不着头脑，跟着站了起来。这时候，哈瑞走了进来。我灵机一动，学着王之信，一半英文一半闽南语，拉着哈瑞往外走，说："走啊走啊，去'驾崩'！去'驾崩'！"哈瑞只能稀里糊涂地跟着走。中国话非常有意思，除了通用的官话，各个地方还有各个地方的土话。这些土话听起来完全不一样，有时候不同的话还会打架。王之信的家乡说闽南语，据说是两千多年前的官话。这个"驾崩"，它的意思其实是吃饭。看我念得有模有样，他又笑着提醒我："什么时候你有机会去京城见上我们皇帝，你千万不能用闽南语喊皇上吃饭啊，会被砍头的！"

这是一顿愉快的晚餐。小溪鱼做的炸鱼薯条果然更加美味，哈瑞打到的山鸡做成的山鸡蘑菇汤鲜得不行。大家兴致都很高，喝了很多酒，后来我跟哈瑞都睡过了头。第二天简单吃过早饭，左等右等一直没看见两个中国人。他们的房间收拾得很干净，包裹也不在，桌上留着一张纸条："有急事需要先行，我们提前出发了。一路平安！"所有的问题似乎都有了答案。

"马车都在，他们怎么走的？"哈瑞问。

"他们骑马走的，天没亮就走了。"印度园丁说，"有人牵了马匹来，应该是之前就约好的吧。"

"真不知这些中国人在玩儿什么把戏，莫名其妙！"哈瑞非常生气。史密斯先生还在休息，我们不便打搅，只能出发。下山的速度快了许多，到加尔各答时才下午四点。安顿好那些茶苗，我们正商量着先去买船票，然后去照相馆取了照片再去吃饭，史密斯先生带着人来了。他们检查了我们牛车里的茶苗，又翻看了我们的行李。"怎么啦？发生什么事了？"哈瑞问。

"工人中午才发现那几棵本山茶树不见了，它们被连根拔起，一棵都没留，甚至都没有任何一根树枝留在现场……"史密斯先生没有再往下说，但我猜到了什么。

"肯定是那两个中国人，他们天没亮就走了。"哈瑞恶狠狠地说，"走就走，还要拔几棵本山茶树走，这什么意思？"

"有没有可能那些是铁观音？"史密斯先生说。

"肯定是，肯定是！"哈瑞连声赞同道，"这些狡猾的中国人。"

这些可爱的中国人。我想。

十四

哈瑞像是一只勤劳的蜜蜂，不停地在各个茶桌间穿梭。这只蜜蜂过于肥胖，我总是忍不住要替他担心——那个浑圆的肚子万一顶在两张椅子中间动弹不得，该如何是好？当然，我的担心完全多余，对于这样的场合，他已经应对自如。"红茶中的香槟"大吉岭春茶品赏会已经连续举办四年了。往年，都是亨利先生带着他来参加。今年，还在英国处理公司事宜的亨利先生赶不上这场盛会，哈瑞便拽上了我。现在，他已经是希尔公司的小股东，是公司在阿萨姆地区的负责人，我则接替了他原来的角色。这么多年，他见过无数世面，喝过无数好茶，非常懂得跟不同的人说不同的话，喝茶的时间明显也多了起来，但他还没完全学会如何正确鉴定一泡茶。而这恰恰是我擅长的。这就像是那个万物守恒定律的作用原理，我的舌头在这种社交场合极不灵活，但一碰上茶水，便成了一条游弋自如的鱼。我把王之信当年

————————————橘子不是橙色的

教授的那个品铁观音的方法，照搬过来应用在红茶的品鉴上。事实证明，无论是对于香气的衡量，还是对于口感的把握，这个方法都极其管用。经得起舌头充分接触和感觉，不苦不涩满嘴舒服的一定是好茶。我现在是公司的首席茶叶品鉴师。上个月，约翰叔叔来信说："托尼，如果你现在回到伦敦，肯定会有很多家茶馆争抢你！"我很高兴他这么看好我。我来阿萨姆的第二年，他发了笔小财，让我回英国继续完成学业，我拒绝了。后来，他又提出在伦敦开个茶馆让我打理，但我还是更想去中国。再后来，他给我介绍了一个乖巧的女朋友——世间真有又乖又巧的女孩儿。现在，她是我的妻子，我们一起在阿萨姆生活。等攒够钱，我们打算来一趟中国之旅。

　　我不喜欢这样喧闹的场合，它始终无法让人安下心来细品。与其说这是春茶品赏会，莫若说这更像是一场茶界的交际盛会。绿色的草地，分散的小圆桌，洁白的桌布，像树一般站得直挺挺的黑人用人，白衬衫、硬挺的西装、绷紧的马夹、拖地的白色礼服、白礼帽、白手套，说不完的客套，喜气洋洋的寒暄，如果不是有远处喜马拉雅的皑皑雪山，近处冷杉树林层叠而上的苍翠，谁都有可能产生这是在伦敦的错觉。我跟哈瑞打了个招呼，想四处走走。"等等，等等！"哈瑞一把拉住了我，一脸神秘地说，"走，走，带你见一个老朋友，你会喜欢的！"我一个急转身，跟身后一个强壮的雷布查人撞到了一起。雷布查人手上拿着的一包东西给撞到了地上，我一边跟他道歉，一边帮他把东西捡起来。他愣愣地接过东西，不停对我说："谢谢，谢谢！"坐在一旁的大吉岭茶叶公司生产部经理大声呵斥着雷布查人，雷布查人赶紧把手上的东西递给那个经理。哈瑞拿手往我肩上一搭，说："走，走，走。"他最大的特点就是热心，整个品赏会的重心完全是没完没了地介绍人让我认识。"托尼，托尼，这位是梅尔公司的经理霍尔先生，整个阿萨姆长得最帅的经理，如果你想知道如何泡妞，那问他肯定没错……托尼，托尼，这位是疗养院的院长助理肯特先生，很快他就要接任院长了，如果你关心总督官邸什么时候可以建好，大吉岭上是不是真的要修建铁路，你都可以问他……托尼，托尼，这位可是我们的大英雄亨特少校，你不能只关心你的那些小事……"他是个聪明的人，正利用各种场合弥合与我之间的缝隙。

前不久，我的方案再次被他否决。我希望他给公司董事会提议对种植园制度进行改革，方案借鉴苏格兰人詹姆斯·泰勒在锡兰经营的卢勒康德拉种植园的做法。在那里，茶叶的制作与销售由各个茶园独立负责，每个种植园都是独立的小村落，有着情人崖、伯加哈茶村、波菩蕊丝小镇等一些听起来非常亲切美好的名字。他的劳工是自由的，每年稻谷要播种的季节，劳工们可以沿着北方通道回老家耕作自家的田地。就在前不久的茶叶拍卖会上，泰勒的二十三

————————————————橘子不是橙色的

磅红茶卖出了四英镑七先令。哈瑞说："连上报都不用上报，董事会不会同意的。一来跟黑人谈什么自由？我们给他们自由，谁来为公司支付增加的成本？二来，把权力都下放给各个种植园，那还要我们这些总部的人干什么？"后来，我做了让步，要求要么给黑人加薪，要么给他们自由。哈瑞大笑说："公司聘请你是让你来为公司创造财富，不是让你来当救世主的！"这话说得非常难听，我好几天不跟他说话。

这时史密斯先生来了——他现在已经调任加尔各答植物园的主管。跟六年前相比，他瘦了许多，背也微微往后驼，眼睛里没有一点儿光。哈瑞拍着自己的肚皮说："真羡慕你这么好的身材，不像我这儿，费布又费力！"史密斯先生倒也直言不讳，说他生了一场大病，可能这一两年就会申请回英国。我表示了遗憾，不知该从哪里安慰起。"这样好！"哈瑞马上生出很多话来——他总能化解尴尬。"你肯定是水土不服，回英国休养一段时间就好了！好了还可以再来嘛！"这些话其实很有问题。哈瑞的老婆第一次来印度就"水土不服"，回英国后便没有再来。他最近也在申请回英国工作，但他从来不说。我看了他一眼。史密斯先生突然问了我一句："你上次带去的那种茶还有没有？"

"什么茶？"哈瑞很好奇。

"噢，那是我们公司做的红茶。"我赶紧接过话，我希望史密斯先生理解我的用意。"那次你不是让我带人去萨哈兰普尔买茶苗？就是那次，我带了一点儿公司的茶请史密斯先生帮忙鉴定。"

"是，那红茶真不错。"史密斯先生果然聪明。

他说的其实是王之信送给我的那罐茶。回公司驻地后，我自己曾经一个人泡过两次，果真比之前的那泡更厚重更滑润。如果茶汤的软滑可以用织物来形容的话，那么之前冲的那一泡应该是纯棉布料的，它厚实、豪气，但也显得相对粗野；而小青花瓷茶罐里的茶叶泡的茶该是丝绸质地的，细腻、绵软、优雅，它紧密柔软地包裹着唇舌，那种香和韵味持久在口腔里回荡。无论是红茶还是绿茶，都可以随时随地，一个人一大杯一大杯地往下喝，但喝铁观音不行。它需要至少有一人可以对饮，然后彼此交流，否则就会怅然若失，不吐不快。从我到阿萨姆的那年冬天开始，公司抓住灾难来临的机遇，陆续收购了周边区域的许多茶园。时间像是淘沙的流水，现在掌控阿萨姆绝大多数茶叶生产的是阿萨姆茶叶公司、乔里豪特公司和我们的希尔公司，另外十几家小型茶叶公司只是一息尚存，估计也扛不了多久。大量收购新茶园的那两三年，公司每年都派人去植物园购买茶苗。第一年是我去的，我把那小罐茶也带去了。那天，嗅着杯中的茶香，我不禁赞叹："如您所说，这真的是能触动灵魂的香，会让人经常想念。"

史密斯先生闭上双眼，深嗅着盖子上的茶香，吸气，吸

　　　　　　　　　　　　　　　　——橘子不是橙色的

气。我没有打扰他，等待他慢慢喝下那杯茶，久久才说出那句令人震惊的话。这绝对是一泡有灵魂的茶！跟它相比，所有的茶都是没有灵魂的。他的眼睛里闪出不一样的光芒。他说，这种香经过岁月的沉淀会更加沉稳、含蓄，有思想深度的人也是这样。史密斯先生没让我失望，他确实是个懂茶的人。

眼下，我只能表示遗憾，说："早知道会在大吉岭见到你，我就把那一点点茶带过来了。"

"也好，就这么心生想念也是一种美好。"史密斯先生没有多说什么。

十五

我们像是在打我们两个人才懂的暗语。哈瑞感兴趣的似乎也不是谈话，而是打招呼。他的眼睛像探照灯，在草地上四处扫射，他又发现了新的对象。他招呼我一起过去。我厌倦这种无效的社交活动——只需转个身，我就几乎已经忘记他们谁是谁。我婉拒了他的邀请。眼见这只胖蜜蜂又在桌椅间忙碌穿梭，我们找了个地方坐下来。可以聊的话题很多，史密斯先生是个博物学家。不停有人过来打招呼，他偶尔也会跟我介绍，这位是"会说话的图书馆"，坎贝尔医生的侄子，正是他在大吉岭上开辟出大英帝国茶叶种植事业；这位是胡克先生的学生，胡克是个植物学家，他是达尔文的密友，他出版了著名的《喜马拉雅日记》……这才只是开始。然后，他会跟我讲坎贝尔医生和胡克的故事。二三十年前，大吉岭还属于锡金王公的领地，东印度公司租用大吉岭作为军人疗养地，疗养地的坎贝尔医生把戈登博士带回来的种子撒在附近的山坡上，他学会了喜马拉雅山当地居民的语言，深入研究了当地人的生活习俗，甚至包括廓尔喀人和雷布查人的宗教仪式。一八四九年，胡克正在喜马拉雅山脉开展植物考察研究，狂热的植物学爱好者坎贝尔决定追随其左右。当他们走到卓拉垭口，眼看胜利在望，锡金王公派人逮捕了他们。东印度公司旋即派出军队，两个人才得以获释，大吉岭也正式纳入女王的版图。就这样，刚在大吉岭坐过六星期牢的坎贝尔医生直接被任命为该地区英方驻地官员。两年后，他在这里种下了福钧带回来的中国茶籽。可惜苏伊士运河通航不久，他就回英国去了。

"他们都是了不起的植物学家，都为女王为大英帝国带来了数十种植物，让构建我们的全球植物贸易王国指日可待。"史密斯先生赞叹道。

"您也是。"

"不，还不是，但很快就是了。"史密斯先生看着手中的茶杯，意味深长地说，"过不了多久，这杯中的茶也会换成铁观音。"见我愣怔着，他的脸上挂起胜利者的微笑。"是真的，你别不信，这还要感谢你的那泡好茶。几年前，我就交代人去找铁观音茶苗，去年还真让一个洋行的买办给找到了。那些茶苗已经送到萨哈兰普尔植物园，不出意外，再过三年，大吉岭上也可以种上铁观音茶树了。比较要命的是，这个茶种需要做成乌龙茶，制作工艺很复杂。之前有广州和武夷山来的中国劳工说会做，结果做出来的什么都不像。这完全没有道理，武夷山也有乌龙茶，按理他们应该也会做才对。安溪的那些茶师把这个当成他们老祖宗的遗产，坚决不肯外传，他们也不愿意来，给再多工资也不愿意。这真是麻烦……"

好像被什么东西咬了一下，我瞬间便没有了交流的欲望。我后悔当年没有听王之信的话。现在，这确实是个麻烦——我惹下的麻烦。植物园的现任主管过来打招呼，我借机起身。蓝天，白云，青山，绿树，都是白日里最好的光景。这里看起来已经初具一座山城的雏形。原本只有一座提供给军人和政府雇员休闲避暑的疗养院，后来依着山势又多整出几块平地，多建了几座房子。现在，附近又新建了几座欧式小别墅，有几十个英国家庭在这里定居。疗养院区域是几座风格统一的平房，都带着舒适的小阳台，阳台上摆着可以泡茶的小圆桌。院区内设有网球场、小型板球场、医务室、棋牌室、图书室、活动室，以及一个小商铺，还布置了两间供孩子们学习的教室。两个雷布查园丁在花园里，一个在拔草，一个在种花；两个夏尔巴人在马车棚里，一个在整理马车座位，一个在梳洗马匹；几个尼泊尔妇女正在打扫房间，一个给窗台上的花浇水，两个正在晾晒衣服；一个强壮的雷布查人拉着马匹往马车棚走，经过我跟前，那人突然停了下来，对着我鞠了一个躬。是刚才那个跟我相撞的人。我觉得这个印度人过于礼貌了，没想到他又说了一句"感谢您"……他后半截说了什么我没听到。马车棚里有个夏尔巴人在叫他，说他们马上要出发了，夏尔巴人的声音非常大。我微笑点头，算是回应他——我想他一定认错人了。几十米外，一座新建的学校正在装修。一个苏格兰传教士急急走在小道上，前方不远处正在建设中的圣安德鲁教堂已经露出标志性的哥特式尖顶。一条窄窄的街道，几间小店铺，一家小诊所，以后，街道会拓宽，周边还会陆续建起医院、银行……一条宽阔的上山公路盘绕着山体蜿蜒，再过几年，顺着这条山路将会开建铁路。到时，蒸汽火车将替代牛车把山上的茶叶运往山下，运到加尔各答，时间将从三天缩短到八个小时。山路两旁东一处西一处散落着低矮的木头房子，常常是三五间成群，七八间结队，房子中住着马尔瓦尔人、比哈里人、廓尔喀人……更多的是尼泊尔人。尼泊尔人的房子周边通常都有他们分散种植的小块茶园。陡峭的山坡上规模壮观的连片茶园，像是起伏的绿色波浪，大吉岭茶叶公司的监工正指挥一大群孟加拉人在茶园里劳作。再过十几天，今年第二茬的采摘即将开始，他们正忙着给茶树抓虫、拔草。更远的地方，喜马拉雅雪山在阳光下发出晃眼的冷光，一闪一闪，蓝天被它映衬得格外蓝、格外醒目。

几个英国小孩儿在一片空地上玩儿，两个男孩儿在踢球，五六个在做游戏。两个男孩子拿手搭出一顶轿子，手轿上坐着一个小女孩儿，前方两个男孩儿做着敲锣打鼓的样子，旁边一个头上插朵花的女孩儿把手搭在手轿上。这不像英国人的游戏。果不其然，他们一边往前走，一边齐声念了起来："天顶一点红，地下甘草十二丛。李花开，桃花红，松柏籽，做媒人。做哪里？做大房。大房人刨猪，小房人刨羊，敲锣打鼓娶新娘。新娘新当当，饰裤鞋袜百二双，叫你一双阮穿甲无甘，乎老鼠咬去塞壁空。"他们并非在唱歌，可那些念出来的一个接一个的词里带着一种高低起伏的旋律和节奏，男孩儿搭起的那顶手轿也随着节奏有规律地上下颠晃起伏。那些词我从未听过，但那种节奏和旋律又分明有些许熟悉。我突然意识到，这应该是一首闽南语童谣。英国小孩儿怎么会唱闽南歌谣？难道这附近也有闽南人？我加快脚步追了上去，拦住那几个小孩儿。坐在手轿上的那个小女孩儿告诉我，是后面小山坡民房里的小孩儿教的。我往山坡走，平地处有几间简易木屋，这些木屋里住的都是中国茶师跟他们的妻子儿女，他们一般娶的都是印度女子。木房的柱子上挂着两三条新制的腊肉，正往下滴着油。几个孩子在木屋前奔跑、打闹，他们完全是中国人的模样，但后脑勺没有辫子。我用英语问："你们是不是有谁会说闽南话？"他们听得懂英语，但不明白"闽南话"是个什么东西。我又问："那些英国小孩儿念的歌谣是你们教的？"所有人都把目光投向一个七八岁的小男孩儿。

"你是闽南人？"

他摇头。

"福建人？"

他又摇头。

"那歌谣是谁教给你的？"

"陈中国叔叔。"他终于说出了一个人的名字，又往后面的山林指了指说，"他在山上砍树。"

十六

果真就听到砍树的声音，我循着声音一直往里走。成片的冷杉树林郁郁葱葱，犹如一把把插向天空的长剑，间或一两棵白杨树、白桦树、橡树、榆树。每年的五月，春天要走未全走，夏天要来未全来，正是一年里最好的气候。七千英尺海拔，温度和湿度都不高不低。林子里的风吹在身上干干爽爽，清清凉凉。猩红的杜鹃花已经开败了，只剩下零零星星的三两朵。一棵树皮粗糙的大树上寄生着好几圈儿的石斛兰，它们整齐地开出紫粉色的花，煞是好看。声音越来越大，应该就在很近的地方了。我加快脚步往前走，声音就在此时戛然而止。我只能按着大概的方向继续往前走，又走了一两百米，并没有任何发现，只能倒退回来。我试着再往西面走。没走出几步，似乎听到东面传来什么声响，赶紧又掉转方向。果然很快就看见一棵高大的冷杉树直挺挺地倒在地上，前头像是有男人哭泣的声音。我踮着脚，轻轻走过去。一段崭新的冷杉树桩高出地面五六英寸，一个长辫子的中国人面朝树桩跪在地上，树桩上摆着几朵杜鹃花、几串山上的野果，还有一小碗米饭、一小段腊肉。他的手上举着两根点燃的香，做双手合十状，双肩不停抖动着，一句接一句我完全听不懂的话里带着哭腔。不知说了多久，他把香往树桩前的地上一插，开始磕起头来，一个，两个，三个——那正是中国的方向。见他起身，我这才走了过去。

"请问，你是陈中国？"见他一脸诧异，我便把刚才听见歌谣的事情说了。所幸，他听得懂英语。

"我就想请问一下，你是福建人？"

"是。"

"你教那些孩子的是闽南童谣？"

"是。"

"你是泉州人？"

"是。"

"你是安溪人？"

"不，不是。"他的嗓子里像是支了台破旧的织布机，涩涩地卡在那儿，不大能划拉过去。他的身材不高，有些壮实，眼睛很大，脸上的皮冷杉一般粗糙，那是阳光深深眷顾过的痕迹。他像是急着离开。

"你认不认识一个安溪的制茶师傅，他叫陈金鼎？"

"不，不，不认识。"他蹲下身把那碗饭和那段腊肉抓起来，转身就要离开。他一点儿都没有中国人的热情。

"那你知不知道大吉岭上还有没有安溪人？或者，还有没有姓陈的闽南人？"

"不知道不知道！没有没有！"他不耐烦地摆着手，大踏步往前走。

我想我打扰了一个中国人的清静，他有理由对我无礼。如果没有第二天的再次见面，一切便都已经结束了。此次大吉岭的茶会其实还有另外两项内容叠加在一起。去年春天，一个叫杰克逊的年轻人在阿萨姆 Heeleakah 茶园发明了茶叶揉捻机，大吉岭今年第一次使用这个机器，他们拿四分之一的茶园进行试验。活动第一天下午，各个茶叶公司较量的是纯手工制作的茶。第二天上午，较量的则是半机械化制作的茶。来山庄度假的一位勋爵的生日恰在这天，所以还会在当天下午举办一场隆重的生日派对。勋爵的生日派对上，请大家品鉴的是大吉岭茶叶公司今年最好的两泡茶——一泡红茶一泡绿茶。红茶产自阿鲁拜里茶叶种植园，绿茶产自帕塔邦茶叶种植园。公司今年首次举行了制茶比赛，勋爵亲自为两个制茶师傅颁奖，他们每个人获得五十美金。我惊奇地发现，那个陈中国居然也站在领奖台上。他的眼睛始终没有抬起，像是被死死钉在身前六七英尺的地方。我在犹豫要不要去表示祝贺。史密斯先生看到了我，特意走过来。"我佩服所有能把一片平常无奇的树叶变成杯中香茗的制茶师傅，他们是茶叶的魔术师。"他说着，举杯指向颁奖台，问，"你说，他们有没有可能会做乌龙茶？"我不知道该如何回答，但这提醒了我。我作势起身，说："要不，等下我去帮你问一下？"

　　陈中国正要走下领奖台，有个矮个子中国人突然冲了上去。矮个子中国人揪住陈中国的胸口，一拳打到他的脸上。他倒退了两步才站稳，一只鼻孔里流出了血。他拿手捂住鼻子，往上仰起头。台上台下顿时一片哗然。勋爵冲着疗养院的主管发了一通火，主管把手一挥，几个士兵立马冲了上去，架起矮个子中国人就往外拖。陈中国顾不得自己的鼻子，小跑着追上去，拦住了他们，说："这是个误会，误会！放开他！放他走！"矮个子中国人趁势逃脱。眼见陈中国走出绿地，我几步追了上去。"陈中国，祝贺你！我把自己的手帕递给他。"

　　"没什么好祝贺的。"他的脚步停住了，但他的手一点儿不领我的好意。他说，这只是个耻辱。

　　"你赢了所有人。"

　　"我不想赢。"

　　"那你为什么要赢？"

“为了奖金。”

“你在攒钱？”

…………

“你想回中国？”

…………

“我可以帮助你。”这句话如此急迫地溜出嘴，我才猛然想到，亨利先生终究没有兑现诺言，两个安溪人的泉州老乡至今还在种植园。

“我不需要洋人的帮助。”陈中国说得云淡风轻，一点儿不近人情。我看了史密斯先生一眼，他一直注视着我们。我善意地提醒：“你现在是制茶能手，估计他们也不会轻易让你走。”他冷冷一笑，说：“手艺是说来就来，说走就走的。”他没有继续交谈的想法，脚步已经迈开，我犹豫了一下还是跟了上去。“有件事，我还是想提醒你一下。如果将来你们这儿有安溪的茶师傅过来，千万不要告诉人家是你安溪过来的。”

“为什么？”他转过身来。

“他们正在找会做乌龙茶的人。将来，可能这里也会种上铁观音。”

“做梦！我不可能让这里长出铁观音。他们种一棵我就拔一棵。”

“你们中国人怎么都一样啊？”我笑出声来。

“他们以为真能在这里种活铁观音？再说了，即便能种

　　　　　　　　　　　　　　　　——橘子不是橙色的

活它，也会变成其他味儿。"

"如果是这样，那也就没什么好担心的了……"我释然道，"说实在话，你还真有那么一点儿像安溪人，他们安溪人也是这么说的。"

"哪个安溪人？"

我便跟他讲了王之信的故事，讲了王之信送我的那罐茶叶。"印度之行，他们其实是要寻找一个叫陈金鼎的亲人。到了印度才知道，这事有如大海捞针。这七八年来，我试图帮他们寻找，可惜一直没有消息。"讲到这儿，陈中国突然问道："你说的那两个安溪人叫什么名字？"我把名字告诉了他，还给他看了我跟王之信的合照。照片上的王之信鼻梁高高挺挺，眼睛长长扁扁。情形似乎在这里发生了改变。他长呼了一口气说："其实，我认识那个陈金鼎。"

"可惜，他死了。几年前就死了。"陈中国说。

十七

哈瑞要陪勋爵去打猎，我多了一天的时间。这两个晚上他都陪着勋爵。一个晚上打牌，一个晚上打网球，他的十八般武艺全都派上了用场。大吉岭上最不缺的就是大人物，军界政界的都有，而大人物身边特别需要哈瑞这样的人。勋爵是个狂热的狩猎高手。据说，他只比那个富有传奇色彩的罗格斯少校少猎了二百零八头大象。一千三百五十六头，这是一个很难超越的纪录。在猎杀了他生命里的最后一头大象后，那位少校被雷电击中，暴尸荒野。这以后，勋爵也不再猎杀大象了。大概他知道，上帝对少校的惩罚是有原因的。更大的可能性还在于，他们家从餐具的手柄、家具的把手，到台球桌上的球、钢琴上的琴键、螺丝刀的握把，再到纯粹只是摆设的中国毛笔上的笔杆、中国围棋棋盘上的白色棋子，全部都用象牙换了个遍——工业革命在他家得到淋漓尽致的体现，他们现在可真是住在象牙塔里的人了。如果再这么猎杀下去，除非他把家里的用人也换成全象牙做的，否则，再大的家也装不下。这回，他要猎杀的是豹——他最近新找的小情人尤其喜欢豹纹装。哈瑞希望勋爵给他一个效力的机会——除了之前送给方方面面头头脑脑权贵的，他在阿萨姆至少还存有六张豹子皮。但勋爵是个绅士，他可不允许自己给爱情造假。他说："穿着我猎杀的豹皮，她便能时时感受到我的爱。他发誓一定要让子弹打穿豹子的头部，不在豹身上留下枪眼，这样她穿上的豹皮才是完美的。说这话的时候，他咧着嘴笑。

　　他们要去的树林离山庄有较远的距离，那里经常有虎豹出没。天还没亮透，他们就出发了。我也没了睡意。我的计划是，先去教堂走走，再去印度当地人的寺庙里看看。然后，随便找一处开阔的地方静静地看会儿书，坐上那么一整天。在这里，呼吸山野的空气，吹吹山野的风，闻这山野

　　　　　　　　　　　　　　　橘子不是橙色的

的花草香，什么事情都不做的感觉也很好。史密斯先生打乱了我的计划。吃过早餐，往房间走的路上，史密斯先生说："一会儿一起去散步，再带你去喝大吉岭的乌龙茶，我叫你。"大吉岭有乌龙茶？我想我一定是听错了，但我不会拒绝一个资深茶人的好意。大吉岭茶叶公司的生产部经理带着我们沿着公路往下走。不时有牛车经过，下山的牛车上通常装的是茶叶，上山的牛车上通常装的是肉类、粮食和酒。从山上到山下，牛车需要走一整天。火车开通后，时间将缩短到三个小时。女孩儿们跟着自己的母亲围在村口的水井边，母亲们负责打水、洗衣，女孩儿们负责把水缸顶在头上送回家，然后烧水做饭；男孩儿们捧着水缸里的井水喝，再随便抹把脸，就跟在父亲的身后上山伐木、砍柴、打猎……印度这几个产茶的大区域，数大吉岭的气候最好，海拔、湿度、温度都不高不低。无论经度还是纬度，它都处于一个相对中心的位置，往西是萨哈兰普尔，往东是阿萨姆。适合茶树生长的阿萨姆，是世界上最不适合人居住的地方。半年的雨季，再加上沼泽丛林，潮湿是最大的问题。这个季节，只要两天雨，被子都能拧出水来，再加上高温、闷热、蚊虫肆虐，空气都跟着发霉。大吉岭这里却凉爽得很，难怪政府和军队的官员们都喜欢来此度假。

　　晨雾罩着整个大吉岭，最美的是翠绿的茶园。有时是雾的大片白里猛地吐出一点儿茶的绿，更多时候是茶园的大片绿蒙着一层近乎透明的白纱。山顶浓厚的雾成团成簇，显得有些笨重，它们与天上的云连接在一起，遮住了山体的面目。山腰以下的雾又轻又薄，似乎轻轻一吹它们就会消逝。只一转眼，它们便又上升了几英寸。轻的重的，厚的薄的，看得见看不见，它们都在一点点往上飘移，像是高处有一双无形的大手，正把它们一点点往天上收。啾啾、喳喳、叽叽，鸟儿的声音渐渐稠密起来，像是被那些云雾滋润过，显得格外清脆，悦耳动听。它们遥相呼应，枝头一片嬉戏热闹。隐约传来读书声，一个男人在领读，两个孩童在跟读，那声音被阳光裹挟着投射下来，有一种明媚的味道。他们读的应该是中国的《论语》。"子曰：学而时习之，不亦说乎？有朋自远方来，不亦乐乎？人不知而不愠，不亦君子乎？……"当年王之信摇头晃脑地给我读过几段，讲了其中大概的意思，还讲到了那个名叫孔子的中国老师。经理有些厌烦地说："这些中国人有力气不用来研究制茶，每天都在念这些没用的东西。"史密斯先生说，他们一定是怕忘了中国话怎么说。

　　走了大概有半个多小时，正要往回走，两匹马嗒嗒嗒地走上来，旁边跟着几个看热闹的尼泊尔人。前面的马匹上坐的是英国人，英国人手上抓着一根马鞭。后面的马匹上坐的是那个强壮的雷布查人，雷布查人手上拽着一条绳子，绳子的另一头绑在一个中国人手上，他的个子矮小，脚有点

　　　　　　　　　　　　　　——————————橘子不是橙色的

儿跛，脸上有一条条的血痕——昨天就是他打了陈中国一拳。矮个子中国人的双手被捆绑着往前拖，印度人在前头拽一下，他的身子就带动脚步往前踉跄几步。看得出来，他很疲惫，身子随时有倒下的危险。尼泊尔人提醒了前面的英国人，但他不为所动。他干脆走到后面，抽了中国人几鞭子，说："这些中国人放纵不得！我让他再逃！我让他再逃！"中国人一边抬手挡着脸，一边左右颠晃着脚步，鞭子密密麻麻地落在他的身上。每个种植园都会有这种情况发生，鞭打、挨饿、加倍工作量，这些都是常用的惩罚。眼下，经理需要回去处理这个事宜，我们便跟着往回走。像是滚雪球一般，两匹马不管走到哪儿，都不断有围观的人加入进来。这场景看起来让人感觉不是很舒服。拐过一道弯，陈中国带着两个孩子站在路旁。见到后面的矮个子中国人，他冲了过来，伸手就要抢拽在雷布查人手上的绳子，雷布查人迅速把绳索从左手换到右手，用力一拽。我看到雷布查人在笑，他的右嘴角夸张地上扬，右脸的肌肉紧密地堆积，他的嘴简直占了大半张脸。上帝啊，加上八字须，穿上红色丝织品，他不就是当年去萨哈兰普尔植物园路上碰到的那个强盗？他比当年胖了三分之一，难怪我认不出他来。

　　矮个子中国人被拖着拽着往前连跌了几步，我失声喊了句："小心！"我愤怒地瞪了一眼雷布查人，他的笑突然僵在那里，手上的绳子也软了下来。抢不到雷布查人手上的绳子，陈中国跑到矮个子中国人身前，两手抓住绳子的中间靠后部位，用力往后一拽，雷布查人差点儿从马背上掉下来。再一拽，雷布查人只能放开手，矮个子中国人双腿一软，跪到了地上。眼看英国人的马匹又往后走，我实在看不下去了，对经理说："如果你们大吉岭用不着这么多制茶师傅，可以考虑送给我们希尔公司用，我们正缺制茶师傅呢！"史密斯先生也说："别闹出人命来！"经理这才叫住了那个英国人。陈中国赶紧跑过去扶起跪在地上的矮个子中国人，说："跟你说过，你这样是跑不掉的，你就不信！"矮个子中国人把他往边上推，说："别假惺惺地当好人了，滚开！一定是你举报的。"陈中国愣住了："你说什么呢？"矮个子中国人抓住陈中国的手臂，对着经理和史密斯先生喊了起来："你们不是一直要找会制作乌龙茶的人吗？他会！他是安溪人，他会！他手上就有一泡很好喝的乌龙茶！我喝过！"陈中国慌了，扯开他的手说："你说什么呢？别乱说！"

人越聚越多，场面有些混乱，经理安排两个尼泊尔人把矮个子中国人扶上雷布查人坐的马，让他们先去厂部，雷布查人朝我的方向回了下头。围观的人群很快就散了，陈中国看了我一眼就要往前走，经理叫住了他。他跟身边的两个男孩子交代了几句话，让他们先走。"还是你比较聪明识时务！"经理先夸了他一句，又转头对我们说，"我就不明白这些中国人，有房子住，有工资，让他娶妻生子，他为什么要跑？他回中国不也是一样种茶制茶？"我笑着回了句："人家回中国，再苦再累，种的可是自己的茶啊！"经理讨了个没趣，又转回去对陈中国说："不用再瞒了吧？我们早知道你是安溪人。""不，我不是。"陈中国低下头说。

"没有人应该否认自己的故乡。"史密斯先生嘴角露出狡黠的笑、得逞的笑。"中国人不是最讲究以茶待客？怎么样，能不能请我们喝上一杯？"经理赶紧补上一句："是啊是啊，你带一泡到厂部去，我们在厂部等你。就在刚才，我还跟史密斯先生说要带他去找你喝茶呢！"

"不，我没有。"

"你知道史密斯先生是谁吗？他想喝你的茶，那是在给你面子。"经理有些生气。史密斯比了个打住的手势，一脸微笑。他总是笑得如此斯文。他说："不想请也没关系，那就卖给我。"陈中国又不说话了。谁都看得出来，他在犹豫。史密斯先生又说："多少钱？你说。我给你一百卢比，如何？"他看一眼史密斯先生，又看一眼我。我很想跟他摇头，但史密斯先生也看着我。"不，我没有，你们一定弄错了。"他缓缓地说。"史密斯先生这么友好，你怎么可以这种态度？"经理厉声质问，"你这傲慢的中国人！你以为你不说我们真的就没办法了吗？"

"是啊，你们得不到就会偷、就会抢！这是你们最擅长的！"陈中国冷冷地笑道，冷杉树皮一样的脸更黑了，"我真不明白，你们为什么就一直惦记着中国茶，一直喜欢当强盗？你们难道真的一点儿都不怕上帝再惩罚你们吗？"

史密斯先生是个斯文的人，他可不会像经理那么粗鲁野蛮。他点上一根雪茄，缓缓吐出一口烟，慢悠悠地说："可可树原本只长在墨西哥丛林，咖啡树原本只在中东栽培，现在有多少个国家种可可和咖啡？"

"史密斯先生，不必对一个中国人这么客气。"经理把头伸过来，小声地嘀咕了一句，"我有办法让他乖乖把茶拿出来……""算了，算了，没意思。"史密斯先生摆了摆手，别过头。他将双手别在身后，晃晃荡荡走在前头，经理赶紧追了上去。故事本应到此结束，可是没有。我正想加快脚步去追赶他们，陈中国抢先一步走到我身边。他悄悄说了句："太阳落山时，你来小树林，我有东西给你。"还没等我反应过来，他已经一路小跑，跑过经理，跑过史密斯先生。太阳就在这一刻突然从云层间蹦了出来，万道阳光照射在他的身上，随着他起伏、跳跃。一路都是光芒。

河流认准了悬崖的方向，时间也学会了奔跑。深蓝、浅蓝、灰蓝、灰色，大吉岭的天空不停变幻着色彩。当天边泼洒出成片成片的墨色，连绵的山峰顶部铺叠上最后的一层殷红与金黄，涌动成最后的霞光。冷杉树下的天色比外面暗了一两分，陈中国提前点起了一小堆篝火，以迎接夜晚的来临。我们在篝火边坐了下来，离晚饭还有整整一个小

　　　　　　　　　　　　橘子不是橙色的

时。他递给我一小包用纸包着的东西，说："早上他们说的乌龙茶。"这场景似乎有些熟悉，我顿在那里。"你不是说没有了？"

"对他们没有。对你，有。你不一样。"陈中国指了指那包茶，不好意思地说，"当然比不了他们给你的那包铁观音，这个是用肉桂茶叶做的。"还没等我接话说谢谢，他又往下说出了一句，"给你讲个故事吧。"火苗在闪烁，蓝色的、红色的、金黄色的，他故事里的色彩比这更丰富。一开始是暗淡的，偶尔带些灿烂的金黄。他六岁成了孤儿，投靠观音岩上的姨妈。大他十八岁的表哥总把他当儿子一样管教，好在聪明的"小算盘"把他当朋友。慢慢地，故事变成了大红色。他在私塾里读不下书，跑去武夷山跟姨父学制茶，很快就成了小有名气的茶师，绿茶、红茶、乌龙茶样样拿手。后来，故事又变成了忧郁灰。他到表哥开在厦门的茶铺当伙计，"小算盘"当上了二掌柜，他们二人关系有些疏远了。那天，有个英国人找"小算盘"的麻烦，他三下五除二直接把那人打趴下。再后来，故事便是无边无际的黑。在码头躲了一夜，说好了第二天卯时送盘缠给他，哪想到，表哥和"小算盘"带着衙役来了，他只能登上驶往印度的船。故事中的表哥时而是深沉蓝，时而是温暖橙；"小算盘"则时而是活泼绿，时而是聪明紫。

"很后悔当初离开了中国……我一直不敢结婚，怕回不去，可是，可是……"陈中国面朝故乡的方向，无奈地摇头，泪水开始在眼眶里打转，"可……还是回不去。"

"回得去的，回得去的！我说过，我可以帮你。"我拍着他的肩膀，希望能够安慰到他。"你表哥要知道你在这里，也一定会来找你，他那么有钱，他一定会出钱来赎你……"不知为何，我的脑袋里突然闪过雷布查人的身影。如果有他的帮助，情况将完全不一样。我想。

"你说，表哥和'小算盘'来印度找过我？他们真的来找过我？"陈中国呜呜呜地哭了起来，像个孩童，"可惜我运气不好，他们去了阿萨姆，去了萨哈兰普尔，他们没来大吉岭……"

"你就是陈金鼎？林老板是你表哥？王之信 是'小算盘'？"我惊叫了出来，"那两个衙役肯定不是去抓你的，肯定不是！万一他们是去保护你的呢？"我看到熊熊的火焰映照着他，他的脑门可真光亮，他的辫子可真长，他的眼睛可真大。

十八

开幕式刚结束，副省长、市长、县长等几级领导陪同世界粮农组织官员参观展厅，安迪瞅了个空当溜出大部队。助理扛着长枪短炮，背着大包小件，气喘吁吁地追了上来。安迪把西装外套一脱，往助理手肘上一搭，又接过他递来的衣服，两只手臂一伸，四个大口袋的马夹上了身。再抓过他挎在手臂上的背包往身上一背，抓起挂在他脖子上的单反

橘子不是橙色的

相机往脖子上一套，几分钟前还西装革履，在嘉宾席上就座的英国 Golden Leaf 贸易公司代表，转眼就完成了中国妻子交代的使命，变回"外国人吃中国茶"的摄影师兼主播。他推出拍摄杆，边走边说："朋友们，今天是二〇一八年十月十八日，此刻，我正在首届海上丝绸之路国际茶业博览会的现场。说实在话，博览会比我预想的规模更大、规格更高、影响力更大。我很庆幸我来了，我来到了乌龙茶的故乡——安溪。走，吃茶去！"

优雅的音乐声响起，开幕式的主礼台秒变茶艺展示空间。一个个身着水墨图案旗袍的姑娘款款上台，东道主安溪的铁观音茶艺表演像一幅画徐徐展开。神入茶境、展示茶具、烹煮泉水、沐淋瓯杯、观音入宫、三龙护鼎、观音出海……安迪的镜头向展厅推进。先是一楼国际展厅，亚洲展区的印度馆、斯里兰卡馆、越南馆、印度尼西亚馆、土耳其馆、伊朗馆，清一色展示的是红茶，日本馆展示的是绿茶；非洲展区有肯尼亚馆、乌干达馆、坦桑尼亚馆、马拉维馆、津巴布韦馆；美洲展区阿根廷馆展示的有马黛茶、红茶……镜头在茶品体验区多了一些停留。这边做的是丝袜奶茶，师傅们把碎红茶灌进女人穿的丝袜里，扔进烧水壶里煮；那边做的是一种叫"鸳鸯"的热饮，咖啡与茶交融在一起；这边做的是印度大吉岭的马萨拉茶，碎红茶煮出来的茶水加入奶和糖，再加入印度特有的各种香料，如茴香、胡椒、豆蔻等；那边做的是美国俄勒冈州波特兰市的一种叫作"麦特"的茶鸡尾酒，乌龙茶和伏特加酒、杜松子酒和糖腌姜汁混在一起……接着是二楼中国展厅，绿茶、红茶、乌龙茶、黄茶、白茶、黑茶等六大茶类应有尽有，纯茶冲泡，冲泡器具琳琅满目，有白瓷盖瓯，有透明的玻璃杯，有造型各异的紫砂壶，还有银壶、不锈钢壶等。再往上是三楼安溪展厅，都是乌龙茶，除了铁观音，还有本山、毛蟹、黄金桂、梅占、水仙，以及野生茶。

不知哪里涌来一股人流，安迪被推动着往前走。他一个踉跄，赶紧收起拍摄杆。几家电视台的记者同时把话筒往前伸出，他伸长脖子一看，一个戴眼镜的中年人正在接受采访。那人长着一双又细又长的丹凤眼，鼻子又高又挺，一脸的书卷气。安迪不想凑热闹，矮下身子往边上闪躲。那中年人的声音在头顶上盘绕："安溪铁观音一茶有三香，清香、浓香、陈香，最大的特征便是香。说它们是好喝的香水，一点儿都不为过。"安迪有点儿挪不动脚步了。那人继续往下说，"因为特殊的土壤气候，在我们观音岩上采的茶叶更有一种独特的韵味。有人问，何为韵？要我说，韵就是一种令人回味、引人思考的东西……"他远远地站着听。有茶艺小姐几次走过来请他入座，他都拒绝了，径自在展馆里转悠起来。企业名为"王记"，展馆的布置既时尚又保留几分传统。居中位置有一张茶叶出口数据表和出口区域分布图，出口数量从几百吨到几千吨，几乎年年递增，出口到日本、英国、欧盟、美国、印度、非洲乍得等二十几个国家和地区。还有一张国内门店分布图，从北京到上海、浙江、广东、湖北，总共一千多家。左侧展厅，墙板上著名女影星婀娜地站立，双手展示"香见"礼盒，礼盒上方写着清香型铁观音的主打广告语"香见，并不恨晚"；右侧展厅则是一个老者站在城市的广场上遥望远方的红砖大厝，大厝门前摆着一张茶桌，茶桌上一个茶盘、五六个茶杯，茶桌边上打出一句"故香，装在茶杯里跟你远游的故乡"。这形成一种强烈的反差。他拿起架子上浓香型的茶礼盒，小号独立包装上印着另一句广告语"心里有故乡，杯中有故香"。他举起相机猛拍，又掏出手机录起视频。待他录好，有人走过来打招呼："您好啊，茗哥！"

"您认识我？"安迪有些惊讶。眼前正是刚才那个丹凤眼中年人，记者们都走了。

"做茶叶出口贸易的怎能不认识茗哥？"中年人递上名片，说，"王记茶业董事长王子衿，多指教。我儿子在英国留学，他比我更早关注您的'外国人吃中国茶'，抖音号做得很有意思。那期做宋朝点茶的，记得您当时还说了一句'早在一千多年前的宋元时期，中国便是世界海洋贸易的中心'，我特别认可。"他比了个请的动作，说，"先喝杯茶吧！茗哥喝什么茶？"安迪笑着指了指墙上的老者说："就这'故香'吧。"

一小袋茶颗粒入了白瓷盖瓯，发出清脆的叮当声。对坐的两个男人，对饮一泡"故香"，话题像这醇厚的茶水般汩汩而出。他们从《诗经》中的"荼"聊起，聊到茶马互市，聊到陆羽的《茶经》，聊到中国茶风靡全球的十七十八世纪，再聊到植物猎人福钧盗茶的经历……安迪摇头感慨，如果当初福钧盗茶没有成功，那么当今有可能依然是中国茶一统天下。王子衿继续往盖瓯里冲水，白色的水汽蒸腾起来，他微微一笑，说："没事，偷已经偷了，好在有些东西是偷不走的。您看，现在世界上能够种植和出口乌龙茶的，依然只有中国，乌龙茶绝对是最有魅力的茶。即使是印度、斯里兰卡、日本、肯尼亚这样的产茶国，他们也要找我们进口乌龙茶不是？"他往安迪的茶杯里续上茶水，继续说，"历史既然无法改变，那么最好的办法就是在回望中一次次提醒自己。"安迪赞许道："是，是，就像这茶，看似越喝越淡，但有些东西总会留在心底。对了，刚才似乎听您提到观音岩？这是一个地方名？"

"是啊。"

"安溪果真有个地方叫观音岩？"

"没错，我就是观音岩的人。"

"那一百五十年前，你们观音岩上不会真有一个叫王之信的茶铺伙计吧？"安迪像是在开玩笑，说，"他的老板叫林秉全，他还有个好朋友叫陈金鼎，是个制茶师傅。"

——————————————————橘子不是橙色的

"后面两个我不知道，我天祖就是之信公，我不知道你说的是不是他？"

"他有去过印度？去过巴城？也就是今天的印尼雅加达。"

"有啊，他一直在巴城开茶铺。印度，应该也去过。"

"天啊！安迪惊呆了。"他取下自己的背包，取出一本老旧的英文书，说："这是我老祖宗一百多年前写的书，我们一直以为是虚构的小说，看来这一切都是真的。历史真的是一个说不清的轮回。"他翻开序言念出一段文字："负责管理茶叶种植园的英国白人正悠闲地坐在院子里喝着美妙的下午茶，愉快地探讨猎杀一头大象更简易的方法，惋惜今天的晚餐吃不到孔雀肉。离他们两三百米的茶园里，印度和孟加拉黑人们身受监工的鞭子，头顶火球般的太阳，他们在砍树、割草、刨根、挖土，开垦新的茶园。他们光着的后背被抽裂，一条条交叉的血路斑驳。又一鞭子下去，一片乌黑从他们的后背急速蹿起，在空中四散开去。那是蚊子，吸血的蚊子，它们与不远处的白人经理们共同吸噬黑人的血。他们的茶杯那么精美，茶杯里的茶那么香，可是却充盈着血腥。我必须逃离这里。我向往中国，向往茶叶的故乡，更向往再次见到那几个中国人……这像极了他们家乡的铁观音，饮过一次，便怀念一生。"他又翻到最后一页，说，"你看，这里还有我们先辈的合影，你天祖年轻时真瘦啊！"

王子衿端详着照片，看了许久。合上英文书时，他说：

"印度之泪？我觉得这书名太过悲伤。悲伤总是短暂，美好更加绵长。"

"我也觉得。如果我的老祖宗能穿越过来，能穿越来中国，来安溪，他一定也想换个题目。"安迪拿起桌上的茶叶外包装，指着上面的两个字说，"故香，这个如何？"

"我看可以。"

你不知道

炭火一点点烧红，新淘的小泥壶闷闷地煮着。小泥壶里装的是有点甜的农夫山泉，水温升得很慢。阳台窗户往两旁推开，暖暖的光线缓缓爬上金丝楠木茶桌。桌上铺一张米黄色桌旗，桌旗上雅致的小花枝刺绣，茶色圆茶盘上一个青花蝶恋花盖瓯，盖瓯前摆一个蝶恋花主人杯，紧挨着的是三个白瓷杯。离茶桌两三米远的洗手台边，烫着短发的刘远真正在拆快递。这回换了一家店下单，买的是"小蜜蜂"蝴蝶兰。"七巧玫瑰"和"明和公主"看起来也不错，等之前那一拨花期过了，再买两盆来过春节。果然是双剑，植株也小巧，真有些小蜜蜂的感觉。她把两株蝴蝶兰从简易盆里取出，种进瓷盆，填进混着小石子的松木皮，铺上水苔，再将瓷盆装进素雅的草编花桶。OK，一盆漂亮的蝴蝶兰摆上窗台，窗台下的茶桌瞬间跟着明媚生动起来。

　　刘远真顺手刷了一下微信，"卖茶的溪子"没有更新，也没有回复她的评论。一早就看到溪子凌晨3点多连发的两条朋友圈，一条是：闽南谚语怎么说的？生鸡蛋无拉鸡屎有。做兄弟的不能这么害人吧！一条是：运气真是好，睡觉前还能收到这么大个人肉大礼包！30斤都不止！看得出来，失眠的溪子窝着一肚子火。她在评论区用表情拥抱了溪子。一时兴起，又多问了一句：什么大礼包啊？此刻，她突然有些后悔自己发的这条评论。

与溪子相识纯属意外。2020年，武汉封城几个月，即将高考的孩子在家上网课，她打不了球游不了泳，甚至都出不了门。反正有的是时间，她在家里翻箱倒柜，找出来一堆瓶瓶罐罐。这些算得上前夫遗留给她的"财产"，装的都是茶。之前一直是他在买，她偶尔跟着喝。离婚时，除了对半分的房款，他只带走了那些堆在地下室的普洱茶，留下东一罐西一盒的各式茶叶。她不想要，他说，人民币会贬值，茶是硬通货，贬不了。一放一年多，她几乎都忘了这事。

喝茶果真是一件很能打发时间的事。红茶、绿茶、黑茶、白茶、青茶，各种茶挨个泡过去，各种比较。绿茶清新，普洱沉稳，白茶润喉，但喝多了都会胃寒；岩茶火力凶猛，喝多了容易上火；红茶暖胃倒是暖胃，但缺少些丰富的滋味。前夫是安溪人，收藏最多的还是乌龙茶。黄金桂特别香，本山、水仙和大叶乌龙汤水厚重。她最喜欢的还是铁观音，幽雅的兰花香，饱满的回甘度，在唇齿之间缠缠绕绕的那种韵味。各种茶滋味差别大，却都基本具备一个显著功效：激活脑细胞，直接后果就是失眠。几天下来，下午两点以后她就不敢再喝茶。有一天，连夜赶一个方案，想喝杯茶提神，却又没工夫这冲那泡，就信手从最外侧的一个圆瓷罐里抓了一小把茶叶丢进水杯里浸泡着喝。12点多做完方案，往床上一躺，居然直接跳过"煎饼"过程。连试几天都是这样。茶篓上有一个二维码，她扫了码加了对方微信。微信名有些意思，叫"卖茶的溪子"。她开玩笑地问了一句：你是日本人？

对方先发了个微笑的表情，然后回一句：是本人。又一个调皮眨眼的表情。接着又一句接一句地来：溪子本名溪美，父母大人给取的名，自己从小喜欢"溪"字不喜欢"美"字，就改了个字，结果三年连生二子。一长串哈哈大笑的表情。

这人看来跟微信名一样有意思。就那么一两分钟工夫，对话框里已经七八条，都是对方在自说自话。一看就是"90后""00后"发微信的习惯，她女儿也习惯这么发。有一回，刘远真批评女儿说，就一件事情合成一段文字发一次不就得了？为什么要分成那么多段来发？碎碎的，很不好看。女儿不以为然，说，这是一个短平快的时代，你发那么长一条微信谁看得过来？也是，不同时代的人相互看不习惯。最好的办法便是长话短说。刘远真比了个"OK"的手势，回了一句：明白了，溪子有子，但本人不是子。对方给了她一个又大又翘的大拇指。

那以后，时不时在朋友圈里看到溪子的动态。从长相上看，溪子一点儿都不惹人喜欢。她的脸形很方，五官往中间

　　　　　　　　　　　　　　　橘子不是橙色的

又是堆又是挤。她也爱美，也文眉，文的是又细又长的柳叶眉，这让她原本就比例失调的脸更加不和谐。但是，这不影响她的茶好喝，也不影响她这个人有趣。她在微信里晒了大宝晒二宝，晒了老公晒瞎眼阿公，晒生活的各种甜，也晒生活的各种苦。今天刚晒完大宝半夜发烧二宝上吐下泻，明天很快又晒出大宝像个小大人儿拿汤匙喂二宝吃饭；上午刚晒完大宝在沙发上上蹿下跳各种捣蛋，二宝光脚踩一摊尿水玩儿，下午又晒出兄弟俩拉着瞎眼阿公的手，各自举着一片树叶说是要装太阳；天亮刚晒出她的血压降到 50/80，晚上又晒出她喝了一碗公鸡炖红酒满血复活。你以为她很快会崩溃会分裂，她马上自愈、马上"重新组装"，活得比谁都开心。上个月秋茶上市，刘远真照样买了她几罐好茶，她同时快递了新出的三款单品样茶。刘远真一下子就喜欢上"溪子韵"。一问价格，只要圆瓷罐茶的 1/6，刘远真忍不住开玩笑说："你可真不会做生意，原本消费 2000 元一斤的茶叶，现在好了，只消费这 300 元的就够了……"溪子也乐了：姐一看就是懂茶人。发了个大拇指又说，这是口粮茶！

　　想了想，刘远真还是删了那条评论。退出微信，她从储藏间拿出一篓口粮茶放进茶桌下的柜子里。不一会儿，小泥壶"嗞嗞"作响，壶盖周边和壶嘴微微蒸腾起白烟，门铃响了。

　　"你们可真是掐着时间点儿来啊！"刘远真一边开门

一边打趣，刚要转身，这才发现，只有姚娜娜。姚娜娜伸长脖子往阳台看，边换拖鞋边问："她们还没到啊？我还想着我都迟到了呢。美芬也还没到啊？不是她自己定的时间吗？一早就在那里咋咋呼呼，我以为她早到了呀。"姚娜娜高中毕业到上海读了三年大专，回来后就满口嗲劲的"呀""呢""哈"。

"是啊，我也觉得奇怪！"刘远真应道。前天上午，她去揭阳看完货，就在四个人的玩物不丧志独身者群里发了图，又说，约了人明天拐去四会看看挂件和摆件，后天回厦门。郑美芬一听就急了，直接发了语音说，四会那边你下次再去吧，咱们都明天回，你不要让我干等啊。那时，郑美芬正在澳门大运河购物中心挑选香水，让大家各自报上喜欢的品牌和款式。姚娜娜说，怎么跑去大运河？要去威尼斯购物中心才对，那边的东西才便宜。刘远真也说，买香水和化妆品，一定不要在大商场的专柜买，死贵，要去那种美妆综合店买，便宜很多。郑美芬比了个爱心说，钱不重要，保证正品最重要。这次从香港玩到澳门七日游，她是各种大手笔，每个人一颗钻石——莫桑钻、一套 SK-Ⅱ。她的出手一贯如她的掌心一般宽阔和肥厚。既然如此，大家也不跟她客气。姚娜娜要了香奈尔 5 号，梁玉疆要了迪奥小黑瓶，刘远真要的是巴宝莉，她强调要法国版的，不要德国版的。为什么？她发了个捂嘴笑的表情答，因为法国版的贵。郑美芬

橘子不是橙色的

回了个遵命的表情。昨天下午一到家，刘远真就在群里问：宝贝到了，约茶不？姚娜娜马上就回：约！公司签个到，马上来！梁玉疆说有事情晚点到，郑美芬隔了半个多小时才回道：凌晨到的家，太累了，还在睡，得补觉，明早吧！9点见！

姚娜娜在客厅和阳台转了一圈儿，没看到东西。她冲刘远真耸肩，摊开两只手，那些频繁抖动的手指头像在对天拨动琴弦。"宝贝呢？那些宝贝呢？赶紧赶紧，拿出来让我看看呀。"说着，把刘远真搂过来直接往屋里推，问题噼噼啪啪地来，"整手拿的吧？多少钱？总共几个呀？"

"别急，咱们先喝茶。"刘远真试图把姚娜娜往阳台拉，说，"等她们到了再一起看吧。"

"不行不行，你要让我先长长眼，我可等不及了哈！"姚娜娜把刘远真的身体扳了个90度转弯，推着她进了卧室，又推着她打开保险柜，取出一个软布袋。她把软布袋轻轻往床上放，而后盘腿坐上床。姚娜娜侧身坐在床沿上，她解开软布袋，非常小心地取出里面的东西。姚娜娜数了数，总共8个，都用很厚的红纸包着，红纸上写着序号和口径，1号60，2号58，3号57，4号56.5，5号56，6号54.5，7号54，8号52。刘远真刚解开5号纸袋，姚娜娜直接就"哇"了一声："好美啊！感觉水都快流出来了！"双层纸袋的内面是白色的，阳绿色的镯子发出温润的光。镯子被几针细线缝在纸上，姚娜娜没敢伸手拿。刘远真拉开窗帘，然后熟练地用三个手指往圈口一伸，大拇指一握，牢牢抓起镯子。又把纸向后一折，高高举起手镯转向窗户。姚娜娜双手撑在床上抬头一看，几乎尖叫起来："天啊，太美了太美啦！这么透！像那什么呀？像那什么呀？"刘远真接过话说："像阳光照在湖水里！而且不是一般的湖水，一定要照在九寨沟的湖水里才有这种色彩。"姚娜娜很是兴奋地说："对对对，确实像确实像。"刘远真对着阳光缓缓转动镯子，说："你看，阳光全部透过来，没有任何一点瑕疵。冰种，还是阳绿，这个真是非常难得的高货。"

"这一整手多少钱呀？"姚娜娜指着一床的手镯问。

"本来是 168 万，但我舅舅带我直接去拿的，没有中间商赚差价。"刘远真放下手，重新坐回床上。

"那你想算她多少钱呀？这么好的货头。"

"我舅舅说，这个种，这个色，又这么大的口径这么厚装的料，130 万都算是舅舅跟外甥的亲情价。56—58 圈口最好卖，很多人都是这个尺寸。"刘远真重新举起镯子，寻找合适的光线说，"他还说，人家专门做翡翠生意的，这么好的一手货，通常走一个货头直接就可以回本。"

"130 万？人家卖 168 万，你卖 130 万，太便宜了吧？"姚娜娜大有路见不平拔刀相助的气势，她大手一挥说，"不行不行，这么好的东西，应该算她 150 万。最少最少，也要算她 140 万啦。朋友归朋友，买卖归买卖，这好东西也要体

　　　　　　　　　　　　　　　　　　　——橘子不是橙色的

现出价值来嘛，是不是？再说了，又不是她买，是她小姑子买。同样花 140 万她上哪儿去买这么好的东西呀？指不定花 200 万都拿不到呢。别说上百万，你说她敢花 50 万随便外面找个人买翡翠？"

"也是，好像还挺有道理的。"刘远真对着镯子点头说，"嗯，好，你说 140 万就 140 万。"

"扣除这 140 万，剩下这 7 个 28 万，平均一个也还要 4 万呢。"姚娜娜摸着一床的纸袋算着账，一会儿又说，"不行不行，你还是要算她 150 万。扣掉 150 万，那剩下的这些 18 万，平均下来一个两万多，这还差不多。人家不差那 10 万 20 万，我跟梁玉疆可都差这一万两万呢。"

"好好，听你的。"刘远真把 5 号镯子包起来，又先后解开 2 号和 6 号纸袋。按她舅舅的说法，2 号质量排第二，圈口大，种也不错，色稍暗一些，市面上随时都是过 10 万的价。6 号跟 2 号的质量差别不大，就是圈口小，卖个七八万应该不成问题。姚娜娜看着看着，嘴里也算起账来。"那意思把这两个都走掉，剩下的就相当于不用钱了呀？"她又拿起 5 号说，"这么好的镯子一定算她 150 万啊！人家不是说了要买 200 万以内的？她们肯定还觉得便宜呢。我估计啊，她们往后要看 500 万以上的翡翠了。也是，放几千万的钱在家得一大堆，放几千万的镯子在家可不就那么几个嘛。"刘远真没有接话，她把剩下的 5 个纸袋也全部解开，一一往床上放，说："这几个你随便挑一个。怕姚娜娜没听明白，又接了一句，"送你的。"

"是吗？"姚娜娜化了淡妆的鹅蛋脸堆满了层层叠叠的笑，眼睛大放光彩，说，"那多不好意思呀，这么贵。"她的嘴巴说得很客气，但她的手不会真客气，也无须客气。这已经是两个人的一种默契。刘远真在她的目光里读到了满意，稳稳当当的满意。这种目光跟第一次完全不同。她们是高中同学，孩子们同在梁玉疆的画室上课那几年，两个人越走越近。孩子们上大学后，两个人更是"离时不离日"。因为舅舅的缘故，刘远真十年前开始接触翡翠，起先都是买来自己戴自己玩，福瓜、如意、竹节买了一堆；后来，主要是用于各种人情往来，亲戚结婚随个礼，朋友升迁祝贺一下；姐妹的孩子升学、满月，小小一块如意、玉叶、年年有余小挂坠，都比千儿八百的红包更有面子。有一年姚娜娜过生日，刘远真送给她一条很薄的绿色福瓜，她喜欢得不行。几年前，刘远真跟人合作承接城市水电、环保等工程项目，需要打点各种关系。钱不好往外送，"有价"的金子也不好往外拿，"无价"的翡翠倒是很方便的伴手礼。那一年，刘远真第一次拿回来整手十三个总共十一万五千元的翡翠镯子，也提到舅舅关于卖货头赚货尾的理论。姚娜娜说："我们老板娘也喜欢翡翠，我争取帮你把货头卖出去。"当天下午，刘远真带了两三个镯子去了一趟保险公司。老板娘一眼就看中了货头，问她什么价。她说，这种种水放在揭阳，随时都是八九万。还说："上午本来有个朋友已经定了七万要拿走，娜娜说您特别懂又特别喜欢，让我一定先留给您看看。"老板娘听明白了，正要转账，姚娜娜拦住说："不行不行，我跟我们老板娘的关系就如同你跟我的关系，你要再优惠一下呀，要给闺蜜价哈。"这一拦，刘远真直接砍掉五千元。几天后，刘远真把本钱都拿回来，指着剩下的十个镯子对姚娜娜手一挥，说，喜欢哪一个直接戴走。姚娜娜的大眼睛里直接就炸开金花，蹦出的都是惊喜，说："让我随便挑？真的吗？真的吗真的吗？"这以后，刘远真隔个一年半载都会拿一手镯子，姚娜娜抽屉里已经收着不下五个镯子。翡翠这东西就像毒品，容易让人上瘾。明明没那么多只手，明明戴不过来，但看到更好的，还是不由得喜欢。

姚娜娜一个个地看，一个个地试。一号圈口太大戴不住，七号和八号圈口都太小；三号质量更好，但圈口大了一点点；四号圈口刚好，但最内里有一小条黑线，那一线杂质看起来很像裂纹。她很纠结，拿起这个放下那个，又放下这个拿起那个。刘远真看出了端倪，哈哈一笑道："我看你都看花了眼了。你呀，现在是太有得挑才觉得这个这里不好，那个那里不好，一般金玉店里，哪儿有可能这么多个任你挑？顶多就是一个两个让你看。"

"没错没错，就是这样。你先收起来，收起来呀。"姚娜娜听出了意思，主动把红纸袋一个个地包起来。包着包着，她想起了一个问题："你这次同样让她先拿走再给钱吗？我觉得不行，这次你要让她一手交钱一手交货。这么贵的东西，小心一点儿总没什么不好的呀。"

刘远真觉得很有道理。她看了一下手机，说："已经快九点半了，怎么还不来？"

"你看看，现在还惦记上她了。当初你怎么说来着？哈哈哈……"姚娜娜笑得有些魔性，说，"不让人往家带，这话谁说的啊？四十岁以后轻易不交朋友，这话谁说的？谁说的呀？啊？"

"天啊，水恐怕都要煮干了！"刘远真从床上跳下来，往客厅跑。姚娜娜什么都好，就这点不好——总喜欢揪着一些事。她当然知道对方是在讨功劳，她也不否认这些功劳。可人就是这样，功劳让人记在心里横竖便是功劳，让人明说在嘴上讨便像过了一把缺斤短两的秤，轻了。

跟郑美芬认识之前，刘远真确实有很长时间不交朋友了。人到中年，交朋友特别费时间，还费精力。费得越多，有可能受到的伤害也越大。她在朋友的事情上受过一次大内伤。多年前，她经常接济一个经济相对困难的好姐妹。对方说要做个小生意，她借出去两万元，对方说要买个车跑运输，她又借出去五万。五年十年下来，对方别说还钱，就连还钱的一点儿意思都没有。刚离婚那段时间，对方又开口要借钱买房，她没答应，说自己离婚了，正打算买房子。换成别人，赶紧把钱多少还过来些。结果不是，对方自此消失，还到处说她不仁义。她的心真是凉了：你以为知根知底，人家把你连根拔起。也是，交情交情，你得先把自己交出去才有情。既然有这样的风险，那索性就不交朋友，不轻易跟他人有交情。大家公事公办，办完就一拍两散。没有情感的投入，什么样的成本都高不到哪里去。

　　没错，也就 8 个月前吧。准确地说，应该是 4 月下旬的一天上午，刘远真约茶，梁玉疆要去花鸟市场买花买草买春风，姚娜娜说："那我带个旧同事过去吧。"她以为姚娜娜在开玩笑，回了个捂脸笑的表情。她们都知道她不喜欢陌生人来家里。之前她们有另外一个闺蜜群，群里除了她们仨，还有一个是她的学姐。刚离婚那会儿，学姐一番好意每天在群里约这个约那个来陪她，说的净是安慰的话，听得她极度不适。她在群里重点表明两层意思：离婚是我主动的选择，离婚的幸福在于凡事不用跟人商量也不会被人捆绑；时间是最大的成本，我没有时间浪费在没意义的人和事上。梁玉疆表示完全同意，姚娜娜不仅表示完全理解，还友情注解：她的时间只跟挣钱和花钱发生关联哦。可惜学姐不理解，即使另外两个不陪也继续来继续各种劝导，说什么"没有男人的家哪里还是家"，说什么"女人再强大也是女人，

你不知道 ───────────────────────────

199

需要有依靠"。敷衍成了一种很大的负累。有一回，学姐带一个男同事来。一泡茶刚冲了三遍，学姐说家里有事要先走，让男同事多坐一会儿。学姐刚走，男人就跟她表白，一听她说并没有再婚的考虑，男人就酸了："你不会是看不上我吧？"那话外意思大概是："我这条件能看上你已经是你莫大的荣幸了，你还挑剔？"她也不客气，说："我是看不上男人，所有的。"这话一出，男人跑得比电梯还快。学姐很执着，还是经常在群里说要来。她索性就说不在家，今天不在，明天不在，后天依然不在，然后跟另外两个私聊吐槽。第四次在客厅说自己不在家的那个晚上，她干脆一不做二不休，另外组了个玩物不丧志独身者群。自此，闺蜜群里再无学姐。

门打开的时候，姚娜娜身后跟着个矮胖的女人。刘远真的心咯噔一下，就像视频播放过程中卡顿转圈儿。人已经一只脚进了门，赶人走显然不可能了。刘远真点头一笑，算是打了招呼，对方很是亲切地唤道："真姐好！真姐好有气质！"如此自然，好像她们真是多年老姐妹。姚娜娜把那女人往前一推，跟她介绍说："这是我以前中介公司的同事小郑，郑美芬，也住你们小区，说了几次想来你这儿喝茶。"她把客人让进屋，转身拿了拖鞋递过去。女人很圆，上下左右都圆，一身"歌中歌"短款连衣裙几乎让她穿出中长裙的效果。女人三十七八岁，妆容精致，一脸胶原蛋白在晃动。非常明显的败笔也在脸上：又黑又粗的一字眉横开，像是在

　　　　　　　　　　　　　　——橘子不是橙色的

扑着厚白粉的大饼脸上摆下两块黑案台，圆润便多出了凶神恶煞的气息。唯一可圈可点的纯天然，恐怕就只剩下脖子上和手上藏不住的白和嫩了。那么白那么嫩的手腕上戴着一个那么鲜艳的绿花镯子，那镯子那双手那一字眉她之前应该在哪里见过？对了，那次去智能蜂巢取快递，物业办公室围了一群人，一字眉和一个上了年纪的保安成了主角。她身体前倾，左手插在裤兜里，绿花镯子亮在裤兜口，右手在空中忽上忽下，配合着她嘴巴的频率戳戳点点。她投诉楼下的住户中午 1 点弹琴吵得她睡不了午觉，投诉楼上的住户晚上 12 点还在挪椅子拖地板，害得她老公心律失常；投诉每个月交那么多物业费，物业在管什么？她的嘴巴可真是一只大鸟笼，装着各种各样的鸟，发出各种尖锐嘈杂的声响。嘴巴里像是趴着一只乌龟的保安好不容易爬出一句解释，鸟笼里的千万只鸟就冲上去啄它咬它，将它碎尸万段。

鞋子进脚的时候，姚娜娜又补了一小句："小郑很懂茶的。"郑美芬哈哈大笑道："我哪里懂茶呀，我就是跟娜娜来蹭茶呢。娜娜说了，真姐家最不缺的就是翡翠和茶。"姚娜娜招呼她往里走，到客厅，她一眼就看到阳台茶桌上的炭炉，说："泡茶还弄炭烧水？多麻烦！"

"这个你就不懂了哈！"姚娜娜瞟了一眼刘远真说，"远真怎么说来着？对，对，烧水壶烧出来的水热皮没热骨，没有情感。就像男人即使天天把'我爱你'挂嘴上，其实也是没有情感的呀。"

"水还有情感？"郑美芬摇头做出发抖样，说，"这也太能吹了吧。"说着，她的目光已经稳稳落在刘远真的屁股上，又来了一句，"真姐这么翘的屁股该不是穿臀托吧？"

一个典型的把自己的无知当天真的女人。刘远真心头好一阵不舒服，她咧了一下嘴角没有应答。"远真这蜜桃臀可是绝对真皮的呀，如假包换！"姚娜娜拍了拍她的屁股跟着往阳台走，郑美芬却严重偏离指定路线，如入无人之境般这走走那瞧瞧，还不时进行点评。先是说客厅墙中央这个《秋居图》秋天的景象萧条没有生气，接着又说餐厅"天心月圆　华枝春满"这几个字写得太潦草了，让人看不大懂。看到走廊尽头处的小柜子上摆着一小幅《石来运转》图，她又咋呼起来："这个'石'字是不是写错了？"看到主卧床头墙上挂着的花鸟工笔画，又生出一脸嫌弃来，说什么放一只鸟在头顶不吉利，仿佛睡在那床上的不是别人是她自己。一圈儿下来，除了夸了一句蝴蝶兰，基本没有什么好话。好不容易在茶桌前坐下，郑美芬马上掏出手机要求加微信。刘远真又不舒服了一下，但还是点开二维码伸过去。郑美芬说："你加我，你加我。"一看，郑美芬点开的也是二维码。她老大不情愿地退出，点开"扫一扫"，又继续烫她的茶。郑美芬等了几秒没看她发送好友申请，又把二维码伸过来说："没加上呢，再扫一扫，你要点那个'申请加为好友'

啊。"到了这份上，再没有办法了。这年头，交友方式发生了根本性改变，"朋友"的概念被模糊了。因为一个软件，前一秒还是陌生人，后一秒便成为朋友了，还是主动的，有一种被绑架的感觉。郑美芬满意地通过她的申请，从大 LV 包里拿出一泡茶说，金骏眉！一泡 6000 元呢！刘远真接过茶看了一眼，随手放下，从小柜子里拿出小茶篓，取出一袋茶。她把袋口一剪，外袋一脱，展开内袋把茶叶往盖瓯里倒。"溪子韵？"郑美芬念着外袋上的字，有些好奇地拿起来翻看。突然，她把外袋一丢，耸肩做出颤抖状，说："不行不行，我不能喝这个铁观音，喝了睡不着。上午喝中午睡不着，下午喝晚上睡不着，比什么提神药都管用。你不知道啊，网络上说……"

"那你是没喝对铁观音茶。"刘远真提起小泥壶往盖瓯里冲水。水流迅疾，像它的主人柔软而有力度，却没能拦住郑美芬焦急的嘴。她不管不顾继续说："喝过，我都喝过，什么清香啊，浓香啊，一泡上千元的我都喝过，真不行，怎么喝怎么失眠。你不知道啊……"

水流急急收住，小泥壶停在空中。刘远真瞟了郑美芬一眼，姚娜娜看到了，相互使了下眼色。郑美芬没品出这二人目光交接中的意味，倒像是得到了鼓励，说得更起劲了："你不知道啊，有一回我就喝了一杯，就那么……""你不知道"像是一块狗皮膏药黏着她说的每句话，那两块扎眼的黑案台被它频繁地抬上去又放下来，黑案台下的大眼睛也频繁地放出亮光。刘远真把小泥壶往炭炉上重重一放，脸一板，不客气地说："是啊，我们是不知道。"郑美芬这才住了嘴。对方这一停，她却不急着往下说了。安静地倒出第一遍的茶水，又往盖瓯里冲了水，盖住。这才说："这个是重发酵的茶，清香型的，不影响睡眠。我以前喝茶也会失眠，但喝这个不会。真不会。我试过很多次，茶杯一放，往床上一躺就能睡。"姚娜娜表示认同："对，我也是这样的呀，秒睡。"郑美芬把二郎腿一跷，身子往后一靠，脚一抖一抖，说："真有那么神奇吗？我这还是第一次听说喝清香型的还能助睡眠。"那表情就跟听说乌龟会飞一样，只差在脸上写下"呵呵呵"了。

果然，刘远真刚把茶水加上，郑美芬身子往前一靠，左手指搭在桌面上，右手指着茶杯，像在指认一个犯罪现场，说："你们看你们看，你们肯定被骗了！茶汤这么浓，这怎么会是清香的？这不就浓香的吗？我喝过，一样会失眠。你不知道啊，失眠太难受了……"

刘远真盯着桌上的那只手看了一眼。手背那么白，手掌那么厚，手腕上的镯子那么透，花那么绿。抬眼的时候不咸不淡地说："这是重发酵的清香，没有焙过二次火，睡不着你找我。"

郑美芬并不买账，继续说："你不知道啊，这肯定是传统炭焙茶，就是浓香的。"她喝了一小口便放下了，说，"这

　　　　　　　　　　　　　　　　　　橘子不是橙色的

茶应该只要两三百元一斤吧？粗粗涩涩的，口感很一般嘛。"

这是口粮茶，不是品鉴茶。刘远真按压着盖瓯里的茶叶说。她一直跟两个闺蜜分享这款溪子韵，每次都是两篓三篓地送，她们从来不问价格。这样很好，感情不需要价格来衡量。她不想再多说。跟眼前这个胖女人一般见识的话，每一分钟每一句话都是在浪费。可郑美芬不这么认为，她有千言万语正在嘴边排队，她说："你不知道啊，茶一定要喝好的……"

"好了好了，别在我们茶博士面前讲茶啦！"姚娜娜拍拍郑美芬，做了个打住的动作，"你是只选贵的不选对的，我们茶博士正好相反，只选对的不选贵的。改天让她给你好好上一课哈。"

刘远真可没有这份闲心思。所有人都是在自己的认知范围内看待问题，多说是负累。她拿起手机，开始刷微信。溪子刚刚发了一张图，图片中是一个正炒着菜的锅，灶台旁大宝抱着她的大腿抬头巴巴看，眼里满是泪水；小宝躺在她身前的地上玩闹。配的一行文字是：这两个挠人心的别人家老公，让你烦，也让你疼。刘远真的心跟着颤了一下。

刘远真把点开的图片放大。突然，她的目光落在小宝身上。那一两岁的小宝不是在玩闹打滚，而是蜷缩着在睡觉。他的眼睛闭得紧紧的，小手松松地握着，额角上有个铜钱大的红色胎记。姚娜娜探过身来问："什么好看的，看得那么认真？"她把手机伸过去，三言两语讲了溪子的事，说：
"二十几岁的小年轻，公婆早亡，夫妻俩卖茶养家还要照顾两
个小孩儿和一个瞎眼阿公，真是太难了！"姚娜娜也说可怜。
郑美芬瞟了一眼，很是不以为然："你们千万别上当，这种人
我见得多了！一看就是在卖惨，博同情，好让你买她的茶叶。
你不知道啊……"两块黑案台上下蹿着跳着，非常繁忙。

刘远真只觉得鸟笼里的鸟又黑压压成群地飞出来。一个
多小时里，她起了五次身。先是去晾了一下洗衣机里的衣
服，接着又去房间里打了一个比较长的电话，然后下楼取
了一个根本就不着急取的快递，后来又去洗了樱桃，随即
上了趟卫生间。重新回到茶桌前，也就安静地泡茶，安静地
刷手机，安静地听对面两个人聊她们的前同事，聊她们前
男同事、前女同事的家长里短。像是一只瓶子被打碎，一地
碎碴子。又像眼见屋子里有一只苍蝇在飞，几次瞄准、出
手却总是让它逃脱。总算把那袋金骏眉也泡过五冲，总算有
人打了郑美芬的电话，总算看她好不容易起身，看她把 LV 包
往脖子上一套，手一伸，像斜背一个菜篮子往外走。门刚合
上，刘远真就很不客气地说："以后少把这种人往我这儿带。"

"你不会是外貌协会的吧？人家还是有很多优点的呀：
天然本真，出手大方，乐于助人，很重情义……先不管这
些啦，"姚娜娜岔开话题，一手搭在刘远真肩上，笑问，"说
吧，怎么样？"

"什么怎么样？"

"她手上那个镯子啊。我看你少说也看了两三次。到底怎么样？"

"这种种水，这种绿花，要是真的，少说上百万。谁会把一个上百万的东西随便这么戴着！不是重要场合，基本上都会让它待在保险柜里。"刘远真突然悟出了什么，转而问道，"原来你带她来就纯粹是为了让我看这个？你也太无聊了吧！"

"是是，我是无聊。我就说嘛，她怎么可能戴得起这么好的手镯嘛！"姚娜娜瞬间轻松得意起来，不过几秒又发现了新问题，"不对不对，她说花了十万，怎么可能花十万买个假的呀？"

"她肯定不知道是假的。还有一种可能，她说的是假话。"

"那不会，这个人不会说假话。你刚才也看到了，她说话直，以前在单位也这样，常常得罪人。也是奇怪啊，以前在我们公司打杂，她最经常说'我不懂'。让她去整个 excel 表格，她说'我不懂'。让她去住建局拿个材料，她说'我不懂'。你看看她现在，动不动就是'你不知道，你不知道'。你说她怎么突然间就什么都知道了呀？几年不见，也不知道发的什么财。以前的同事介绍她买房子，她一下子买了两大套呢。你见过买房子用大麻袋装现金的吗？人家就那么干了呀。"

"她不会是做那个的吧？"

"哪个？你说的是盘哥呀？那不可能。他那个技术员老公老实得要死，她的胆子也小。以前有一次两个人骑摩托车没戴头盔被抓，男的吓得差点儿尿裤子，女的给我打电话声音都是抖的。不过，前一段倒是咨询过我们家姓王的一些有关网络的事。具体什么问题，我也懒得问。"

"是懒得问，还是不想知道？"刘远真表示了疑问，说，"反正以后你少把她往我这儿带。"

"你还怕钱多啊？你手上不是有几个货头还没走？走给她呀。你有鸡蛋吃就好了，管他哪只鸡下的、怎么下的啊？都跟你说了不用怕，给她一万个胆她也不敢做什么盘。做碟子都不敢。"

"不管她做什么，反正你少把她往这儿带。我不喜欢。有钱我也不喜欢。"

"好，好，我遵命就是了呀。"

姚娜娜果真再没有带郑美芬来过。因为从那以后，郑美芬都是自己一个人来的。第二天一早，她就登门了。说是家里正好有一盒铁观音茶，带过来请刘远真鉴定一下。刘远真当然没那么傻，会相信这样的鬼话。女人跟男人不一样，男人间的交往可以像直线那么简单，女人不可以。没有姚娜娜在的现场，她变成了另外一个人，说话客气了，神情也安稳下来。像是昨天有人给她搭了一个很高的戏台，她穿上戏服唱的是一出。今天，这高戏台被拆了，没穿戏服的她唱的是另外一出。没有加速度的作用，不再高调唱戏的这个人其实也没那么让人讨厌。她没有把那个冰种的绿镯子戴在手上，而是装在一个小盒子里。同时带来的还有另外几件翡翠：三个镯子，两个挂件，一个蛋面戒指。刘远真借助专用手电筒初步判断，一个紫罗兰手镯其实是玉髓，一个高冰如意挂坠是 B 货，一个阳绿镶金挂坠买的主要是金子不是翡翠，一个冬瓜绿冰种手镯更直接就是酸处理加填充的 C 货。郑美芬当然不信，说这个是找哪个亲戚的朋友拿的，那个是找哪个朋友的朋友买的。刘远真话不多说，索性带她去了一趟古玩城鉴定中心，这一来，好了，不但一一验证，还多鉴定出了蛋面的酸处理。这下，她不得不服了，直接把刘远真抱了起来大叫："真姐，你可真是火眼金睛啊！"

　　自那之后，郑美芬有事没事经常往刘远真家里跑。当然，每次都不会空手。有时是路过花店顺手带来的一束桔梗，有时是自己昨晚刚熬制出来的阿胶膏，有时是亲戚刚送来的一盒燕窝。你可以主动远离一个人的不怀好意，但你永远无法拒绝一个人满心欢喜地奔向你，就像天再黑也无法阻止太阳照常升起。问她为什么那么主动，她一乐："你不知道啊，真姐从侧面看过去特别特别像董卿，每次见到她就跟见到董卿一样。真姐对翡翠对茶都那么有研究，一看就是有文化的人。很多时候人跟物共通，远看是一回事，近看是另外一回事。"她还是习惯左一句"你不知道"，右一句"你不知道"，两块黑案台还是照旧跟着这几个字往上抬再往下跳，可怎么看都有几分可爱的欢喜。"你不知道啊，你微信里发的那些图，写的那些像诗一样的文字，我都看得很认真呢。你不知道啊，我以前就喜欢班上一个会写诗的。你不知道啊，我们小时候最羡慕在政府工作的人了。你不辞职的话，现在也还是政府干部啊。你不知道啊，你说的那个选茶四段论太有道理了，确实是这样子，香不香鼻子知道，好不好喝嘴巴知道，喝下去舒服不舒服胃肠知道，适应不适应睡眠知道。嘴巴和鼻子可能撒谎，胃肠和睡眠绝对不会撒谎。你不知道啊，我穿的都是正品名牌，可总有人以为我穿的是高仿的。真姐你正好相反，随便穿个T恤搭个牛仔裤，看过去都感觉是什么大牌。"听到这儿，刘远真只能抬起右手，晃一晃腕上的满绿镯子说："其实人家只看到这个，一个好镯子在手，其他都跟着它走。衣服会过时，好镯子只会增值。"郑美芬双手一拍，给刘远真竖起大拇指说："精辟！"

眼前，姚娜娜隔着桌子也伸过来大拇指："还是你牛！你说当初你不理她，她怎么还就稀罕你？你越不理她，她还越是套近乎？"这话里话外很有些酸酸的味道。也是，郑美芬跟刘远真才认识几个月，却似乎已经远远超过姚娜娜跟她们任何一方动辄认识十几二十年的交情了。郑美芬频频主动约饭，酒店、私房菜、会所，中餐、西餐，海鲜、土菜，只要刘远真答应参加，她都各种张罗各种安排。"可是有什么办法呢？我就是忍不住喜欢她要对她好！"两块黑案台一抬，郑美芬一脸笑，"真姐手上有我爱的宝贝，你们手上又没有！"要不怎么说翡翠有毒呢！她前前后后找刘远真买了七八样东西，有些是给自己买的，有些是替小姑子买的，加起来已经接近三十万元。这些过手的翡翠，刘远真从不瞒姚娜娜。上个月，刘远真特意送了块翡翠挂坠给姚娜娜，一只鱼的造型，寓意年年有余，两万多元的价值。

　　"你就当我们蜜月期的新鲜劲儿还没过呗。"刘远真自我解嘲道。有些话她并不想多说，也不能说多。再好的关系也挡不住女人爱嫉妒的天性。姚娜娜的嘴里有一条看不见的全自动生产线，具备超强的生产能力。哪怕投进去的明明只是简单的白米，一圈儿过后出来的都是又香又辣又膨的米花酥。如此一来，叙述主体便远离原始故事的本意了。刘远真领教过这条生产线的威力。姚娜娜说话也直，但这种有知的直和郑美芬无知的直有着本质区别。刚搬来筼筜湖景不久，有一次两个人聊起梁玉疆的前夫。用姚娜娜的话说，这年纪，大城市一所完中的副校长，那相当厉害了呀。梁玉疆离婚已经有十几年了。那时她孩子刚出生几个月，丈夫几次在屋子里抽烟。她说，别抽了，孩子那么小，不好。他不干了："在家里连抽个烟的自由都没有，那要家干什么？"她

你不知道 ——————————————— **211**

更来气了："连为女儿戒掉烟瘾都做不到，我要这样的男人干什么？"她屡说他屡犯，他越犯她越说。既然改不了，那就离。这一离，孩子都已经上高中了。姚娜娜说的时候，刘远真惋惜了一句："哎呀，你说当年为一个抽烟的问题就离婚，这好像也不太值啊。"这句话到了梁玉疆耳朵里不知成了什么样的版本，梁玉疆在微信朋友圈发了一句：离婚又不是你一个人的权利。一开始，她还觉得奇怪，几天下来，见梁玉疆对她都爱理不理，她才感觉出了问题。主动一问，再解释，她讲述的重心在于年轻时容易放大缺点这个原因，而姚娜娜讲述的重心在于错过校长这个结果。理解是另一条生产线，总能生产出差异和距离。

茶刚泡上，姚娜娜看了几次手机。她坐不住了，在群里@了另外两个人。梁玉疆很快就回复说，等红灯，拐个弯儿就到了。郑美芬没有回。姚娜娜给她拨了微信语音电话，没接。再打手机，还是没接。姚娜娜莫名有些紧张起来：不会出了什么事儿吧？

"她能出什么事儿？一早不还在群里问好？"

"不是她。我是说她小姑子。"

"你不是问过你老公？不是说那都是正经生意？那就对了，你还担心什么？"刘远真嘴上这么说，其实只是在心里给自己打气。担心像是一团乌云在头顶集聚。姚娜娜老公的话其实也未必那么可信。从法律意义上来说，她的老公已经是前夫。她的离婚像跟着剧本在走。一开始，怀揣律师证的老公在区司法局工作，煮饭、带孩子，一个人都包了。她嫌他没出息，七年前找了各种关系把他提拔到街道办事处当了个副主任。这一去，山也不高，皇帝也不远，却像鱼入大海鸟翔天空，没半年，被辖区里的企业家带去赌场玩儿上了赌博，背着她到处借钱。毕竟跟律师朝夕相处久了，在债主上门之前，她早早跟他把离婚手续办了，这才保住了票子、房子、车子。虽然还生活在一个屋檐下，看起来还是夫妻，但"前任"毕竟靠"前"不"任"了，帮不帮你是人情，已经不是义务。人家怎么帮你？人家说了是灰色关联产业，怎么理解让你自由想象。郑美芬多次讲过小姑子一家子的事，什么怀孕八九个月的小姑子把吃了两口的燕窝偷偷倒掉，跑去烧烤摊一个人喝掉五瓶啤酒干掉十五串肉串，什么十二岁的侄子破解家里电脑密码半夜偷玩游戏，什么小姑子的老公花了五十万请人给家里看风水……讲的都是奇葩事，都是有钱人的那些小烦恼。梁玉疆好奇了："咦，他们都做什么工作，那么有钱？"郑美芬有时说的是开超市，有时说的是卖手机，再往下问："国外的钱那么好挣？"她马上把孩子拿出来说事："哎哟，差点儿忘了，嘉嘉让我买肯德基呢！小凯让我送球鞋去学校呢！"其实，很多问题像是轮船航线上若隐若现的礁石，大家轻轻一拐就绕了过去。但它一直存在，就在那里。

　　两个人都不说话了。很多时候，刘远真觉得自己比梁玉疆和姚娜娜都幸运。都在婚姻里待过，也都是主动走出坟墓的人。她的婚姻走过了十六年。倒计时的那两年，她逐渐意识到躺在身边的是个定时炸弹，随时可能爆炸。她也理解他。为了生个儿子，夫妻俩一起从体制内辞职后，同样在他姐夫的公司里上班：她是一个子公司的刘总，他挂总公司的一个闲职，他心里肯定不平衡。他从小被宠坏了，没多少能力，又不甘心就当她背后的男人，特想证明自己，所以就爱折腾。好好的闲职也辞了，先是炒股，把几年的积蓄全都炒进去。后来，跟着人家收藏普洱茶，这边刚买进，那边就死命往下掉价。再后来，他背着她把别墅拿去抵押，贷了四百万放在同学那儿，说是要钱生钱、利滚利。她一听他当成战果的炫耀，当天晚上跑去同学家把钱要了回来。他不干了，连续几个晚上不回家。尽管事实证明她是对的：没一两个月，他同学卷钱跑路，可他还是不低头。他不低头，她只能带着几百万掉头。儿子是她离婚最大的成本。

刘远真离婚后，三个闺蜜结成了更加稳固的单身联盟，相约在健康优雅变老的道路上共同致富，不高兴的时候一起吐吐男人的槽，高兴的时候一起喝茶聊天看花赏月。高高大大的梁玉疆集文艺范儿与粗豪气质于一身，画画、插花、做手工、烘焙等细活儿不在话下，搬花运土扛石头搬鱼缸等各种粗活儿也是手到擒来；时间上最自由的刘远真喜欢运动，三四天游一次泳，一周打一次球，每晚跳绳三百下，成果都在漂亮的马甲线和浑圆的手臂上显现；珠一般圆、玉一般润的姚娜娜自诩属乌龟的，不像梁玉疆那么爱动手，也不像刘远真那么爱动脚，但她爱动脑，分析起保险、股票来，像水龙头失灵的自来水一般关都关不住。她隔一段日子就会给刘远真这边一张截图那边一张截图，若都按那些截图发展，她应早已是亿万富翁。但事实似乎并非如此。她最近关注几只高科技股和软件股，预判往后两周内肯定会走一大波，让刘远真周一建个基本仓位，抓准时机做几轮 T。刘远真基本玩儿的是长线，不喜欢这种频繁进出的操作，但她不会直说。她又是"嗯"又是"好"地应承着，提前去开了门虚掩着，又上了趟卫生间。洗手出来，梁玉疆已经进了屋。她把几份材料往客厅桌上一扔，整个人往沙发上一歪，说："累死我了，总算抢到了两个名额。怎么美芬还没到？不是约的九点？"

姚娜娜拿起材料一看说："谁要去新加坡访学？这年头儿还有人敢出国？"

"新加坡应该还好。欧美不行，大家都不敢去。就因为这个，今年新加坡才抢手啊。"梁玉疆坐正身子，说，"你忘啦？我女儿不是想去新加坡留学吗？美芬听说我要让孩子暑假先去访学，也想让她儿子和侄子去感受一下外国的学习环境，希望这能影响一下两个孩子，激发他们学习的动力。

"就那两个熊孩子？哼——"姚娜娜大声笑了出来，

说，"真是有钱人什么都敢想啊！"

暑假的一个周日，梁玉疆烘焙了蛋糕，邀请她们吃早茶。梁玉疆住刘远真楼下，三楼，客厅落地门出去就是一个四五十平方米的大露台。很早以前，梁玉疆在松柏小学附近租的房子也有这么一个露台。那时，她刚开始办画室，刘远真和姚娜娜正在给上小学的女儿、儿子找兴趣班。一看到那个露台花园，刘远真就迈不开腿了。孩子上了初中后，陆续把课停了。刚离婚那段时间，刘远真四处找不到满意的房子。因为外甥想学画画，这才重新联系上梁玉疆。约了姚娜娜到新画室一看，小区环境好，湖景高层，双梯三户，周边教育医疗体育配套设施齐全。姚娜娜说："我看就这儿了，你也不用再找了。"几个月后，真就买到了她楼上十五层的二手房。

几个中学生正在上素描课，那天要画的是静物：盘子里两个苹果，边上一串绣球花。梁玉疆把学生交代给助理，自己招呼她们去露台坐。招助理是刘远真给她出的主意。很长时间，她都是一个人办班，姚娜娜笑她是"校长兼敲钟"，收的多是小学生，上的主要是水彩和素描的基础课。成本是低，赚的每一分钱都是自己的。刘远真给她算了一笔账，请一个美院学生当助理，不但可以把有意向往美术专业发展的中学生的钱也赚一遍，更可以培养真正属于"疆域画室"

的嫡系学生，不再为别人作嫁衣裳。虽然要多付出去一份工资，但收入和社会影响绝对翻番。面试助理的时候，梁玉疆请刘远真一起当考官。来了两个。女孩儿相当灵光，眼睛里都是光，穿着时尚，一看家境就不错。男孩憨憨的，有些木讷。梁玉疆对女孩儿印象特别好，城里的孩子省去许多麻烦。刘远真帮她分析说："你没看那女孩儿目光都是朝上的？人家就是来玩一玩，打发一下无聊的时光，你是打算给人提供实习基地陪她玩一玩？当然不是。不是就好。男孩是没她活络，但人实在，肯定重感情，会用心尽力做事，即便将来考上什么学校去教书，也还会来兼职。你是要不断地招实习生，还是要招一个相对稳定的合作伙伴？"考虑清楚后，梁玉疆最终留下了男孩儿。半年下来，学生多了不少，她却轻松了许多，有更多时间把小花园打造成学生写生创作基地。小花园里种着各种花草，一棵五彩、一棵紫红色的三角梅树开得异常热烈，香水柠檬树上挂着密密麻麻的果实，绣球花开出一串又一串的蓝紫色花，月季更是不甘寂寞，黄的红的白的粉的。蜡梅和日本海棠已经结出三三两两的花骨朵……早茶摆在露台小花园里，一张藤编圆桌，四把藤编靠椅，两把方木凳，四个咖啡杯。显然还有其他人。正疑惑，梁玉疆说："一会儿美芬带她儿子和侄子过来。"

十几分钟后，郑美芬到了，身后跟着两个孩子。长得高高壮壮、烫一头卷发的是她马上升初三的儿子小凯，瘦小得跟豆苗一样的是她刚小学毕业的侄子嘉嘉。两个孩子没有按照梁玉疆安排的位置坐下，他们把方木凳往边上搬出两三米，背对着大人。几个大人热烈地讨论美术教育的重要性，两个孩子低头玩儿他们的手机，好像她们谈的是跟他们毫无关联的话题。姚娜娜忍不住问郑美芬："你怎么让他们一直玩儿手机？"

"哎呀，周末嘛，让他们放松一下。"郑美芬托腮望向儿子，一脸幸福地说，"你不知道啊，我那个儿子可懂事了。以前不是没钱吗？他就把过年的压岁钱存起来，说要给我买生日礼物。我那侄子小时候也可爱，非跟着我儿子喊我'妈'不可。青春期的孩子，现在不好弄。"

"那也不能这么放任自流啊，玩儿手机容易上瘾。"姚娜娜说。

"没事，他们平时在学校都不玩儿的。一会儿上课手机就收起来了。"郑美芬收回目光，望着梁玉疆说，"以前没时间管，现在有时间却管不来。在学校还眼不见心不烦，现在待家里我简直受不了。我把他们交给你了，只要能安静下来就可以。"

"试一下吧，关键要他们有兴趣。"梁玉疆站起来说，"我带他们进去看看再说。"

"孩子的教育，你该请教我们真姐啊。她女儿，中国人民大学，德智体全面发展，又乖巧懂事。"姚娜娜打趣道，"让她给你放两招！"

————————————————————橘子不是橙色的

"是吗？"郑美芬跟着起身，招呼两个孩子过来。两个孩子像是没听到，屁股黏在木凳上一动不动。她只好走过去，伸手要拿小凯的手机，小凯把身子一扭闪过身去。她又伸手去拿嘉嘉的手机，嘉嘉抬起手臂挡了挡，看一眼她，又低头玩儿了几下，这才极不情愿地把手机往她的方向一伸，头也没抬。她接了手机去拉嘉嘉，嘉嘉歪过身子往小凯的身上靠，眼睛被小凯的手机牢牢吸住。郑美芬一把抢过小凯的手机，小凯腾地站起来。高高壮壮的小凯怒目圆睁，俯瞰着面前只到他腋窝下的郑美芬，俨然一只竖起鸡冠要干架的大公鸡。郑美芬仰视了自己儿子两秒，目光跟随着话语一起软了下来，说："上完课再玩，我先帮你收着啊？"如果说上半句还有点儿要求的意思，末了的那声"啊"就几乎是哀求了。嘉嘉仰着脖子看看小凯，又看看郑美芬，终于让屁股剥离那张凳子，懒懒地站起来，拿手肘捅了捅小凯。小凯把头别开，肢体跟着松了下来。

　　四个人一起进了屋。几分钟后，两个大人出来。梁玉疆现磨了咖啡豆冲泡了咖啡，又切了蛋糕，几个人正吃着，屋子里突然传出来一声喊叫。郑美芬第一个冲了进去，其他三个人跟着追进去。画室已经乱作一团，画架散落一地，小凯和嘉嘉跟两个男孩儿扭打在一起，其他几个孩子远远躲到一边。助理在拉架。孩子们显然不听他的。

　　"谢喻凯！"郑美芬指着小凯大叫一声，"你给我住手！"

这几乎破了嗓的尖叫很管用，男孩儿们抡起的拳头都停住了。郑美芬一手抓住儿子，一手抓住侄子，把他们往外拉。小凯僵直着身子站住，嘉嘉指着一个男孩儿投诉说："他笑我们连画笔都不懂得拿。是他们先取笑我们的。"

助理赶紧凑过来解释说："我跟他们说了，不懂没关系啊，每个人都是从不懂开始的。"梁玉疆也说："是啊，是啊，每个人都是从不懂开始的。"

郑美芬放开侄子的手，双手去拉小凯，小凯像雕塑一般坚强地站立。她用了更大的力气去拉，小凯更巍峨得像泰山一般凛立。她索性放了手，指着他喊："谢喻凯！你走不走？你还嫌不够丢人是不是？你要继续丢人是不是？好，你不走！嘉嘉，咱们走！"说着，拉着嘉嘉往外走。嘉嘉半杵着身子不情愿地跟着，走的时候没忘了拉住小凯的手。小凯不再坚持，晃荡着身子跟着走。经过道具桌的时候，他抓起盘子里的东西往地上摔，一个苹果，又一个苹果，然后是绣球花，边摔边骂："我为什么要学这种破画？画什么破苹果！画什么破花！"

郑美芬低着头，大踏步地走出门。像是犯了错误的是她，而不是他们。

那之后的很长一段日子，郑美芬都没有再出现。偶尔在群里露脸，多是发发孩子的牢骚。刘远真说青春期的男孩子荷尔蒙超级旺盛，建议她带他们去运动，打球、跑步、游

橘子不是橙色的

泳都可以。她说好。几天后再问,说是好说歹说,各种奖励刺激,去了两次三次就再也不去了,嫌累嫌没意思。刘远真说,那他们总有觉得有意思的事吧?她说,有啊,打游戏。好吧,群里的对话只能到此为止。她的朋友圈倒是保持着更新的高频率,不是"今天小凯去学萨克斯了",就是"今天嘉嘉敲架子鼓呢",再有就是"小伙子换造型了""小伙子说我很卡哇伊,你们知道卡哇伊是什么意思吗"。总之,孩子们在她的朋友圈里继续着阳光、帅气、懂事、上进和文艺,他们美好着她的生活。

　　再次见到郑美芬是国庆节后不久。她主动在群里约大家吃饭,订的是海边漫岛 1 号餐厅,她自己却晚到了。餐厅装修豪华,四周环境很好,推窗即海景。窗外海风徐徐,海浪声轻轻柔柔,与现场弹奏的钢琴曲缠绵在一起。三个人正犹豫要不要先点菜,郑美芬出现了,手上抱着个男孩儿,特别胖,看过去哪哪都是肉,眼睛几乎被脸颊耸起的两大坨肉给遮住了,手臂和腿都跟特大号莲藕似的,一节节又白又嫩、又肥又圆,节与节之间几乎是没有缝隙直接相连,大块脂肪在那堆着挤着。男孩儿很沉,她在门口换了一次手,进了门又换了一次手说:"点菜吧,爱吃什么点什么。"

　　"才不,什么贵点什么。"姚娜娜说着,挥手示意服务生过来,菜谱也不看,直接就是三道菜:"养颜燕窝每人来一盅,海参燕麦粥每人来一碗,深海大虾每人来一只……"

"这手下得有点儿黑啊。"刘远真说,梁玉疆也附和说是。

"她钱那么多,花钱也是挺烦恼的一件事。"姚娜娜学着王菲说"太出名了"的烦恼时皱眉甩头捋发的小动作,对着刘远真连眨几下眼说,"这种烦恼还是让我们承受吧,让这样的烦恼来得更猛烈些吧。"说完狂笑不止。

"点,点,随便点。"郑美芬赶紧找位置坐下,笑说,"千万不要为我省钱!这年头儿凡是钱能解决的都是小事!"

果然是小事。跟郑美芬小姑子马上要办的周岁宴相比,这一顿饭简直跟不用钱一样。男孩儿是小凯的弟弟,在香港出生,一直在国外生活,昨天刚刚回国,两天后要回乡下过周岁生日。小姑子特意请了厦门大厨回乡下办酒席,席开三天上百桌,每桌菜金5500元,洋酒是轩尼诗XO,白酒是茅台,葡萄酒是皇家礼炮。办过周岁宴,小姑子很快又要出国,下午已经去广州办签证。孩子暂时寄宿在郑美芬家,等明年秋天可以入托了再带出国。小姑子已经在朋友开的家政公司预订了一个专职保姆帮忙照看,过两天就会到位。讲着讲着,孩子睡着了,郑美芬的问题来了:"孩子周岁生日,你们说我送个什么礼物给他呢?金项链?金手链?或者是翡翠?有什么合适的挂件?"

"那肯定要送翡翠啊,金器太俗了!"姚娜娜马上就帮她出起主意来,说,"男戴观音女戴佛,我看就送个大观音,多好!远真那边应该有很多种水好的观音挂件。"

────────────────────── 橘子不是橙色的

"我觉得还是戴个平安扣吧。"梁玉疆说，"那么小的孩子戴个观音好像很奇怪吧？"

"平安扣都太便宜了，不行。那还不如戴个竹节，寓意好，节节高！"姚娜娜说，"或者戴个福瓜，也挺好。挑个料头大、满绿的。"

"你说呢？"郑美芬问刘远真。

"戴个如意吧。"

"他的小名就叫祥祥，如意挺好。"

"你那些如意也就三五千元，太寒碜了吧？"姚娜娜说，"不行不行，起码要送个三五万的。"

刘远真说："我手头儿正好收了一个阳绿的如意，种水达不到冰种，算糯冰种的，料头不小，你要的话，三万五，我舅舅说市面上随便都可以卖到五万以上，当时跟一批手镯同一块料子的。"

"咦，我怎么没见过呢？你最近刚得的？"姚娜娜连续几个发问，"跟哪一批镯子同块料？"

刘远真还没回答，郑美芬就先说上了："好，那就要这个如意，吃完饭咱就上你家拿去。"看得出来，她最近的心情相当不错。两个大男孩儿正在学视频编辑，将来都想去考动漫专业；小姑子考虑在厦门买个大别墅，是单门独栋的那种别墅，不是几套合一栋的那种叠墅；明年一开春他们在乡下的老房子要翻建八层带电梯楼房，设计图纸已经出来，翻建手续正在申请，当然钱都是小姑子出的……所有的日子都冒着滚烫的热气。

　　刘远真给桌对面的两个人都倒了茶，又往炭炉里加了炭，往小泥壶里加了水。三个人对坐，各自看手机，刘远真和梁玉疆偶尔交流一下蝴蝶兰的换盆长根、月季和日本海棠的防虫治虫。好一会儿，郑美芬还是没有回复任何信息。姚娜娜坐累了，半躺到客厅沙发上抖着腿，抖着，抖着，她突然坐了起来，问梁玉疆，奇怪："美芬不是在，怎么没跟你一起去？"

　　"前天跟她说了，说好昨天一起去，昨天下午不是说起不来嘛，昨天晚上又说有事。改约了早上八点，她昨晚又说起不了这么早，就委托我一起代办。"梁玉疆抬头看了一眼，又低头看手机，"我反正没差，办一个也是办，办三个也是办啊。"

　　"不少钱呢？"

　　"两个人需要五六万，她让我先出，说是今天给我。"

　　"老实说，那个机构给了你多少回扣？"姚娜娜重新坐到梁玉疆边上，碰了碰她的身子。

　　"哪儿有什么回扣啊？没有。"梁玉疆侧过身子一再声明，"真没有。"

　　"不可能没有的。"

　　"真没有什么回扣，他就是给我女儿的费用优惠了几千

　　　　　　　　　　　　　　　　橘子不是橙色的

块钱吧。"

"你看，被我说中了吧？"姚娜娜指着梁玉疆，望向刘
远真说，"这还不是回扣？"

"这是优惠——不算吧？"梁玉疆也望向刘远真。刘远真
笑了笑，不说话。姚娜娜拉了拉梁玉疆说："趁着大财主还
没到，你不打算先看一下那些宝贝？你一定会喜欢。"

"不用看。我又不买。"

"不买也可以看啊。看一看又不用钱，不看白不看。"

"看了也白看，不如不看。"

"白看也要看。再说了，万一货头卖出好价钱，说不定
远真就跳楼价卖一个给你呢。"

"跳楼价我也买不起啊。肯定要好几万呢。"梁玉疆摸着
手腕上的镯子说，"再说我都有一个了，这个已经很好了。"

"那就白菜价，白菜价一个给你，给你女儿当嫁妆也可
以。"姚娜娜拉起梁玉疆的手伸给刘远真说，"给咱们疆老师
的手也整一个？你看她手上这个，有点儿小家子气了不是？
咱们这次同块料子的一定要人手一个，三个闺蜜三只手伸
出去，这才叫完美！"

"只要货头走掉，很简单。"刘远真不想把话说死。她知
道姚娜娜这句话里的深意——如果她真卖给梁玉疆白菜价，
那姚娜娜也会把她赠送的镯子当白菜，那她欠下的人情就
得差着数。这不是她想要的。眼前的两个人都喜欢翡翠，但

她们的喜欢是不一样的。姚娜娜的喜欢是只要不花钱这个也好那个也想要，梁玉疆的喜欢是纯粹的只要有一个好的就可以了，就像她们的衣柜里，一个是多得装不下，一个是任什么季节永远只有简单的几件衣服。她有意识地看了一下手机："哎哟，都快十点了，美芬怎么还没到？不会出什么事吧？"

这提醒了姚娜娜。她又打了语音电话，还是没接。再打手机，她直接从椅子上跳了起来，大声叫道："关机？居然关机？怎么会关机？她的手机怎么可能关机？"她不信，连拨了几次，结果都一样。这下梁玉疆也急了，赶紧拨打郑美芬的微信语音，仍是无人接听。"她不会真出什么事吧？"梁玉疆刚一发问，又立马自我安慰道，"可能是手机没电了，一定是手机没电了。"

"不行，我们得去看看！"梁玉疆抓起手包就往外走，见刘远真还坐着不动，便说，"刘董卿小姐你还坐得住？你那可是一两百万呢！是，是，东西是在你手上，可还有谁买得动一百五十万呀？"

"是是是，要急也该是我急，你干吗那么着急呢？"刘远真笑着把小泥壶拿下来放到茶桌上，又拿餐巾擦拭几下滴在桌上的茶水，这才起身。

"我怎么能不着急？她小姑子不是要买别墅吗？她托我们以前的同事帮她看，就是帮她介绍买湖景这边房子的那个同事。前几天，那同事说有个别墅非常好，价格也合适，

————————————————橘子不是橙色的

她人还在香港，让我帮她看。我一看还真是不错，两千万的价格也合理。对方要求先付五十万定金，后来一直商量，谈到三十万。我同事说手上钱不够，让我帮忙垫付二十万，说成交后的三十万提成会分给我十万。美芬也说一回来马上给我，也就几天。现在惨了，我的二十万啊。"

"不要想得那么悲观嘛，不会有事的。"刘远真拍拍姚娜娜的手臂，三个人一起坐电梯下楼。出电梯门，往 B 栋走的路上，公司财务打来电话，说是五天后市里有个竞标项目，需要五百万保证金，合伙人让她负责解决二百万。刘远真刚才还松着的心突然就紧了。

郑美芬住的是 B 栋 2502 层，门没关。入门处像是什么作案现场，横七竖八堆着各种运动鞋、高跟鞋，以及不成双不配对的拖鞋——它们本该结对待在鞋柜里。她们好不容易才每人凑了双拖鞋换上，小心地往里走。高出屋外地面十几厘米的小茶室空间做成开放的酒品陈列室，原木酒架上立着斜放着长瓶短瓶胖瓶瘦瓶单瓶双瓶进口国产洋酒白酒葡萄酒等各种酒，大的小的圆的方的高的矮的玻璃的水晶的透明的雾化的等各式酒杯，地上摆着两箱未开封的轩尼诗 XO，一箱德国啤酒一半空瓶一半酒。小四方桌上立着三个精致的礼品袋，七八个莫桑钻首饰盒、四五个 SK-Ⅱ礼盒，大大小小十来个国际品牌香水礼盒，所有东西都散着乱着。两个孩子都在，小凯抱着 iPad 蜷成一团窝在单人座椅上，嘉嘉捧着手机平躺在三人座椅上。他们都在玩儿游戏，这边"砰"的是炸弹，那边"锵锵锵"的是刀枪。她们平时都不是很喜欢来她家。她家空间其实很大，小区内最大的户型，180平方米。装修也豪华，地上铺的、墙上贴的都是进口石板材，客厅、餐厅、卧室摆的都是全套花梨木家具。各种家用电器也是一步到位，全套家庭影院、洗烫一体的洗衣机、洗碗机……但就是乱，味道也不好。她跟着刘远真买了很多蝴蝶兰，但养一盆死一盆，不是水太多烂根就是没浇水干掉，隔一两周就要再买一拨；她跟着梁玉疆种了很多盆栽绿植，有不会开花的金钱树、发财树，会开花的大叶惠兰、君子兰、各色月季，多肉口红、观音莲、碧玉莲、红宝石，同样是种一盆死一盆，阳台上堆着大大小小十几二十个装土的盆；她跟着姚娜娜买了一本又一本的股票基金指南，很多连外面的塑膜都还没有撕开。她跟着刘远真整了瑜伽垫、练功服、哑铃、拉力绳等，跟着姚娜娜买了破壁机和燕麦、小米、黑米，跟着梁玉疆买了烤箱、烤架、料理机……它们本应归整在不同区域，但现在，这些东西在目光可及的客厅、餐厅，桌上、地上、椅子上自由自在，随便一个地方都可以成为储物空间。放错了地方，再好的东西都可以成为垃圾。真应了刘远真说的那句话："表面的物质可以模仿，但真正的生活模仿不来。"

姚娜娜叫了两声小凯，小凯懒懒地抬了一下眼。

"你妈呢？"姚娜娜问。

"不知道。"小凯懒懒地回答，又埋头儿玩游戏。

"不知道？她是你妈，你不知道？"姚娜娜提高了音量，继续说，"她早上不是还在家吗？"

小凯不说话，嘉嘉抬起头来说话了："刚刚警察带走了。"他说得很轻松，就像警察带走的只是家里的一张纸、一片叶，甚至只是一阵风而已。小凯狠狠瞪了他一眼。

"警察带走了？怎么会警察带走？"梁玉疆问刘远真，她的眼里满是惊慌。

"先是舅妈下去，然后警察跟她一起上来，然后他们进了房间，然后她就跟警察走了。就这样。"嘉嘉耸耸肩膀说。

"因为什么事？"姚娜娜问。

"不知道。"

"你舅舅呢？"

"不知道。"

"阿姨呢？"刘远真问。

"不知道。"

"小弟弟呢？"梁玉疆问。

"不知道。"

"你们怎么什么都不知道？那你们都知道什么？"姚娜娜几乎是咆哮起来。

"不知道。"嘉嘉噘了一下嘴。他觉得无趣，又低头玩儿他的手机。

　　"我们代付的那些钱怎么办？"梁玉疆焦急地问，姚娜娜极不耐烦地回了句："你问我，我问谁？"她还想往里屋走，被刘远真拉住了，只能不情愿地往外走，跺着脚说，"看来真要被这个郑美芬害死了！这不是诓我们吗？出了事好歹跟我们说一声呀！她不是什么都知道吗？怎么两个孩子什么都不知道呢？她……"电梯门开了，刘远真说："要不上楼看看？保姆会不会在她小姑子家？"她们走楼梯上了27层，2703房的房门紧闭，门上贴着一张封条，盖着公安局的章。三个人相互看了几眼：什么都不用说了。很多东西都关联起来。这回，姚娜娜更急了，马上给姓王的前夫打电话，疑问句一句紧接一句："她整天都在厦门，怎么做盘？不做盘也会被抓？洗钱？那意思她小姑子肯定先被抓了？不是省里来抓的？山东？那怎么办？"

　　挂断电话，梁玉疆刚要开口问，姚娜娜就噼噼啪啪先说了："估计是帮她小姑子洗钱了。什么是洗钱你不知道？把见不得光的黑钱洗成白的，还不懂？怎么洗？没工夫跟你解释。几个月前出事的香港太阳城知道吗？很多钱都是从那边取出来的，就那么过一下手，手续费就要20%～30%，一个亿就可以抽走两三千万。她小姑子从香港那边过来的钱肯定通过她的户头走，或者直接送过来由她接收，这种一查一个准儿，跑不了了。惨了惨了，这次赔大了！咱们三个

　　　　　　　　　　　　　　　　　　橘子不是橙色的

都跟着遭殃了！不行不行，我得趁那个同事还不知道赶紧把钱要回来！要不回来就惨了，那么大的房子能卖给谁？"她开始给同事发微信，见梁玉疆一副没回过神儿来的样子，说，"你发什么呆呀，赶紧去把那五六万给要回来呀。找个好一点儿的理由，就是亏个三五千元也得赶紧要回来哈。咱们不像远真，三五万元很大的呢。"她把目光和话题都引到刘远真身上，"要我说啊远真，不要想着你那好东西会增值，砸手里不动那也就是几块石头而已的呀。"

刘远真默默按了电梯下行键。她能不急吗？她能不后悔吗？一百六十八万不是个小数。可是急有用吗？后悔有用吗？第一次整手拿高货，舅舅一再提醒她要预收订金。可那时候，郑美芬人在澳门，揭阳那边又好几个人等着下手，她想着保险稳当就先做决断，哪想铸成了祸端。舅舅帮忙肯定可以找到买家，但短时间内急着出手，亏钱在所难免。真是烦！进电梯的时候，微信提示音响了。她点开一看，是溪子发的，简单的一句话：就是这个大礼包。接着是一张图片：床上躺着一个小孩儿，穿着纸尿裤抱着奶瓶踢着双腿。看来那条被她删掉的评论溪子早就看到了。这不是二宝吗？怎么成了大礼包了？正疑惑着，溪子的微信又来了：这运气真是太衰了！以前，他哥他嫂有钱的时候，我们可以拒绝钱。现在，他们没钱又管不了孩子的时候，我们拒绝不了孩子。刘远真没看明白。这孩子不是二宝？是她老公大哥的孩子？她把镜头拉近，这才看清确实不是二宝，孩子的额角上没有红色胎记。脸上两大坨肉，几乎遮住他的眼睛。他的脖子上挂着一块很大的挂坠，很绿很绿，是块满绿的如意。她失口喊了出来——天啊！

姚娜娜和梁玉疆都把头凑了过来。三个人反复辨认、几番揣摩，判定孩子确实是嘉嘉的那个胖弟弟无误。姚娜娜半是疑惑半是取笑地说，这意思是，她大伯大嫂有钱的时候，她没得人家半点儿好？还是她主动不要的？现在好了，他们进去了，他们的孩子她想养也得养，不想养也得养！姚娜娜摇着头直叹气："世间怎么还有这么傻的人呢？！钱都送到手上了还不要！"

"可是，她要不傻，也像美芬一样帮着洗钱——"梁玉疆小心地问，"这回是不是也进去了？"

"也是哈。"姚娜娜突然间双手一拍，"对了，你们说美芬有没有可能把钱藏在她家里？看来她是一点儿都不傻，她们都不傻，真正傻的是我们哈。人家毕竟是自己人，咱们跟人家什么都不是，现在好了，都成了背锅侠了。咱们怎么这么傻呢？"

"咱们其实不是傻。"刘远真说。

"不是傻是什么？"

"你不知道？"刘远真仿佛看到郑美芬就站在跟前，两块黑案台往上抬起落下。她的目光越过姚娜娜，电梯门缝外，不时有横线在上升，上升。许久，她对着电梯轻轻地说出一个词："可怜。"

　　　　　　　　————————————橘子不是橙色的

关于田螺的梦

她像一个经验丰富的蒙面劫匪，语气平静但不容质疑。她说，脱掉裤子躺上去。我听见皮鞋在楼道水磨石上叩出的声响，或急促，或散淡。乙醇的气味仿佛是突然出现，不断往鼻孔里钻。

　　她穿着白衣戴着白帽蒙着白口罩，这突出了她的双眼，黑亮，无邪，但冷漠，她的目光落在一张棕色的椅子上，而那椅子像一个人带着讪笑，张开热情的双臂。她说，内裤也要脱掉。我双腿张成 V 形，屈着两只脚蹬在检查床高高翘起的脚镫子上。一切都是没有温度的白：白的天花板，白的墙，白的帐帘。我听见金属相互碰撞的声音，也许是钳子，也许是镊子。她说，腿张开点儿。才说着话，一种金属已经插入我的下体。它在扩张，它在深入，它在冒犯。冰块的冷，金属的硬，针刺的痛，流经我的全身。我打了个寒战，咬住嘴唇。紧接着，应该是一根蘸着药水的棉签在里面行走。许久，她戴着白帽子的头，在我的两腿之间抬起来。她说，阴道萎缩。

　　在看妇科医生前，我只觉得下身老有一股气体往外窜。有时，它像鱼嘴里吐出的一个泡，"噼噗"在那条秘密通道

———————————————————————— 橘子不是橙色的

里幽幽游着；有时，它像深巷里生成的一阵冷风，"呼啦"快速冲过巷子冲出巷口。妇科医生的解释是，雌激素水平降低，阴道没有足够的润滑剂来润滑，于是就生出很多褶皱，阴道萎缩，失去了弹性，再锁不住气体……

作为心理医生，我无法反驳妇科医生给我开出的处方——"补充雌激素"。其实，卵巢上分泌雌激素的开关已经合闸，外来之药又有何用？她不知道我的病根，所以只能开出这种治标不治本的药；我知道，可我却当不了自己的医生。

我已疲惫不堪。我没有买任何药品，直接回了家。我知道任何药物对我这样一个刀枪不入的人来说已经失去了药效。

客厅里，张扬正和一对年轻人有说有笑地谈着话。见我进来，他的眼神一闪而过，脸上的笑容也仿佛突然被打上了休止符。休止符后是很长一段时间的面无表情。我感受得到这种冷漠。

他没有关心我的脸色为什么那么难看。他甚至连问我怎么那么晚才回来都没有。这种十年不变的习惯，就像桌上他经常冲泡的胖大海，寡淡无味，黯然失色，却也不足为奇。

"瑶姐，回来了啊！"坐在沙发上的男青年站了起来。所有跟他工作有关的人，无一例外地叫我瑶姐，不论男女，不论老少。我不喜欢人家叫我"张太太"或"张科长夫人"，我不喜欢成为他的附属品。直到现在我都无法理解迟子建的小说《福翩翩》里的那个"柴旺家的"，因为爱她的男人，她居然忘记了自己的姓名，而把自己归属在男人名字后的那个"家的"，她是他"家的"什么？我是个不会丢了自己姓名的女人，我有自己成功的身份——"梁医生"。

"是小白啊！"我礼节性地跟他打完招呼，一眼就瞄到了桌上放着的一大包喜糖。"怎么，小白结婚啦？恭喜啊！"

"你看小白这么客气，因为我没能去参加他的婚宴，他们今天特地来送喜糖。"张扬嘴上与我做着常规性的交流，目光却没有递上。他的手忙着为客人倒茶，眼皮连抬都没抬一下。他漠然地为我也斟了一杯茶，用杯夹夹到我面前的茶几上。

我漫不经心地端坐着，听他们聊单位的一些事情，偶尔也会插上一两句。新娘子小鸟依人紧挨着小白坐着，不多说话，却时不时地与小白眉目传情。

我读得懂这种眼神。

我也曾有过这种眼神。

"小瑶，帮我拿包烟！"张扬可能已经发现了我的走神，说，"再去切盘水果！"

"不用，不用！"小白慌忙起身，"不用麻烦瑶姐了！"

我配合着张扬。端来切好的血橙，我很细心地注意到，

——————————————橘子不是橙色的

小白为他新婚妻子送上一片血橙时并不是简单地送上，而是将橙两边的皮与肉剥离开来，这样她用牙齿轻轻一咬就能咬起整块橙肉。她很幸福地享受着这种呵护与爱怜。

我的心为之一酸。多年前，那个唤我"小瑶"的张扬，更早那个唤我"小兔子"的阿伟也曾这么对待我。

…………

他一边低头穿鞋，一边说："我——出去转转。"头也没抬，像是说给鞋柜听。

他吃力地拔着鞋子的脚后跟，几乎到了龇牙咧嘴的地步。就在他撑住左手的位置边上，端放着一把塑料和一把金属的鞋拔子，但他从来不去使用。仿佛那只是我的专利。

看着他狼狈的嘴脸，我突然萌生一种想笑的欲望。

但直到防盗门在他身后"咚—咚"两声响，我终究没能笑出来。我怀疑，我是不是已然丧失了笑的能力。又或者，我的笑已经没有沸点。

他并不是一个恋家的人。他更不是一个黏家的人。我知道，他是用"出去转转"来规避傍晚到晚饭我与他相对的这段空闲。一个小时的时间，他绕不过这样的轨迹：出小区，过一条马路，到对面的彩票点买几张彩票，转个弯儿到洗发店洗洗头，然后直走到河滨路看人钓鱼……我对他无聊的生活一目了然，就如同他对我此时在厨房里的精雕细琢了如指掌。

晚饭是一天中我们能够单独面对面待在一起的唯一一段

时间。儿子寄宿在学校，只有周末才回来。因为上班时间的不同，早餐我们都会错开半个钟头，午餐都在各自单位吃，唯独晚餐，我会精心安排。我在用心品味自己对晚餐的感觉，而他从来都是囫囵吞枣地只将我的一番劳作作为果腹之用。

饭桌前，他吃得"吧唧吧唧"，无限夸大嘴巴张开的幅度。食物被嚼出的声响有些走样，但恰巧可以覆盖住我们两个人之间的沉默。那好像不是他的牙齿与食物碰撞的声响，更像是食物早已知道被迅速咽下的结局，各自在他的口腔里慌不择路。我总是吃得小心翼翼，连夹菜都仿佛怕夹出声音。我恣意让那些饭粒和菜叶在口腔里舞蹈、缠绕，缓缓地，就如我期待他离席后，我可以独享这悠闲的时光。

一股气不知从哪里突然冒出来，在下腹聚集。我像被按下暂停键，紧急刹住嘴上的动作。我听到它冲出关隘，开始行走在那条干燥的通道里。我放下碗筷，左手扳着桌角，右手指用力抠着桌面，绷住身体阻止它继续前行。他起身盛了第二碗饭。我思维的千军万马再顾不得他的"吧唧吧唧"，全部调遣到那条通道里。我希望它不要发出声响。一声"噼噗"，闷闷的，但还是响了。我迅速瞟了他一眼。他停止了咀嚼。他听见了！我的脸上热了起来。他并没看我，只用舌头在口腔里鼓捣了两下，继续咀嚼。我微微松了一口气。可是，它还在！它像一个玩儿捉迷藏的小孩儿又出现了！我下意识地抓紧桌角，夹紧双腿，努力向内、向上收气、提气。我希望它不要再往外游走。我希望它不要再发出任何声响。可是它继续不管不顾地走着，"噼噗、噼噗、噼噗、噗——"，它干脆一口气直接走到底。

我惶恐地看见，张扬皱着眉头张大了嘴巴。他听见了，他什么都听见了！它泄露了我的全部秘密。一种燥热由脸颊传向我的脖子。

张扬从嘴巴里掏出一粒沙，丢在桌上，非常不满地说："以后米要淘干净点儿！"

…………

晚上七点，我准时来到我的心理工作室。只有在这些病人面前，我才能显示出强者的威严，才能有实实在在的成就感。

今天第一个来咨询的是一家中医医院的美容美体医生——A先生，以前来过两次，可是两次都是吞吞吐吐，欲言又止，尽讲一些无关紧要的琐事。我早就断定他说这些其实只是一种铺垫和试探，他心中肯定埋藏着一些难以启齿的墨区。作为心理医生，当一个有耐心的倾听者是最基本的要求，所以不管他讲什么，我都会先认真地听，哪怕他七扯八扯地打着一个个擦边球。

这一次，他的话题不再躲闪。他的中医推拿技术是祖传的，以前多用于治病，用于美体是这一两年的事，生意却极其火爆。由于职业的缘故，他经常要接触女人的身体，而且是零距离的接触。当女人，尤其是那些年轻的、貌美的，在他眼前一件件脱掉身上的衣物，只穿着胸罩和短裤，或俯或仰躺在那张美体床上时，他就热血沸腾。如果不是宽大的白大褂像一块遮羞布一样藏住了他的心理，被顶得紧紧的裤裆绝对会轻易地泄露他的欲望。最让他难以忍受的是，为女人赤裸的胴体涂抹上精油进行全身推拿放松时，大多数女人都会发出一种勾人魂魄的声响，那是她们在很享受很放松的情况下的一种自然流露，可这种声响更导致他精神的进一步紧张和裤裆的进一步发紧。有的女人在那种飘飘欲仙的情境下还要做出一些肢体动作，最典型的是咬手指、摸脸颊、双腿夹紧，甚至他还碰到过有的女人向他伸出了酥软的手。尽管他会有一种很想进入的冲动，可理智和医生的道德一次次阻止了他行为上的出轨。每次为一个美女做一次推拿美体下来，他总有些几近虚脱的感觉，仿佛连续做过几次爱。在差不多要怀疑自己性功能亢进的时候，他却意外发现面对老婆时自己竟然阳痿了。老婆已经将他逼到了离婚的十字路口。

"我其实是很爱她的，"A先生涨红着脸述说着，一脸痛苦，"可为什么到做爱时却一点儿感觉都没有……而第二天在医院里，面对那些病人，我依然又迅速地勃起……"

"你这是长期性压抑所致的心理障碍，"我不假思索一瞬间就为他做出诊断，"两种方法，一种是换掉你现在的工作，或者做一般的中医推拿，或者找一份没有生理刺激的工作，不用一个月的时间自然就好了；另一种方法是让你的妻子也去学这个美体推拿，你在妻子的目光下工作，你便不会有那种欲望……你一旦适应这种形式就好了，妻子也会多一分理解……"

　　我一边为 A 先生看病诊治，一边也在为自己把脉。从某种意义上来说，其实我病得比他重。起码见到异性他要压抑，那是因为他体内有巨大的能量需要释放，而我即使面对的是全世界最性感的男人，我也没有了感觉。他是想跟自己的老婆有床笫之欢，可他不行，而我呢，我连床笫之欢的需求都没有。

　　在他第一次来问诊后，我特意去找他做过美体。躺在舒适的美体床上，我听见维尼亚夫斯基的《传奇》渗透着凄美的婉约，我闻到满屋子充盈的薰衣草的香味。我看见，粉的墙，粉的帘，粉的床罩，粉的枕巾。他的白大褂是一屋子粉嫩里的点睛之笔，眼镜后的微笑灿烂了白口罩的冷意。他用手代替了话语。他的手带着力气开始温柔地行走，走过脖颈，走过肩膀，跃过胸部，走过上腹部，走过小腹……走过胸罩和短裤包裹之外的每一寸肌肤。他的目光随着手在行走，仿佛那是他免费赠送的另一道按摩。他的手是细腻的，他的手是质感柔软的，他的手是温暖的。可是，仅此而已。

他的手没能唤醒我的躯体。他戴着口罩，但我看见了他眼镜后偶而微漾的光，我听见了他时而粗时而细的呼吸。我非常用心地感受他的每一寸按摩，我非常认真地倾听他的每一声呼吸。当他的手不小心碰到我高耸的乳峰时，我听见他深吸了一口气。我以为我的感觉应该在此处落笔。可惜，我静若处子，心头没有任何一点儿微澜。他的气息依旧没能唤醒我的躯体。我为自己的麻木深感愧疚。就在这时，我只听到通道里有一股像风一样的气体奔腾而来，近了，近了。我借机翻过身，趴在美体床上收紧下体。床单已经不可避免地被我揪皱，可是，"呼啦、呼啦"，它们不受管控，狂傲地冲出道口，我心情低落至冰点。我看到他突然停止手上的动作，犹如听到有人当众放了个响屁。他不好意思地笑着说："不好意思，我忘记擦精油了！"

一个小时的心理咨询时间已到，A 先生如释重负地走了出去。接着进来的是一个乡镇的领导干部——B 先生。他只要一接到妻子的电话就会紧张，不由自主地说谎话。明明是跟几个同学在一起聚会，只要同学中有女的，他就会条件反射地说成是跟几个男同事在一起；明明是跟同事在一起，只要同事是女的，他就会本能地说成是跟男领导在一起。跟自己的妻子，他已经不知道说了多少谎话了。他害怕长此以往，自己会神经错乱，会精神崩溃。

"你为什么要说谎？"我其实已经大体猜出了问题背后

的原因，只是我要让他自己说出来。相同版本的故事听得多了，不是男人花心，就是女人疑心。

"只要听说有女的，她非得赶到现场来督察，她担心我跟哪个女人'有一腿'！"B先生的一只手往后脑勺摸了两把。

"其实有病的不是你！"我用笔敲着下巴，"应该来心理咨询的是你的妻子！"

"我没病？"B先生有些不相信，他指着自己的鼻子，瞪大了眼睛，"我真的没病？可我只要接到她的电话，两腿就会发软，脑袋经常会一片空白……甚至大白天上班还会出现幻听，一直感觉她又来电话了。"

"只要你妻子把病治好了，你的病自然就不治而愈了！"我轻轻合上了手中的记事本，向他宣告着谈话的结束。

我确实病得比A先生重。张扬病得也不轻。我们一病就是十几年，起先，只因为几句话。

阿伟出车祸的时候，我正怀着六个月的身孕。我说，我想去看他。埋在一堆辅导书里备考公务员的张扬生硬地抬头，酸酸地说："有那么重要吗？为什么非是今晚？明天去不行吗？又不是永远见不上。"张扬一语成谶，当晚阿伟就永远走了。整整一个星期，我都无法走出自责。头七的那天晚上，我像一个僵尸，直挺挺地躺着，任他脱衣服，任他亲吻，没有任何反应。他翻坐起来，大骂一句："我一个大活人还不如他一个短命鬼？如果死的是我，你会这么伤心吗？"一把冷飕飕的剑直插我的心窝——张扬你不是人！他晚上不刷牙，上床不洗脚，睡觉打呼噜，吃饭"吧唧吧唧"响，当众擤鼻涕、抠鼻屎、放响屁……他像一辆老旧的货车拖着一屁股从农村带来的生活陋习过活。这些我都无原则地忍了，可我却无论如何忍受不了任何一个人亵渎我的初恋，亵渎我心中的阿伟——谁有权利嘲笑我的青春？

　　慢慢的，拒绝成为一种惯性。先是说来例假，然后说是没心情，后来干脆就说不想……就像那骑了多年的自行车，骑着骑着，就渐渐慢了下来；走着走着，再挂不住链齿。而他，也在以愈演愈烈的不配合或者不在乎，对抗着我的生活方式。我说，晚餐我们可以听点儿音乐。他说，吃个饭还装什么小资？我说："性事前你能不能先洗个澡？"他说，洗完澡谁还想那玩意儿？慢慢的，言语上的交流、目光上的交流都成为一种奢侈品，成为挂在墙上的画，一年到头难得看上几眼。我们用所谓的心照不宣替代了彼此间密切关联、无法躲避的日常接触。经常，他在电话中有说有笑地与人谈及要到哪家酒店喝酒吃饭，但直到出门前，他不吭一声，我也不问一句。经常，他摸着儿子的脸说，爸爸要出差了，之后，就丢下十天半个月的空白。我们都行走在高空钢丝上，钢丝上只有自己。

　　我曾有过离婚的念头。孩子两周岁时，我通过在日本的姑妈争取到了一个到日本学习心理学的机会。我把孩子托付给我的母亲，跟单位请了长期病假。可是，我无法逃避作为一个母亲的责任。两年后，我还是选择了回国，并创办了自己的心理工作室。除了在行政学院给学生上课，所有的夜晚、所有的周末，我都奉献给了那些等待光明的心理咨询者。

从日本回来，我们的婚姻基本是无性的，并逐渐走向了更为沉默与冰冷。都在忙，都在奔波，连交流的欲望都没有。十年前，我们开始分房而眠，一家三口每人一个房间。他频繁在外应酬，频繁缺席晚餐时的会面。洗衣机里绞在一起的衣服一次次代替了我们彼此的相见。我们的性生活就像挂在墙上的月历，一个月甚至几个月才翻一次。偶尔为之，也是例行公事。他脱他的衣服，我脱我的衣服，两个人贴在一起，扎出我的疼痛，而后分开，比做作业还快。就像那冬眠前的蛇，实在饿了，狠狠吃上一口。吃一口，可以饱很久。

这就是我们的婚姻生活，有病的婚姻生活。十年如一日。可是，我们谁都没有开口提离婚。尽管婚姻只剩下空壳，可我依然要在这忧伤的空壳里躲避大众毒辣的目光。如果离婚，大家责备的矛头所指向的定然是我，而不是他。因为我漂亮，做着心理咨询师的职业，接触着形形色色的人，在大众看来更符合逻辑的自然是——出轨的只能是我。

又或许，我们都需要婚姻这样的壳，这样一个掩人耳目的壳。哪怕它粗糙不平，哪怕它藏污纳垢，但毕竟它坚硬，足以挡住风言风语。

只是，我可以没有性，可我难以确定，一个生理健康的男人是否也可以如我一样不需要性？倘若他已经与其他女人有了身体上的媾合，那我还怎么偶尔安顿他身上的器具？

我把婚姻生活结余的大把时间支配在心理咨询这个倾听黑暗内心世界的领域。我专注于工作，自己的焦灼和恐惧推延了它们到来的时间。我赚到了比张扬还要多的钱。

今天晚上的最后一个病人，此时正坐在我面前。这个女人叫田螺，又是一个被情所困的角儿。这是我第128号病人，她是第二次找我。她的岁数和我差不多，可她的经历却比我凄惨多了，跟她的名字一样，总有绕不完的弯、过不完的坎。为了让自己的大哥有钱盖房子、娶妻子，她在父母的一片哀求声中做出妥协，和自己青梅竹马的初恋情人分手，嫁给了一个有钱人家的花花公子。结婚没几年，夫家家道没落，丈夫也在一次意外事故中死亡，她带着女儿苦苦支撑……去年，她意外地碰上了她的初恋情人，旧情复燃，二人走到了一起。

这是很多爱情小说里常见的情形，在她身上又复制了一遍。上一次就诊时她告诉我，男人每次激吻她，仍然像初恋时那般充满力量，她感觉到舌头几乎有被咬断的可能。每次被他咬过的乳房总有灼热的疼痛感……她还应他的要求去做了处女膜修复术……她不知道他是不是有病态心理。我一方面告诉她，这个男人的报复心理是比较强的，激吻她是在报复，咬她的乳房也是在报复，让她修复处女膜则是要弥补男人的一种虚荣。除非他们真正结婚，不然这种情况会一直存在下去；另一方面我力劝她离开这个男人。

这一阶段，这个叫田螺的女人努力去试了，可是，她做不到。于是，她越来越心存愧疚，她觉得越来越对不起同为女人的他的妻子。她开始失眠。

"你觉得他爱你吗？"

"应该是爱的。"

"既然爱，那他为什么不娶你？"

"他有他的难处。他的仕途还要发展，不能因为这些事而影响了他。他的竞争对手巴不得他现在就离婚！一离婚马上给了对手一个很好的机会！"

这些可恶的男人！一样的德性！我在心中唾弃了她的他，也唾弃了我的他。他还不是一样在意自己的前程？副科时，他争取着正科的后备。正科后备上后，他又想着副处后备。这回，他副处也后备上了，他考虑的又是怎样让后备成为现实。每个阶段、每个步骤，他都有他的打算；而我，迎合着他。我一直在牺牲着。

如果是这样，那为什么还要黏着他？跟这种人注定不会有什么结果的。我回到了病人的话题上。

关于田螺的梦———————————————

"我想过放弃。可我放弃不了他给我的感觉。说真的，没结婚前，没尝过性事的女人是不知道自己有性的需求的，可尝过了，特别是尝过不同种类型后，就会更珍惜自己想要的那一种……都说男人的精液是女人治病的药，一点儿都没错。前几年，我的阴道萎缩得非常厉害，卵巢也开始萎缩，现在，好像一切都好了。他虽然很少在我身边，但当他在我身边时，他带给我的是无限的激情……你不要以为我是一个淫荡的女人。在老公死后的很多年内，我一次性生活都没有过，我心如止水……直到他重新出现……每次想到他对我的爱抚，我的阴道都会不由自主地潮湿起来……你也是女人，你应该可以理解的。"

　　听着她的描述，我妒火中烧。我也是女人，可我真的不能理解。因为，我的阴道不曾潮湿过。抵达女人内心其实有两条通道，一条是物质的通道——阴道，另一条是精神的通道——爱情。阴道只是最初级的通道，它充满着世俗的气息，却经常是必不可少的。毕竟能达到柏拉图式的境界——只需要精神的通道的男女是少之又少的。而我，可怜得连物质的通道都很久没人抵达。

　　我竟然开始羡慕起这个叫田螺的女人来。她虽然没有婚姻，可她在物质与精神的双重通道上都是满载的。

　　"他老婆是做什么的？他老婆知道吗？"应该说，这两个问题并不在我的工作范围之内，更多地是出于一个女人的好奇。在羡慕她的同时，我也不由得想到自己与她背后的那个女人同病相怜。

"不知道。他从来不说他老婆！"这个叫田螺的女人掰着手上的指甲，抬起头，"他唯一说过的有关她的一句话是，她冷得像冰。"

"冷得像冰？"我的后脑勺走过一阵电流，全身震颤了一下。我不确定，但张扬似乎也说过类似的话，或许是某次拌嘴他也随口说过。

"梁医生！"田螺的呼唤声打断了我的思绪。我回过神来。

田螺继续往下说："我知道，他其实一直也有负疚感。在这种半明半暗的环境下，他还可以给自己一个原谅自己的借口，一旦公之于众，他怕社会的谴责！"

"爱本没有错。诸多世界名著歌颂的也都是伟大的爱情，这种爱情置于婚姻、家庭、传统礼教之上……"我轻声细语地开出我的处方，"那么，既然想爱就要敢爱，就要做出选择，不能这么模棱两可……"

"我是没法儿主动离开他的。而他，不会离开我，也不会离开他老婆……"这个叫田螺的女人喃喃自语，"除非……除非让他的老婆选择离开？"

"千万不要有这种念想！你还是应该让他做出选择，不要继续这么不清不楚地过下去，这样对谁都没有好处。"我不经意地瞟了一下墙上的时钟，一个小时的时间已经到了。

田螺站起身，眼神用力地看了我一眼。她迅速从刚才的情绪中走出来，没有过渡，速度快得让我有些适应不了。

　　和大多数病人一样，她看起来很矛盾，在爱与自责的边缘……和大多数病人不一样的是，她似乎又缺少点儿什么。几乎是一种条件反射，其他病人在讲述这些阴冷和黑暗的事件时，身体会自然而然地跟我形成一定的角度，一般在 45 度到 90 度，而她两次都与我形成 0 度角，近距离地的面对面。所以，我不知道她所谓的矛盾与自责是否真带有诚意，可如果连这点儿诚意都没有，她又何必找我倾述呢？

　　这个陷在爱的泥潭中的女人，已经动摇了一个家的根基，她怎么还敢想着让人家的老婆选择离开？

　　撕下日历的手停在新的日子上。我意外发现，明天，不，只差一个小时，就是他的生日。或许是田螺的描述多少影响了我，我突然有了提前为他过生日的冲动。我突然很想让他知道，我也可以是火，我也有不是冰的时候。

　　抽屉里有姑妈送的还没开封的三星手机。我决定把它作为生日礼物。看着电视里不停晃动的镜头，我竟然开始期待他回来。这是之前从未有过的某种期待。我知道，这种"期待"为我拯救自己的阴道提供了某种契机。

　　听，他带着酒意的大皮鞋"咚咚"地响在楼梯上，一声重，一声轻。我起身关掉电视。他站在门口，干呕了几下。钥匙插进门锁的时候，我已经闪进了他的房间。我穿着薄薄

　　　　　　　　　　　　　　　橘子不是橙色的

的细吊带睡衣，歪靠在他的床上假寐。我听见先是"咚"的一声，防盗门关上了。而后，是台湾拖鞋"窸窸窣窣"地走着。台湾拖鞋进了卫生间。抽水马桶"哗啦"响。"窸窸窣窣"声又响起。我的耳朵张着。我的心紧着。"窸窸窣窣"声进了门。灯亮了。我半眯着眼睛，在床沿上坐起。

"你怎么在这儿？"张扬带进了一身酒气。

"我，在等你。"做了将近二十年夫妻，这样的面对面，这样的对话，我竟然会有些不知所措和做贼心虚起来。我不想自己的一点小秘密赤裸裸地让他看穿，遂拿出儿子小凡做了挡箭牌。"小凡刚才打来电话，让你少喝点儿酒。"

"噢！"张扬的反应异常的平静。他把手机往书桌上一放，走到了床前，俯下了身。我的心莫名地激动了一小下，像新婚之夜似的低下了头。可几乎只是一瞬间，那感觉就消失殆尽了。他并没有跟我亲热，我只是一厢情愿、自作多情地激动。他俯下身，却不是朝向我。他抓起了床头的睡衣，淡得没有感情色彩地说："很晚了，你睡吧！我到小凡房间睡！"

我的脸上一阵灼热。他知道我的想法，却如此不留情面地拒绝了我。他定然是要我也尝尝他当年饱受我回绝的滋味。

我的自尊受到了强烈的挑衅。我站了起来："不用了，我到自己房间去睡。"

这一次，我刚上场就败下阵来。我把握在手中的新手机往他手里一放："这是送你的新手机，祝你生日快乐！"

他轻轻一收，淡然地回了一句："谢谢！"

接诊完预约的两个病人，我正要起身，那个叫田螺的女病人打来电话："梁医生，你今天晚上无论如何得听我把心里话掏一掏。"

接连两天都接到田螺预约就诊的电话，我因为工作量调整的原因全力推脱。她的心理疾病是比较顽固的。跟她同期就诊的A先生和B先生经过一个阶段夫妻双方的共同配合治疗后，都分别治愈了心理障碍，而她，却一直跟那个"情"字纠缠不清。在电话中她已表露出一种急切的焦灼感，我可以预想得到她所遇到问题是如何棘手。

"对不起，我晚上真的有事。改天吧！"

"不行，不行，你再不听我说我会崩溃的。"

门外传来急促的叩门声，我打开门。门外的田螺挂掉手机，不由分说把我生拉硬扯地拉回我的工作位上坐下。依然是不折不扣的0度角。她迫不及待地说："他妻子不知道使用了什么法力，他竟然提出跟我分手！他竟然一星期都躲着不见我！如果我得不到他，我一定毁了他！"

我的心被揪紧了。前几次就诊时，田螺表现出的是非常温柔、无助、柔弱的一面。我只是微微感觉那温柔表象下可能掩盖着她的真诚。而现在，她仿佛突然换成了另外一个人，声嘶力竭，强硬、蛮横……我把手提包重新放回桌上。

"何必呢？如果已经没有爱，何必强扭在一起？从一开始，你就应该明白，你们这种感情是很难有结果的……"

"不，不，他爱我！我也爱他！你不知道他每次进入我的身体都会带给我什么样的感受！那一时刻，我甚至都觉得两个人就那样死了都可以！真的！你知道吗，他还曾经激吻过我的阴唇！如果没有爱，他怎么可能去吻我的那个地方？你老公曾经对你做过这样的事吗？"

我羞于回答她，但感到下身微微发紧。

田螺深度陶醉，他验证了她的价值和生命的意义。

"他说他好累，工作忙碌，上司无情，下级无能，压力巨大，他说我才是真正的女人：温柔、服帖、热情、温暖，跟我在一起，每天都跟新婚一样。他说我在床上能带给他激情，在场面上能带给他面子，在餐桌上能带给他食欲，睡梦中能带给他温馨……"

她这是在教我吗？我是心理咨询师，什么时候轮到她来教我？我正想打断她的自我陶醉，田螺嚷嚷着："我热死了！热死了！"旁若无人地脱起衣服。我看见，一颗晶莹剔透的石榴在我眼前爆裂。那饱满的乳房骄傲地挺着，像两座祭拜太阳的方尖碑。平坦的小腹下，那丰盛茂密的秘地，像焦急等待浇灌的丛林……那分明是我青春的胴体！我闭上眼睛，一股热流在下腹中氤氲，像一团蒸腾的云雾。我意识到，那是久违的荷尔蒙。

有人在敲工作室的门。

田螺赤裸着身体冲过去，将门敞开。

张扬！当田螺尖叫着喊出张扬的名字时，我也大声尖叫着从梦中醒来。

不　然

事后回想，应该是从寒露那天起，一切便都埋下了伏笔。

　　托管中心的门关着，刘雁还没来。门边花台上坐着一个穿白衬衫的年轻人，正低头玩儿手机。这样的天气，穿长袖衬衫也罢了，居然领口、袖口都扣得紧紧的，像是害怕给体内的热气留有出路。水滴落下的提示音接连响了几下，王有男下意识地看了下手机——她忘了她现在用的是最新款的iPhone，不是两年前的华为。白衬衫一手抓着身旁的塑料篮子，单手打字，手指飞快。她在电话里叫了一声"刘雁"，他微微抬了一下头。两个人的目光还来不及相碰，他的已经迅速归位。什么东西引起了她的注意。她忍不住又多看了他几眼。没错，他的白，他眉心正中央不大不小不左不右的黑痣，以及那淡淡的忧愁。高帷幄？难道真的是他？这么巧！她的心急剧一颤，热流火箭般往脸上蹿，她慌忙低下头，紧紧抓住手上的旅行袋。她从小就特别喜欢白白净净的男生，像新刷过的白墙，也像刚拿出来使用的纯白瓷碟子。他除了干干净净，还文文静静，像是新剥出来的小竹笋。观音岩上最不缺的是笋，一年里有很长时间都有，春天有春笋，

　　　　　　　　　　　　　　　　　橘子不是橙色的

冬天有冬笋。长得像笋一样白净的小男生却是少之又少。他跟刘雁沾着亲戚的边，母亲是学校的语文老师，他比她高出三个年级。

"至于吗，这么早？难得今天周末也不让人家好好睡觉！"刘雁停下电动车，一边掏着钥匙一边噘着嘴埋怨。见她手上提的大旅行袋，便伸出手，"你这是要出门？很重？"

"不用不用！"王有男侧了一下身子，挡开刘雁的手。"我就回来这几天，事情很多。"她紧跟在刘雁身后，"帮大姐看完你这里，我还要去厦门看房子，还要去了解孩子明年转学的事情，说是买了房子就可以把学籍迁过去。我那大外甥顶多也就在你这儿托管个一年半载。"

"你不是有开车来吗？那么重怎么不放车上？"门打开的时候，刘雁招呼了一下坐在花台上的白衬衫。王有男听到了一个熟悉的名字。果然是他！

"咦，你们应该认识的。"进了门，刘雁突然想起了什么，转过身，指着他大声说，"他就是高帷幄啊！你不记得了？我叔不是他舅吗？我们当年都叫他高小白。这名字好像还是你给取的？他妈是咱们语文老师啊，就是那个梳长辫子的刘老师啊！"

"噢？是吗？有吗？没印象。"王有男摇头，做出一种努力思考的样子——她不想让他知道她记得。老师一直对她寄予厚望，可她已经不是当年的她了。刘雁像是明白了，没有往下介绍。

　　高帷幄双手抓起塑料篮子举在双腿间，屈膝弓腰叉开双腿吃力地往台阶上迈。王有男赶紧闪到一边给他让路，未料他也往边上靠。眼看就要撞在一起，她迅速转过身，踮起脚尖贴着墙站住。他走得像只鸭子，始终没有抬头的鸭子，仿佛头也被他手上的重物给压住了。刘雁指引他拐过弯去，把塑料篮子提去厨房，又支使他帮忙烧水，吩咐他帮忙把猪头下锅焯水。刘雁的侄子今天过十岁生日。十岁在闽南是个大日子，需要杀猪敬天公。

　　"这个高小白，真是笨死了！他以为是在给猪头挠痒做面膜呢！"刘雁几乎是骂了出来，"猪头都没他笨！"说完，急匆匆地往楼下跑。刚跑到食堂门口，就听王有男急急喊叫："刘雁，你来一下，你来一下！"刘雁收住脚往台阶上走，接过她递来的塑料袋。

　　"你在哪里看到的？"刘雁问。袋子里装着整整十二捆钱。

　　王有男指一指楼梯角："一开始我还以为是冥币呢，后来越看越觉得不对。你说这会是谁的钱？"说着，她展开手中的一张纸，说，"里面还有这个。"

　　"还是写给我的？要我把钱以刘爱娥的名义捐给教育基金会五万，给扶贫协会七万？这是个什么情况？"刘雁完全傻掉了，把钱和纸条伸给她。"这刘爱娥是我们那个语文老师刘爱娥吗？为什么让我代捐？她都死了多少年了？这不

　　　　　　　　　　　——————橘子不是橙色的

会是诈骗的吧？再说，我上哪儿捐去？"

"你别问我，问我我就更不知道了。"王有男往边上躲，说得幸灾乐祸。"诈骗能给你钱？你想多了吧？人家肯定知道你是个好人，知道你得过刘老师疼爱才委以重任啊，要不，人家为什么不委托我？不说这个了，不说这个了。对了，刚才你说那高小白笨，笨你还雇他？"

"我雇他？"刘雁指着自己的鼻子，拼命摇头，"我雇他就完蛋了，什么都做不好。"

"那你怎么支使他做这个做那个？"她还是不想就此放过刘雁。

"你说就那么点儿小事，再说了，他闲着不也是闲着？哎呀，你说这钱可怎么办啊？"

"放在以前，你怎么敢？"她看到他正在往她的方向看，便紧急收住。

"敢什么？"刘雁好一会儿才反应过来，"敢支使他？你以为现在还是当年？以前我是班长，不都你跟着我屁股转？现在你都敢支使我，我怎么不敢支使他？你以为他还是当年那个钢琴王子？早不是了。他上高三那年，他妈抑郁症自杀，他爸出车祸，肇事者又跑了。"

"天啊，他那么受娇惯的一个人，怎么受得了？"

"是啊，他那么骄傲的一个人。高考考砸了，复读了两次，终究读了个二本的什么物流专业，连工作都找不到。如果不是他舅，他恐怕吃饭都成问题。"

那么骄傲的一个人呆立在大锅前，却是怎么都骄傲不起来。经过一番上蹿下跳的猪头已经下了锅，锅里几乎要满出来的一锅水"咕噜噜"地滚开了花，时不时地往外溅。高帷幄的脚离锅足有一米远，捏着手机的左手别在身后，双腿叉开绷得直直的，屁股往外顶，脖子往前伸，抓在右手的大锅铲使劲往锅里够着铲着，却怎么都铲不动笨重的猪头。但凡有水从锅里溅出来，他就下意识地抬起一只脚，再牵引着另一只脚往后退，哪怕只有一点。这一退，锅铲立马悬在空中，他眉心的那颗黑痣透出几分可爱来。

"我看你啊，真是吃不动这碗饭啊！"刘雁把装钱的袋子往旁边的桌子一放，取了拖把拖了地上的一摊水，不停埋怨，"亏有人还记得你妈，看你妈把你宠的什么都不会。"

"不然呢？不然要怎么做？"高帷幄一边应着话，一边赶紧把锅铲往锅里压下，脚步像是被锅铲指引着往前碎挪了几步。双腿依然叉得很开，绷得很直，屁股依然往外顶。

"行啊，看不出来啊，没想到你这穿金戴银的娇小姐还能做这种粗活儿？"刘雁拍了王有男一下，不忘了调侃。"少来！"王有男拿手肘轻轻回捅了一下刘雁："你忘了我妈以前干什么的了？刘一香的女儿还能白当了？"见刘雁频频道着"是噢是噢，都忘了"又凑了过来。

水滴落下的声音又接连响了几声，像是替他的沉默做了

　　　　　　　　　　　　　　　　橘子不是橙色的

回应。他掏出手机边看边往外走，走了几步，又转回来。手机在他手上摇着晃着，他走出一个长长的椭圆形。又一条微信。他的手轻轻一点，一个娇滴滴的女声。他慌乱地戳屏幕，匆匆往外走。

"肯定又是他那个阿莲，不知又伸手要什么东西了。"刘雁望着他的背影一脸不屑，"这年头儿，只要女的敢开口，谈个恋爱就像得了台购物机，点什么来什么。"

"他有女朋友？"王有男的手被锅边烫了一下，她不停吹着手。

"这才叫人不放心啊！不知哪里去谈的，听说那女的还长得很漂亮。"刘雁把头摇得颇有深意，"他舅不是我堂叔嘛，叫我要帮帮他，不要执迷不悟往里陷。可他谁的话都听不进去，他舅都快烦死了。不过说真的，如果不是谈了个女朋友，现在估计他还整天躺在床上玩儿游戏。"

"是吗？"此时，王有男特别想认识他的女朋友，"应该不会比我有钱吧？"她猜测着女孩儿该是有比她大的眼睛、比她细的腰、比她高的个头，应该还有烫得卷卷的长发。她一直很不满意自己的身高———米五七点五，很尴尬的一个高度。再高一点儿，上了一米六，像自己的大姐，配上高跟鞋，可以往婀娜妩媚靠。或者索性再矮一点儿，就一米五五，像刘雁，配上齐刘海儿，再配上小白鞋，可以往可爱挨。偏偏是不上不下的一米五七点五，让人气得要吐血的一米五七点五。就像每次去看电影玩儿那个抓娃娃机，眼见已经够着了，但就是抓不起来，总是差了那么一点点。她不想说话，揪着猪耳朵翻过来又翻过去。她往屋外看了看，他还在不停地回信息。"对了，你刚才说你没有雇他，那他现在在做什么？"

"养猪啊。"刘雁举着装猪心的盘子闻了又闻。

"养猪？"她没听明白。

"他舅在办养猪场，做得还不错，叫他去帮忙。他什么都好，长得帅人又实在。就一点不好，太实在。"

"天啊，他居然去养猪？"王有男呆住了。他大她三岁，在闽南算是小冲。用农村话来说，冲不过是麻烦，冲得过反倒大吉。可是，他怎么可能怎么可以去养猪？许多场景开始在脑子里翻涌交织：跳动的黑白键、白净的衬衫、白净的脸、白净的手、臭烘烘的猪圈、脏兮兮的猪、一地猪尿猪粪……怎么可以？怎么可以？她闻到了臭烘烘的猪圈味，捂住鼻子往后退。

"不要这么大惊小怪好不好？好像你不吃猪肉似的。你说当年我读书比你好吧？凭什么我好歹读了大专现在一个月才几千元，你就读了个高一，月入几十万？"

"这不是一回事。"她摇头，"当老师其实挺好的，我就喜欢当老师。"

"我讨厌当老师。"刘雁擦着手，说得非常平静，"不过说真的，我们现在做的其实都一样。"

—————————————————— 橘子不是橙色的

"你？跟他一样？"她指着刘雁一个劲儿地发笑，"你开什么玩笑？你也养猪？哈！"

"对呀，我养猪啊！"刘雁指着二楼走廊上挂着的一件件衣服说，"那不都是能生钱的小猪崽？"接着，又冲着她连眨了几下眼睛，"其实，你不也在养猪？当然，你养的猪值钱！"她的表情还来不及做出反应，刘雁突然一拍手，"诶诶诶，我叔的忙可以找你帮呀，怎么没想到呢？"

高帷幄当然知道刘雁的意思。可是，他已经有女朋友了。而且，说真的，王有男不是他喜欢的类型。怎么说呢？她太过"社会"，一看就不是"良家妇女"的模样。尤其是那浑身上下浓烈的脂粉气更让他受不了。她完全没必要刷那么厚的粉，这遮蔽了她天然的健康肤色。好在脖子不会说谎，它露出了她的本真，这让她脸上的白看起来有几分滑稽——甚至有种病态。他一直讨厌自己身上甩不掉的白，死人一样的白。他看不出她服装的品牌，但裙子上丝线细密、颜色复杂的刺绣，上衣领口精致的花边，各种细节都在传递着关于奢侈的信息。可是，她的腿那么粗，一点儿都不适合穿那么短又那么紧的牛仔裙，这充分放大了她的缺陷。她身上的服装和脸上的浓妆无疑都在朝着高贵一路狂歌，而她的眼神却是怎么都无法干挂的另一番景致。

装钱的塑料袋子格外精致，上面印着"CIRCLE"。刘雁要他拿走，但他不要。那是母亲的钱，纵使它来路不明，去向却非常清楚。刘一香真的是她妈？眼看着她的奥迪车已经走远，他犹豫再三，终究没有问出口。刘雁说她当年是个小组长，却偷偷揽了班长收全班作业的大权。他更愿意相信当年玉兰树下那个又黑又瘦的小女孩儿，是被偷懒的刘雁支使干这干那的——刘雁总喜欢主导事情的发展。那时的母亲对他的钢琴天分抱着比任何人都狂热的幻想，幻想他很快可以考进鼓浪屿音乐附中，而后顺利地考进中央音乐学院。除了搬把椅子凶神恶煞坐在身边的母亲，她是他忠实的听众。总是在曲子完全停下的时候，她才会进屋交作业。

高帷幄以为就这么告别了，开始也即结束。哪知道，结束也是开始。先是她单独约他一起去吃牛排，他没去，他没有见一面就跟人吃饭的习惯。后来，她约了几个老同学一起吃晚饭，让刘雁叫上他，刘雁替他答应了。刘雁总喜欢替人做决定。去的是县城最豪华的五星级酒店，来的都是他不熟悉的人。一开始，气氛还算他能接受的规矩。他被当作他母亲的化身，所有人都像尊敬老师一样地对他客客气气。他怀疑他们嘴里和蔼可亲的刘老师是否真是那个一脸杀气恨不得吃了他的母亲。他一直是个乖孩子，母亲要他一天弹两个小时的琴，他一分钟都不会少。母亲说钢琴家都穿白衬衫，他再热也不会挽起袖子。他从不反抗，直到小学六年级。那年十一月，他去参加全市的钢琴比赛。母亲说："只要你能获奖，这

　　　　　　　　　　　　　　　　橘子不是橙色的

个寒假我们就去北京。"他获了个二等奖，所有同学都知道了他要去看天安门。等啊等啊，好不容易等到了寒假，北京之行却泡了汤。那以后，逆着母亲的风向成了解气的家常。母亲说："等暑假，暑假咱们去北京！"他把门一摔："爱去你们自己去！"收到县城初中录取通知书，他执意寄宿，母亲说："不用，我很快就可以调进城了。""然后呢？"他眼睛一瞪，"你敢调进城，我就不读了！"母亲后来的抑郁很大程度上与他有着直接关系，而父亲的车祸与母亲的自杀又有直接关联。

第三个菜刚上来，王有男再次举杯："趁着大家都清醒，我有个提议。在场的各位当年都得过刘老师的帮助，我们干脆设个刘爱娥教育基金吧！我带个头，我出二十万。"

"好！好！好！"众人呼应，碰杯。

"不！我反对！"高帷幄坐着，举起的是手。

"为什么？"王有男放下酒杯，一脸不解，"你放心，钱不用你出，你不用担心钱的事。"

"是啊是啊，现在有男赚大钱了，钱不是问题。"刘雁也帮着劝说。

"你是怕钱？王有男像是在走跳丁桥，说话一跳再跳，"民间基金，我不落名。"

"不，不是钱的问题。我妈其实没有你们说的那么好，你们看到的只是表象，她只是一个普通人。"高帷幄慢慢地垂下目光，像小时候母亲批评他时一样，注视着眼前的餐盘。他缓缓地说："之前也不知道谁让刘雁以我妈的名义给县里捐钱，如果不是没地方退，我也不会同意的！"

"有那么三两分钟，酒桌上转盘的齿轮像是被什么卡住了，大家安静地吃。四五个菜后，新鲜的话题润滑了氛围。中学教师聊起布置学生写《我的理想》，有个男学生开头第一句就写"我的理想就是将来跟着表哥做大盘"。小老板聊起盘主邻居过年回乡下，当信用社主任的同学找到家里拉存款，邻居问，需要多少？信用社主任小心地说，能不能存个两三百万？邻居从床底下拉出一个大箱子，说得干脆利落，这些五百万，够不够？信用社主任下巴都快掉了。乡镇干部聊起一件奇事。镇上扶贫协会成立的头一天，有人做好事不留名地在扶贫办门口放了个小箱子，整整八万元。小老板说，不用猜不用猜，肯定是做盘的人给神明许过愿，赚了钱要捐，又不想暴露身份。他们说的他越听越糊涂，不客气也是从这个时候开始的。

"你们不知道，现在那边什么都缺，干什么都挣钱。我有个朋友去投资建房子，八个月就收回成本，赚得手都软了。还有个朋友专门给食堂提供白米，一斤赚两毛钱，你想啊，一天要一万斤，不赚死才怪呢！"王有男完全变了个模样，举着杯子站在那里唾沫飞扬、满脸生光，几个男同学将她围在中间，仿佛她是女王，仿佛她是核心。她指指这个同学，又指指那个同学："你可以去做护照签证，一本挣个两

橘子不是橙色的

三百，一天也可以挣个一两千元。你可以去卖新人包，一个新人包，市场上批发价一百块钱，转手卖出四百元，一天几十个，哪怕就几个十几个，也有几千元可以挣。你可以去包食堂，你可以去开美发店，你可以去卖手机，你可以去开个小超市，哪哪都是钱啊。"有人突然发现坐着不动的高帷幄，指着他大喊："对呀，高小白，你也可以去那边养猪啊！几万人呢，一天每个人二两肉计算，得几千上万斤猪肉呢！"

"不然呢？"他听到耳朵"轰"的一声响，冷冷地问了一句，"那边是哪边？"

"那边就是那边啊！"所有人都笑。

"哎呀，你们不要跟老实人开这玩笑啦！"刘雁替他挡了一下，"他怎么可能去柬埔寨养猪？"

"不然呢？我养个猪干吗跑去柬埔寨？"他拿牙齿咬自己的嘴唇，拿目光咬住开玩笑的人。

所有人笑得更厉害了。高帷幄逐渐从他们的语境中剥离，不再参与他们的话题。已算不清上到第几个菜，所有人都忽略了菜的存在，全面进入喝酒的主题。唯有他一个人吃得非常努力。他最感兴趣的还是刚上桌的那满满一盘大闸蟹。其他人都没有动手，他可不想放过。他不是个贪食之人，却偏偏对长得难看的两种食物充满特别的情感。秋天的大闸蟹、夏天的榴梿，外形张扬，甚至富有攻击性，却充分打开他的味蕾。母亲从来不敢吃这些。"哇，你们看啊，高小白看来还是个典型的吃货啊，居然有办法这么吃蟹肉！"坐在他左侧的王有男大叫起来，"完整一条蟹肉就那么出来了，你们谁有这办法？"说着，她用手直接从自己的碟子里一抓，再一丢，一只光秃秃的蟹身立马掉进他的碗里。"既然你那么会吃蟹，这只你就帮忙给吃了，我真是吃不来。我都吃不到肉，吃到的都是壳。"

他的耳朵"轰"了一下。

"哇哇哇！哇哇哇！"几个人开始起哄，"这有什么关系啊？和吃一只蟹有什么关系啊？"

"你们自己看看，这一大盘也就两只公蟹，高小白不是爱吃公蟹吗？"王有男站起来冲着对面喊话，又转头面向身旁的他，"这吃蟹又不是用嘴啃，都是用手掰，是不是，高小白？"

高帷幄的耳朵连续"轰"了两下，胸口好像被什么撞了。一盘肥美的大闸蟹再没了先前的味道。终于等到大家喝得差不多了，所有人最后一次共同举杯。酒杯碰在一起，那个小老板突然提议："要不咱们去唱歌吧？"好几个人同时呼应"好"，小老板一边联系歌厅留包厢，一边招呼服务员买单。王有男摆摆手说："已经买过了。"

"哇，你什么时候去买的？比我动作还快！"小老板一脸惊讶后，满嘴的玩笑也跟着出来，"你放心，你这好不容易回趟国，我们一定会好好敲诈你的！"

"人家有男现在又不差钱，还怕你敲诈？"刘雁一把推

　　　　　　　　　　　　——橘子不是橙色的

开小老板，"要敲诈也要我先来！"

她约请客人她结账，其他人有什么好虚情假意的？他想。出了酒店的门，王有男的车已经候在门口。他径自往边上走，刘雁拉住了他往奥迪车走。"一起去一起去，难得这么一聚。"他不擅长拒绝。一进包厢，他就后悔了。洋酒、葡萄酒、啤酒全都上场，一小杯、一大杯、一整瓶，眼见她一圈葡萄酒过去，又一圈洋酒过去，他索性就埋头与小莲发微信。几个小时后，除了他，所有人都喝得东倒西歪，王有男更是被刘雁搀扶着才出了包厢。提议唱歌的小老板一个人歪歪扭扭地走在前头，服务员引导大家往收银台走。拐过一个弯儿，却不见小老板的身影。大家都以为他去卫生间了，就站在通道上等。等了十分钟还不见来，服务员催促着。其他几个有的低头拨电话，有的交头接耳说话，有的干脆闭眼靠墙，谁都没有去结账的意思。走在最后头的王有男抱着垃圾桶一吐再吐。

高帏幄觉得唯一清醒的他应该有所表示。一个人跟在服务员身后，像是一个慷慨就义的英雄，他把头抬得高高的。收银台的小妹问："先生，请问您要结账？"

"不然呢？"话刚出口，高帏幄就听到了对方抛过来的一串数字。八千六百元？他以为自己听错了，又问了一遍。

"总共八千六百元，请问是刷卡还是微信？"收银小妹举着扫码器问。她的话语轻柔，像加了柠檬的科罗娜啤酒，酸酸甜甜、清清凉凉。她的眉眼嘴角都快连在一起了，这微笑跟那个扫码器一样职业也一样敬业。

高帷幄举着那张账单，一遍又一遍地核对着上面的信息，也借机核实自己储蓄卡加信用卡的相关信息。"总共八千六百元，请问是刷卡还是微信？"收银台的小妹举着扫码器又问了一遍。她话里含着的最起码是葡萄酒的酒精度，眼角的酒精度已经逼近三十八度的泸州老窖。他看了她一眼，耳根瞬间烫了起来，头也压了下去。他一边拔着腿，一边上上下下摸找身上的卡，说得特别小声："刷卡，刷卡吧！"

"刷什么卡？付现金付现金！"一整沓的钱突然被拍在收银台上，王有男的身体也歪歪地靠了过来说："这点儿算什么钱？小意思，小意思。"高帷幄几乎是条件反射地单手把她的身体往右轻轻推开，双脚往左边挪了一小步。她并没有失去重心，只是换了一个身体依靠，她的右手搭在刘雁的肩上，刘雁一手抓着她的右手，一手尽量把她的左肩往上托。

恰在这时，其他人涌了出来。小老板远远地叫嚷着："真不好意思，真不好意思，刚被几个朋友拉去另一个包厢又喝了几杯，怎么样？单还没买？我来，我来！服务员，买单！"

"这戏演得可真是绝了！"高帷幄"哧"了一下鼻子，把数好的钱递给她。王有男不接，只眯着眼笑嘻嘻地对他说："给你，给你！"

"你什么意思？"高帷幄生气了，也不再往她手里递，

　　　　　　　　　　　橘子不是橙色的

直接把钱拍在收银台上就转身离开。几个人上了车，她几乎是一上车就秒睡。他忍不住问刘雁："你说她做什么生意花钱那么大方？"

刘雁看一眼代驾，神秘一笑："说来跟猪也有点儿关系吧。"

"她也养猪？也养你那样的小猪崽？"高帷幄惊得嘴巴都合不上了。看刘雁一个劲儿地摇头，他又问："不然呢？那难道她也养我们这大猪？"

"去，养你那猪能挣几个钱？"刘雁扶住王有男东倒西歪的头往自己的肩膀上放。

"不然呢？"高帷幄不像在问刘雁，更像是在问自己。"其实也不错啦。非洲猪瘟后，猪肉供不应求，一头猪以前也就能挣个千儿八百的，现在能挣一两千元，不错啦。"

"你啊，是没见过大钱。这年头儿，千儿八百算什么钱？"刘雁冲高帷幄招了招手，一手扶住王有男的头，身子往前一凑，捂着嘴小声说，"我告诉你，她不仅养猪，她还专杀猪。"

"杀猪？她那么瘦弱，怎么杀得动猪？"高帷幄脱口而出。

"你呀！不说了。"刘雁连连摆手，往后坐正身子，又嘀咕了一句，"难怪二叔怕你上当受骗。"

瞬间安静下来的车厢又闷又挤，高帷幄频频点戳起微信来。总有人比他更无聊，总有人从各种途径想添加他为好友。青松、露、我是怂哥、刚的直、夜来香……什么样的名都有，每个微信名后面总潜伏着一个与之相对应的人。不是每个虚拟世界的人都可以成为朋友，但他相信自己的直觉。"弹钢琴的女孩"？左手下意识点了接受。

女友小莲的微信界面上，已经显示着十三条信息，高帷幄在犹豫要不要点开看。他们是通过一个游戏群认识的。一开始只是相约打游戏，后来相约开起了小店。他到杭州找过她，人长得挺好，是他喜欢的类型，也是他放心的模样。他负责投资，她负责打理，生意做得还不错。去年年底的分红他没要，她买了个手镯戴上，说就当是信物了。两人开始商量起将来是他去杭州，还是她来安县。还没商量出一个所以然，今天她提出杭州房子价钱大跌，先要在杭州买房子。他觉得有道理，可是钱呢？钱在哪里？

高帷幄礼节性地给"弹钢琴的女孩"发了个招手的表情，又送了一捧鲜花。对方没有回应。他看了一下时间，已经两点多了。心底有一条温暖的小河暗自流淌，很是舒服。

昏昏沉沉不知睡了多久，小外甥来喊了几次。前两次王有男不想起，母亲进来把小外甥带了出去。第三次，母亲自己进屋喊她，见她没动静，就偷偷在她耳边说了句："你叔来了。"

王有男一骨碌坐了起来："他来干什么？"

"不知道。还带着两个人呢。"母亲带上门时又叮嘱了一句，"你动作快点儿！"

────────────── 橘子不是橙色的

肯定没好事。王有男想。从小到大，父亲这个唯一的亲兄弟都像是他们家的噩梦。每次他主动上门总没好事。上一次上门还是今年春节，他要求姐夫无论如何带他的儿子出去。姐夫还在犹豫时，他就摔了酒杯出了门。半年前，家里搬进这楼中楼时请他来喝酒，他就是不来。

　　王有男慢腾腾地穿衣，慢腾腾地上卫生间，慢腾腾地洗漱。一种莫名的快感。姐夫还没发家前，老实的父亲总是一年到头四处打工。他的兄弟脑袋瓜儿好用多了，八十年代初就到汕头做茶叶生意挣到大钱，还开了茶叶店。后来因为赌博赔了个底朝天，灰溜溜地回到观音岩。九十年代末，县城建起了茶叶批发市场，他拿着借来的两千元进城卖茶。无须店铺，只是这边买进来那边马上卖出去，一天也能挣个几百元钱。很快，几个孩子跟着进城上学。两个混到高中毕业的儿子光荣地继承他的优良传统并将之发扬光大，做生意、打牌、打麻将，样样拿手。那年临近春节，父亲在工地摔伤住院，眼看交不起手术费，母亲带着她去找叔叔借钱。婶婶门神一般地坐在店门口，脸色比千年青铜还青。一个小时后，叔叔总算出现，手中的五张钞票直指母亲高高隆起的肚子说："你这肚子好歹也争气一点儿，一个个生的都是别人的老婆，将来我看你们可怎么办。"父母给大姐取名招弟，给她取名有男，却无法避免小妹的出生。

　　果真没好事。一听叔叔的要求，父亲低头泡茶，母亲带着小孙子去走廊上玩。王有男几乎气炸了："之前不是说的十二万？我昨天不是刚帮他还了十二万的银行贷款？不是还完了吗？"

"是啊，欠银行的是十二万，银行的是还完啦，可这边还有两笔欠私人的债务啊！"叔叔指指左边的，又指指右边的，说得理所当然："一笔是八万，一笔是十万，都是老大借的，要还就一起都还了啊。这点儿钱对你们来说算什么？"

"怎么可以这样？你儿子那是赌博欠下的钱啊！你们别太过分了！"

"过分？那是你姐夫的钱，又不是你的，你着什么急？你姐夫都已经答应了。"叔叔在"姐夫"两个字上用了力。很多年前，姐夫入赘成她哥，大前年他又把自己和孩子改回了黄姓。

"他没告诉我，我不知道。"王有男越听越气。气的不仅仅是他的语气，更重要的还有他的态度，他似乎领的只是姐夫的情，没有她和她姐她们家什么事。

"你们别以为你们一年挣多少我不知道，你姐夫给的还不就指甲缝里抠出来的一点点？"叔叔抠着指甲，又指指房子，"谁不知道你们这屋子里装的都是钱？论智商，你们谁比我儿子聪明？论胆量，你们也比不了我儿子。既然都比不上，凭什么你们吃肉我们喝汤？凭什么我儿子连房子都卖了，你们住楼中楼？"见她不搭话，叔父便把火往父亲身上引，"说话呀，不要跟个哑巴似的。"

"让有男跟她哥问一下再说吧。"父亲这个习惯被人挑着捏的柿子总是软而又软。

王有男还没想好怎么接话，叔叔踩着父亲的台阶又上来了："还哥呢，那早已经不是你儿子了！说实在的，你们这一个个将来都是别人家的老婆，要那么多钱干什么？"

这么多年，钱终究没买来尊严。他还是瞧不起她们家。王有男腾地站起来，却被父亲乞求的目光按回座位。她告诉自己强忍着，小声地嘀咕了句："你不也是别人家的老婆生的？"

"你说什么？"叔父没听清她说的话，但显然猜出了什么，"也不想想，当年要不是我借钱给你爸做手术，你们现在日子能这么好？"

"是啊，您当年的五百元可是有簸箕大啊！您是打算一辈子躺在这五百元的功劳簿上吗？"

"要不，你这回把我也带出国吧。"

"什么什么？你说什么？"王有男怀疑她的耳朵出了问题。

"带我出去啊，我也想去挣大钱啊！"

"你已经有两个儿子在那儿了！"

"他们可以挣，我也可以挣啊！"

"他们懂电脑，你懂吗？"

"我可以帮着看头看尾啊，没吃过猪肉还没见过猪跑吗？"叔父把二郎腿翘得高高的，悬在空中抖着晃着，"你们可以给我少一点儿，不用两三万，八千元就可以了。"

王有男真想一拳打过去，打得他满地找牙，打得他眼冒金星。她给刘雁发了微信，希望对方给自己打个电话，随便说个什么事，她就有充分的理由可以离开这个是非之地。几分钟后，刘雁真的打来电话，却是真的出事了。人命关天，她顾不得吃饭，抓了挎包就出了门。

十几年前建设的小区显得有些落伍，楼高八层却没有装电梯。楼下满是抬头仰望围观的人，警察已经拉起警戒线，准备在阳台垂直对应的地面区域铺上充气垫。高帷幄家的亲戚挤满了七楼到八楼的楼梯转角处，他坐在八楼的窗台上，整个身子钻出防盗窗外，双眼紧闭，两脚悬在空中，双手伸向空中做着飞翔的动作。八楼往天台的楼梯拐角处，几个警察冲着他不时喊话。刘雁拉着王有男上到八楼，三下五除二跟她把事情讲了个大概。他先前就想卖房，他舅没同意。今天，他直接约了买房人看房，他舅的儿子儿媳妇不让看房人进屋，他就急了，拿菜刀逼所有人出门，说要从八楼跳下去，任谁怎么说都没用。

"没错，房子当初是他父母买的，首付也是他们交的，可是后来的按揭以及房子的装修确实都是他舅给出的，他们提出一起住也不过分吧？"此刻，刘雁心中的天平显然更倾向于她叔，"他怎么可以直接把人带来说要卖房子？他表

　　　　　　　　　　　　　　　——橘子不是橙色的

弟刚结的婚，你让他们搬哪里去？"

"他为什么要卖房？至少也有一百多万吧？那么多钱他想拿去做什么？"王有男侧过身子往楼梯拐角处看。警察在喊话，他的亲戚们也有一句没一句地劝着话。没有他的声音。

"还不是因为那个所谓的女朋友！那就是个大骗子，要他去杭州买房子，说是杭州的房子便宜，上升空间很大。"刘雁拿右拳砸在自己左手掌心，"你说就为一个见过一次面的人，就跟最亲最近的人翻脸，这脑子是不是有问题？对了，你那个计划怎么没进度呀？"

"这个需要时间，他是个比较专情的人。"王有男不停眨眼，不停摇头，又连续几步上台阶至转角处。她看见他身体前倾，做了个俯冲的动作。"啊——""唔——"楼下的尖叫声瞬间起伏。她跟前面的几位警察说了句："你们让一下，我来试试！"

瞬间让出一个空间来。刚想开口，王有男突然发现这样的角度似乎有问题。她在上，他在下，这种俯视让她生出一种不舒服的感觉。她急急下了台阶，冲到七楼到八楼的楼梯转角处，拨开他家的亲戚，对他喊道："高帷幄，高帷幄，你听我说，房子我买了，多少钱你说，钱我马上付给你。"

"真的？"一直不跟任何人搭话的高帷幄立马开口了，他转头看着她，"你不要骗我！"

"你信不信，你把这钱一打给那女孩儿，她立马就不会跟你联系了，你信不信？"

"不信。你们都想骗我！一个个都不可信！现实中的人没一个可信的！"

"那咱们就打个赌怎么样？"见他并不排斥打赌，王有男继续往下说，"你跟她说你想挣大钱，把卖房子的钱拿去赌输光了，现在人被扣下了，让她带钱来救你。怎么样？如果她能来，或者，只要她能答应来，我马上把钱给你，让你带着钱去找她。好不好？"

"你说话算数？不然呢？"

"当然算数！不然我跟你从这里跳下去！"

"好，我告诉你们，她一定会来。"高帷幄指着她身后的他的亲戚们，一个个地指过去。指了一圈儿下来，又不放心地问她："她如果真来，你就把买房子的钱给我？如果我舅不同意呢？"

"你放心，如果她真来，我立马把钱给你，钱不是问题！你舅这边我来负责，你只负责拿钱走人就可以了！"王有男转身冲着他家亲戚使了下眼色，继续对他说，"你看，他们都同意了。"

"她一定会来的，她一定会来的。"高帷幄挺直腰板开始拨手机。并不复杂的谎话被一张纯真的嘴讲得七零八落，像孩子手里拆开重组的玩具，捡起这个就丢了那个。这倒增加了逼真的慌乱感，完全不需要伪装。戏再往下演，他甚至非常自然地口吃起来："你先给我、给我转、转十万进来，等我、我出去了我再、再给你，给你一百多万……喂！喂！喂！"

如王有男所料，对方挂断了电话。他自然不相信，又拨，再拨，发微信，发语音。没有通话，没有回复。失去了支撑的背一点点弯了下去，双手无力地支在阳台上。他颓然地望向她。"她关机了？她居然关机了？她怎么可以关机？她怎么能这样？怎么可以，怎么可以？"就在这时，两双不知从哪里伸出的手同时抓住了他，用力一拽，他整个人被拽下窗台，拽进楼内。

"还是你有办法！"刘雁冲王有男竖起了大拇指。两个人一起进了屋，警察和他家的亲戚已经塞满了小小的客厅。高帏幄抱着双臂蜷在沙发上，身上的白衬衫依旧那么白，袖口依旧扣得那么紧。有个非常年轻的女警察正在表格上记录着什么，见王有男走近，对她竖起了大拇指："厉害啊，还懂得诈骗心理学！你是做什么的？学心理学的？"她猛地想起两天前镇上派出所女警察通知她今天要带护照过去填一些表格，就随便支吾了一句，赶紧出门下楼往镇上赶。

表格很简单，三两分钟就填完了。表格交上去的时候，民警问："护照带来了吗？"王有男从包里找出护照递了过去，民警一接，说："好了，你可以回去了。"她的手又伸了过去："那我护照呢？我的护照还在你那儿呢！"

不 然 ————————————————— **279**

"不能给了。"民警打开抽屉，取出一把剪刀。

"怎么可以这样？把护照还我！"王有男伸手就要去抢，民警扭开身子退了一步，手上的剪刀"咔嚓"就剪了下去，他抬眼看她，单边嘴角一咧："你有频繁的出入境记录，这个不能给了。"

眼看木已成舟，王有男迅速开车回城。姐夫再神通广大也无力回天，只让她暂时在家等待时机。大姐就没这么客气了，一个电话就骂了过来："你是猪脑袋啊，派出所让你去你就去？也不懂得先跟你姐夫问一下？他们让你交护照你就交啦，你怎么这么笨啊？啊？"憋了一肚子气开车、进家门，一听说父母还是替叔叔还了一大部分钱，她的情绪刮起了龙卷风。先遭殃的是桌上的茶杯、水果，而后是玻璃做的烟灰缸。"我早说过他们家的事情管不了，让姐夫不要给他儿子还债，你们偏说没事。现在问题一个接着一个来了，你们怎么还听不进去呢！"

"算了算了，就几万块钱，算了，你不用这么生气的！"老实的父亲拉住王有男的手往沙发上坐，"用的是我跟你妈自己的钱，算了。"

"这不是谁的钱的问题！你们怎么就不明白？"她甩开父亲的手，吼了起来，"在他面前你们为什么就直不起腰？为什么？为什么？现在是什么时代了，他哪里来那么大的底气？以前他们家有钱咱家穷，他可以看不起我们，可是

　　　　　　　　　　　　——橘子不是橙色的

现在呢？现在他凭什么还要指挥我们家？"

"凭什么？凭什么？凭他知道的事太多。"母亲捶打着自己的胸口，一下接一下，"凭他家有两个儿子，我生不出儿子来。"

"当时我怎么说的？不要让他儿子掺和进来，不要让他儿子掺和进来，就没一个愿意听我的！"王有男抱起沙发上的抱枕砸向沙发扶手，密密地砸，"就没一个愿意听我的！没一个愿意听我的！"

"我们也想着他儿子一个月有几万元挣就好了，会知足了，不会再看不起我们，哪里想到会是这样？"父亲跑过去帮母亲按抚胸口，又回过头小心翼翼地补了一句，"你是不知道啊，那架势，不给钱，他们就不走了。我们不想你回来还看到他们在家里啊，我们不想你们有事！"

心一下子疼得不行。"啊！"王有男大声喊，脸颊上一片滚烫，她以为是眼泪。可是，没有。

王有男说想去养猪场看猪，明天。高帷幄说："好，现在，马上。"他有了迅速逃离剧场的天大理由。

就在刚才，十分钟前，舅舅一家又演了一出戏给他看。高帷幄不得不佩服他们一家子在表演上的综合实力，主角配角演技都堪称一流，且配合完美，简直天衣无缝。父母买下的大房子，到处都是舞台，随时都可以直播。没有父母的存在，自己越来越像是一个看客。

　　"帏幄啊，有个事情跟你商量一下啊。"舅舅拉着他在沙发上坐下，一手往他肩上搭。一直跟猪打交道的舅舅难得能把话说得如此客气，他的神经立马有几分警惕。"之前不是给你表弟在多湾买了个一百四十平方米的大房子吗？这不，今天交房了。你也知道，你弟妹怀孕了，按咱们农村的说法，孕妇是不能随便动床的。"舅舅说。

　　"是啊，是啊，会动到胎气，对胎儿不好！"倚靠在厨房门上的舅妈附和着。

　　"为什么要动床？不用动床啊！"高帏幄觉得他们好生奇怪。

　　"不是，我是说，再往后孩子一生，你弟妹的父母就住在这附近，她父母要来帮个忙或者看看孩子都比较方便。"

　　高帏幄使劲吞下了"不然呢"。他感觉非常不好，有事情要发生。

　　他不说话并不影响他舅舅继续把话挑得更明白些。"我们是这样想的，你往后也是要谈恋爱结婚的吧？干脆我们把那个更大的新房子给你，你就把这老房子给你表弟算了。我们那房子还多了二十几平方米呢！"

　　"你看，这房子也旧了，又没电梯，我们那房子大多了，坐南朝北，还三面采光，多好的房子。"舅妈及时进行备注。

高帷幄在心里"呵呵"两声。父母买的是老城区的房子，周边新开的楼盘已经过了两万五千元。他们买的是小产权的房子，撑破天也过不了六千元。他们把算盘吊在脖子上呢。

"我丈母娘说了，孩子在这房子里有的，就要在这里住下去，这样对孩子好！"表弟扶着表弟媳加入了演出的队伍，"再说了，我们把新的大房子跟你换这旧的小房子，你不吃亏的！"

"我妈给我抽了签，唯有这房子对我和孩子都好，如果不能住在这儿，让我还是把孩子打掉。他们本来就不同意这门亲事，呜……"表弟媳眼里的泪水说来就来，还立马泛滥，"如果孩子没了，我活着还有什么意思？"

"你把孩子打掉，我就不活了！"舅妈开始捶打起自己的胸口，打得"砰砰"响。

这让高帷幄一下子慌乱起来。他手上居然握着三条人命，他不想成为杀人凶手。他一直有离开这个家的念头。其实，这也算不得他的家，只是他的房子。为什么想离开？他说不清楚。可能自从表弟跟他老婆一起住进来以后就有这样的念头吧？大四那年，舅舅说："你马上毕业了，还是把房子装修一下吧，这样你上班就不用去租房子了。每年寒暑假他都住在舅舅家。他感动得不行。春节搬新家的时候，出钱装修的舅舅舅妈很自然地跟着住了进来。他们一直住着，上学的表弟表妹偶尔也来住上几天。舅舅说，放心，这个是暂时的，将来会给表弟新买更大的房子。他们果真买了更大的房子，却还是把表弟的婚结在他的房子里。

高帷幄到养猪场的时候，王有男还没到。"弹钢琴的女孩"又发来微信，说她打算去夜总会上班，弹琴、唱歌都可以，陪酒的收入更高，她还在犹豫。姑娘运气很不好，母亲早亡，父亲身体不好。最近父亲查出了肝癌，需要换肝。姑娘把他当朋友，有空就找他诉苦。他让她别去夜总会，他说："你可以在轻松筹上筹钱啊，申请应该不难！"姑娘说："不，不能穷得连脸都不要。"他觉得也是。他很想帮她。至少，她的出现让他重新觉得有被需要感。父母去世后，他经常怀疑自己是否被需要，现在，活着突然就有了意义。风微微有点儿凉了，太阳暖暖地照着，不会说话的猪们"嗯嗯""啊啊"地向他敬礼问候。他喜欢跟猪们待在一起。静静的，不用操心它们在想什么，也不用烦恼怎么跟它们说话。刚毕业第一年，他先去了一家快递公司，应聘的明明是操作员，干了几天却被安排去收送快递。他坚决不干，只能卷铺盖走人。后来，又找了物业公司、工艺品公司，跟他想象的总有很大差距，索性就不找了。在家里宅了一年多，宅到父母留下的钱所剩无几，他只能接受舅舅提过 N 次的要求。养猪场不大，一年也就出个一千多只猪。上班第一天，刚走进养猪场，那极具穿透力的味道扑面而来，令他只能屏住呼吸。憋不住的时候，他便站在路边一阵接一阵地呕吐，吐到几乎把胆汁都吐了出来。养猪场的师傅看不下去，说了句："这孩子看来干不了这个！"他舅舅便恼火了："谁天生就是干这个的？我吗？能舒服谁不懂得舒服？想舒服也得先能养活自己！"他把嘴里那口苦汁吞回去，当起了猪倌。慢慢地，他在那难闻的味道里提取出了最为原始的泥土的气息、植物的气息，这让他心安，他居然喜欢上了这里。

养猪场分成两大区域：占了十分之九的粗放区和只占十分之一的精养区。粗放区其实也就是速成区，养的是外地超大体型白猪，主要吃的是精饲料，生长速度快，四五个月出栏，每天基本保证出栏五六只猪。精养区说白了就是按照农村养猪的方法养，养的是本地黑猪，个头相对较小，吃的主要是米糠、麸皮、地瓜等农作物，生长速度慢，九个月以上出栏，每周出栏一只。四五个月就可以养成一只三百多斤的大肥猪，多养四五个月养出的可能重量上只有两百多斤，单价却高出一大截。高帷幄主动要求负责精养区的管理，他不喜欢太快的节奏。

养猪其实也有养猪的乐趣。眼前的这些猪，他跟它们相处了两百来天，都生出了感情。五六十只，有大有小，分成五六个猪圈，差不多一个班级五六个小组的规模，送走一批又迎来一批。每个猪圈里都有他特别喜欢的猪，他给它们取了名。多多总喜欢拿身子往墙角上蹭，一蹭就是半天；阿莱像是听得懂人话，远远的你招呼一声"来来来，开饭了"，它总是跑在第一个；眯眯是一只总喜欢眯眼的小猪，眼睛本来就小，再加上眯眼，猛一看上去，满脸都是鼻子；华发是整个猪栏里最能睡觉的猪，他在任何时间去猪栏，它都在睡觉。因为睡得多，华发身上特别能长肉，走起路来一颤一颤的；索索身上长着许多玫瑰花一样的斑纹，乍一看，像是会移动的地图；梅拉刚出生的时候总喜欢玩儿失踪，一会儿没注意，它就被其他兄弟压在底下，然后就没啦，没啦；西西最好玩儿了，那眼睛呆萌呆萌地望着你，然后拿嘴巴拱一拱这只，再拱一拱那只……他觉得猪是最好的朋友。它们对他的秘密守口如瓶，对他的决定"嗯""啊"的表示支持。他不需要看它们的脸色，它们很真诚。见到他，它们便凑过来，鼻子一翕一翕。

"你看，那只，老爱拱人家的那只，那只叫西西，明明做了坏事，那眼睛又一副完全无辜的样子，哈哈！"高帷幄带她一个猪圈一个猪圈地看过去，看到他喜欢的猪总忍不住哈哈大笑。

"怎么感觉你像个猪班主任啊？"王有男盯着他看，眼里流出笑，"你养猪也养出有意思来了，这一只只都跟人名似的。看来我们都得小心，谁对你不好，就有可能成了这里的一只猪。"

"不然呢，日子怎么过？"高帷幄有几分小得意，指着一只耳朵缺角的，"你看，那只最会生事，总喜欢吃独食；那只叫老猴，初中时，我们班上就有一个外号叫老猴的，整天惹是生非。"

"这一只只都这么可爱，我一下子要五只，你不会舍不得给吧？"王有男笑着问。农历十一月二十五，她家要回观音岩摆桌，为祖父过八十岁生日。

"没事没事，我可以把比较讨厌的给你，比如这只老猴，那只一撮毛……"高帷幄突然意识到了一个问题，"你说多少只？五只？你们要摆上百桌吗？怎么用得了五只猪？"

"除了摆桌，还要有口份啊。按说每人给个三两斤就可以了，我爸说要每人给八斤，要打破岩上的纪录。阿公身体不好，怕是扛不了多久，我爸说要办得隆重。"王有男指一指左侧猪圈，又指一指右侧猪圈，"你说这个是马上可以出栏的，那个是两个月以后才能出栏的？"得到确认，她指着左侧猪圈说，"那就要这个。你从里面帮我挑五只再养瘦一些吧，就给他们吃米糠、麸皮就好，不要再长膘，让它们瘦下来，越瘦越好。"

"这得多花掉不少钱。"高帷幄拿出手机，想要用计算器功能给她算一笔账，"一只六千元，多养两个月，每天……"

"不用算，一只就按八千元算，够不够？"王有男打住他，"只要保证跟农村猪肉一样好吃。"

"这个你放一百个心，绝对是农村土猪。"高帷幄收起手机，信心满满，"只要你不嫌贵，洋参汤我都可以给它们喝！"

"钱不是问题！"王有男摆摆手，大踏步往前走，"比起被我叔讹去的，这算什么钱？"

高帷幄突然停住了："你不要以这种方式怜悯我。不需要。"那语气像是悬崖上的瀑布，一泄就是百米。那脸色像极了瀑布流下时经过的石壁，发出冷冷的光。

"不，不是。"王有男忙不迭地找话来说，"我真的需要买这么多猪肉，找谁不是买呢？非洲猪瘟后，村民家里根本没有猪可卖，市场上哪里去买农村猪？你说是不是？"

高帷幄一句话都不接，骑上他的摩托车就走。车到半路，她的微信转账就到了。总共转了四万元，他按了拒收，让她直接转给他舅舅。她问："你舅舅的银行卡号是多少？"他说："你问刘雁。"天色一点点暗下来，他不想回家，却不知往哪里去。他发现，自己居然没地方可去。以前他不觉得自己需要朋友，现在他意识到这是一个问题。"弹钢琴的女孩"一直没有回微信，他担心她真的去夜总会上班。可担心就能帮上忙吗？帮不上忙担心又有何意义？漫无目的地在城里转来转去，竟然转到了刘雁家。刘雁的父母正好来看她，三个人正在吃饭。刘雁招呼他一起吃饭，他说："我吃

　　　　　　　　　　　　　　　橘子不是橙色的

过了！"一个人坐在客厅看起了电视。刘雁租房子住，一直想在县城买房，他不确定她是否有钱借给他。他不停换台，只等一个合适的时机跟她把这口给开了。他们好像在聊乡下她哥建房子的事情，老人家要刘雁帮她哥出些钱，刘雁在讲困难：房子要按揭，马上要装修，托管中心要付租金……他默默起身，门铃响了，刘雁喊他开门。

门外站着他舅舅。舅舅问："你怎么在这儿？"

高帷喔想反问："我怎么不能在这儿？"但他懒得理人，跟刘雁的招呼也省了，直接闪身而出。擦肩而过的一刹那，舅舅一把抓住了他："你去哪里？"

高帷喔甩开舅舅的手，突然想到了自己的问题还没解决，便转身问道："你把明年的工资先给我吧！"

"你又发什么疯？"舅舅走进屋内一边换鞋一边大声说，像是担心屋内的人没听到，"你要那么多钱干什么？都拿走了你往后喝西北风？"

"这你不用管。"高帷喔直勾勾地盯着舅舅，身体一动不动，"我就问你，行，还是不行？"

"不行！"舅舅冲着屋内说得毅然决然。

"好！你说的！"高帷喔拿手指指着舅舅，一步步往电梯口退去。

可生活终究无处可退，日子还得照旧前行。回避、沉默和装聋作哑是最好的办法。高帷喔照常上班，下了班就关进

不 然 ——————————————————— **289**

自己房间里。尽量不见面，即使见面也不给他们开口的机会。面积最大的主卧已经成了表弟的婚房，另一个有独立卫生间的房子住进两个老人。他的房间在西面，真是冬凉夏暖啊。退到无可退之处，就不必再退了。舅舅说："那个事情你考虑得怎么样了？"他把门"砰"地一关走人。舅妈说："你弟妹很快就要生了，到时你那房间……"他踢了一脚椅子算是应答。表弟在微信里一问再问：你什么时候去看一下我爸买的那新房子，很不错的，你一定会喜欢的。他干脆删除表弟这个好友。

高帷幄重新喜欢上网吧。那天游戏打得正酣，"弹钢琴的女孩"给她发来一段语音。因为不愿陪客人出去吃夜宵，她被客人打了。她觉得非常委屈，小费没赚着还断了鼻梁骨，牙齿也掉了三颗，父亲换肝的钱还没着落，自己的手术费又需要两三万。她问他："你能不能包养我？"他整个人几乎从椅子上跳了起来。他无论如何接受不了这个词。得是多大的困难才能让一个青春少女做出这样的决定？一个女孩儿可以为了父亲牺牲自己，他呢？他可以为她做什么？所谓的尊严不就是要让人尊重的颜面吗？于女孩儿来说，父亲活下去是她最大的尊严。于他呢？难道不求人是他仅有的一点儿尊严？他决定给王有男打电话。她有的是钱，而他缺的正是钱，这是一对矛盾，互补的矛盾。

电话通了，王有男就在附近的一家酒吧，正好出来。她

——————————橘子不是橙色的

约他见面喝杯咖啡，不能再回绝。见了面，他不喝咖啡，也不说话。好一会儿，她问："你想借钱？"

高帷幄知道一定是多嘴的刘雁告诉她的。连最后的遮羞布都没了还有何可顾忌？他问："听说你很有钱？"

"也不是很有钱，只是不缺钱。"王有男手上的小汤匙不停搅动着杯里的咖啡，咖啡的表面浮动着一层白色的泡沫。

"有多少？几百万？"

"差不多吧。"

"能不能借我一万元？"

"你是不是又网恋了？"王有男喝了一小口咖啡，笑着说，"网络上的爱情真的不可信。人家说爱你就真的是爱你？人家爱的可能只是你的钱！"

"我没有网恋。人家也没有找我要钱。"

"我只是打个比方。我只是想说，网络上的东西不可信。不能滥用你的同情心，滥用同情心是对邪恶的纵容。"她放下咖啡杯，"真的，你不能人家说什么就信什么，不要相信。"

"不然呢？"高帷幄反问，"难道现实就可信？如果现实可信，为什么一个个都在说谎？你说谎吗？"

王有男又拿起小汤匙搅动咖啡，对着那些泡沫说："我知道，你们其实看不起我。我其实也看不起自己。可是有什

不　然———————————————————— **291**

么办法呢？"

心头漾出些东西来。是怜惜？是酸楚？正像她搅动着的杯面那泡沫，一圈圈地叠加，荡不开去。泡沫那么多、那么细，它们严密地包裹着小汤匙，像一层软软滑滑的奶油。

离约好的七点半还有半个多小时，王有男先去了托管中心。大外甥只在这里托管了几天，就被大姐送去私立学校。这一两个月，她跟刘雁走得更近。她喜欢被孩子们称作老师。读中学时，她最大的梦想就是去读师大，当个中学或者是小学的语文老师。上了高一，数理化她全读不懂，读到三更半夜也不懂，母亲说："你叔店里要请人，你去吧，一个月有一千多呢！"那时候，家里正准备建房子，非常需要钱。她有一百个不愿意，可是，叔父第二天就积极地帮她办了手续，只能退学。护照被扣下后，有的是时间，她常来这里帮孩子们看作文。刚在茶桌前坐下来，有人便递过一个作文本。她看到了一截白袖口。"你也来了？"她完全料想不到是他。

"你们等会儿不是要出去？"高帷幄也愣了一下，站得直直的，好像自己的出现是个错误，又说，"刘雁让我来帮忙看一下。"

作文本是一个三年级女孩子的，作文题目是《我的妈妈》：

——————————————橘子不是橙色的

我的妈妈非常爱睡觉。

　　早上要上学时，妈妈在睡觉。她没有煮早餐，给了我两块钱让我自己买豆浆喝。中午放学时，妈妈还在睡觉。她在美团点了外卖给我吃。中午上学时，妈妈还在睡觉。晚上放学后，妈妈终于起床了。她又在美团点了外卖，我们一起吃。吃完外卖，妈妈开始化妆。一边化妆还一边不停地打电话、接电话，然后，她就出去唱歌了。

　　直到我上床睡觉的时候，妈妈还没回来，估计她又要唱到天亮了。我只希望我放在她床头柜上的作业她能看到，会帮我检查。可惜没有。第二天，我起床的时候，妈妈又在睡觉。

　　这样的妈妈谁要谁拿走。

王有男边看边笑，笑到后面，眼泪都笑出了眼角。

"你怎么笑得出来？"高帷幄问，眉头跟着紧了。

"你不觉得这个超好笑？"王有男捂住了嘴，坚决不让笑跑出嘴角。每个人都有一张会分泌情绪的脸，有的习惯性分泌苦涩，有的时常分泌香甜。她觉得他的神情非常夸张，夸张到一种苦大仇深的程度。他总是这样，从小学时就是这样，一点小事就可以眉头紧锁，忧郁半天，刘雁总是打趣说他是忧郁王子。哪怕面对给过他这么大帮助的人，他也依然吝啬他的每一丝笑容。一个多月时间，一万，两万，两万八千……三天前，已经是第五次了。她知道，一切都在按照她设计的路线走。他开口越多，她胜算的可能性就越大。不出意外，很快，很快了。

"好笑？"高帏幄的眉头已经堆成小山，眉心的那颗黑痣更突出了，"你不觉得好可悲？世间怎么会有这样的妈妈？以前我妈不可能这样做。还有，她的爸爸呢？你不觉得奇怪？怎么没有提到她爸爸？她爸爸在哪里？"他自言自语地往外走，像是要去寻找女孩儿的爸爸。

王有男的心陡地一沉。是啊，这些确实都是问题。她拿着作文跑去学习室，刘雁把她拉到一旁，小声说："孩子爸爸在国外做盘，原本她妈在家带她，学习一直跟不上，这学期她妈干脆把她送我们这儿了。班上有很多这样的孩子。"停顿了一会儿，刘雁指着对面的一个楼盘说，"就那个小区很多都是乡下进城买的房，男人很多都出国了，留下来的基本上都是母亲和孩子。家里不缺钱，孩子却没人管。这孩子还算好的，还算自觉，很多孩子基本就废掉了。唉，这盘，说真的，成就了一代人，也毁了几代人啊！"

心头生出奇怪的味道来。这味道在高帏幄自杀未遂的那天也出现过，但当时只是隐隐一现。此刻，它在发酵、变酸，它在扩张、围堵。三年前，大姐让她出去帮忙，王有男二话没说就去了。一开始她做的都是相对简单的事：办公室里接接电话、打打材料，去手机店跑跑腿，到商场买买东西……后来，事情慢慢多了起来，采购、食堂管理、宿舍管理，都是服务性工作。一座楼里几百号人，吃喝拉撒有的是事。人手还是不够，大姐说，干脆把小妹也叫出来帮忙得了。她说，不行，一定要让小妹好好读书。小妹今年如愿考进全市最好的高中。大房间一个个小隔子里，年轻的男男女女都在忙，各种电话、各种微信她听过也看过，甚至也试着玩儿过。大姐让她不要去管他们电话里都说了什么，这些不重要。他们做他们的，她做她自己的。她也没觉得有什么不妥。偶尔她也会听他们交流关于各种"猪"的傻事趣事荒唐事，以及杀猪技巧等。不断有人成为他们的"猪"，不断有爱情有故事夜以继日地产生。

眼前的爱情可就没那么简单了。王有男特意点了浓烈的黑咖啡，可惜咖啡的香味儿也未能压住心头的酸。祖父的身体越来越不好，相亲这件事被提上重要议事日程。父亲希望她找个公务员，母亲希望她找个医生，大姐说老师也挺好的，好像找对象的是他们而不是她。她说，她才二十四岁，不急。他们说："你不急，阿公等不了。况且，新年二十五岁你可以挑别人，再过几年，你就只剩让人挑了。"她算是看明白了自己身上的重任：全家就缺一个吃皇粮的国家干部。

眼前的这位在乡镇当了个小所长，外观上跟两天前见的那位起码差出一个马拉松的距离。王有男不是"外貌协会"

的，但两天前那位确实要身高有身高，要颜值有颜值，单位也好，她几乎就要心动了。末了，起身的时候，她顺口问了句："你一个公务员，你就不怕？"

"怕什么？"他问。

"你不知道？"

"知道什么？"他又问，嘴角闪过一丝狡黠的笑，"知道你能陪嫁多少？不是说了要陪嫁一套房子？有问题吗？不是这样吗？"

她感觉后背一阵冷。像是深山老林里的一潭水，潭不大，但水深且寒意十足。当天刚添加的微信还没开幕就直接闭幕了。

有一搭没一搭地聊得有些干巴。刘雁看出了苗头，找准时机上洗手间。小所长的话语突然多了，问："看你这么时尚，一定跟很多人交过朋友吧？"

王有男的脸"轰"地红了起来。小所长把一句非常难听的话装在一个漂亮的盘子里，他以为这样就好看好听了。她觉得受到了羞辱。盘子再漂亮，里面躺着的终究还是关于跟几个男人睡过觉的问题。她不否认她身体上经历过多个男人，可她精神上还虚位以待。小县城的人终究还是更在乎身体。她放下二郎腿，身体离开椅子靠背。对方看出来了，马上接了句："不过也没关系，我不在乎的！"他在耸肩，他在笑，"真的，我不会在乎的！"

橘子不是橙色的

真的是此地无银！王有男在心底轻蔑一笑。她想起几个月前，大姐带她去看翡翠。一个满绿的翡翠手镯，冰种的，卖家要价二十八万，大姐打着手电这照那照，照出隐蔽处有一缕细小的石纹。跟店家一提这瑕疵，价钱直接降到了八万。难不成谈过恋爱也成了握在人家手里的瑕疵？她让身体后靠复位，重新跷起二郎腿。她倒想看看他怎么以此来讨价还价？

小所长见她不说话，以为真点到了穴位，自得其乐继续往下说："对了，结婚后，能不能让你姐夫也带我出去？"

"你也想出国？有个工作不是挺好的？"王有男故意做出好奇不解样，"我们都羡慕着呢。"

"每个月就拿一点儿死工资，一点儿意思都没有。我就想出去，出国一个月轻轻松松十几二十万元，谁还领这一点工资？我一个当发型师的同学，一个月两万多工资都辞职出去了，我这一个月也就三两千，还不够你们吃一顿饭的呢！"小所长越说越有兴致，"听说你姐夫……"

"你羡慕他们有钱，他们还羡慕你自由呢！"王有男打断他的话。

"自由有什么好羡慕的？自由谁没有？"小所长身体往后一仰，手一挥，"要说自由，乞丐、流浪汉最自由，谁比他们更自由？可是有用吗？给你大把自由没一点儿钱有什么用？"

不　然 ————————————————————— **297**

"钱与自由其实并非完全平等的并列关系。没有钱依然可以自由，可没了自由，钱还有何意义？"看对方那不屑的表情，已经没有往下说的必要了。眼见刘雁正从通道走过来，王有男起身说："我今晚还有事，我先走了。"刘雁心领神会地接过她递过去的包，挽着她的手臂往外走。

"再不相信爱情了，再不相信爱情了。"王有男走得飞快，边走边摇头，"世间已无纯粹的爱情。"

"我看未必。"刘雁拽住她的手臂往后扯，没能减缓她的速度，只能小跑跟上，"你是不是喜欢上他了？"

"他？"她没有回头，拿手往后指，"开玩笑，怎么可能？"

"我说的是高小白。刘雁捏了一下她的手臂，"你敢说你对他没一点儿感觉？"

她想了好一会儿才说："也许吧？其实我也不确定。"

"天啊，居然还真让我猜着了？你居然会喜欢他？"刘雁惊叫着停住了脚步，一个侧身对向她，"你这么有钱，要找也要找一个暖男啊！"

"你不知道所有的暖男最后都会变成渣男吗？"

"再渣他也暖啊！"

"他对所有人暖有什么用？我只需要一个独独对我一个人暖的！"

"这可真是现实版的狼爱上羊啊！"刘雁拼命摇头，"你

　　　　　　　　　　　橘子不是橙色的

别后悔啊，他专情应该是专情，可他是个再单纯不过的书呆子啊。"

"我还就喜欢他一尘不染，不食人间烟火，安全无公害的样子。"王有男继续走，速度慢了下来，"他要不单纯，我还不喜欢呢。"

"不是我打击你啊，他要知道你的职业，未必会同意啊！你自己要有思想准备，他这人，一根筋。"刘雁双手勾挂住她的手臂，小声提醒，"听一个公安朋友讲，最近全县会进行全面清理，出国在外的都要登记造册。"

"放心，我姐夫在外面是有正经公司的，我们是做正经生意的，不用担心！"王有男说得非常轻松，"况且，你看，我现在也出不去呀！"见刘雁还是不放心，就学着他说了句，"不然呢？"

高帷幄还在托管中心，见她们进来，他主动坐下泡茶。茶盘上乱得很，王有男看得很不顺眼。她知道他有事。他微微张了一下嘴，嘴巴连同目光里明明都有话，可当她对望过去，那目光便当了逃兵。他一直不说话，只是泡茶，动静极大地泡茶，像是刚学书法的新手，手法生疏，一味使着蛮力。茶夹在他手里像是一根拐着弯的棍子，他用力捏住，好不容易越过右手位置的盖瓯伸到左手位置夹起一个杯子放进盖瓯里清洗烫杯。茶夹狠狠地咬住茶杯，一点儿不松口，杯子便转不动。他索性就旋转自己的手腕，扭过来，扭过去，结果盖瓯倒了，水全部流了出来，杯子直接卡在瓯杯里动弹不得。他干脆就直接掠过烫杯这一环节，将茶叶包装袋用力一撕一扯，茶颗粒又掉了一桌。

"你呀，总是毛手毛脚的，要喝你一泡茶命还得足够长！"刘雁不想等了，起身去学习室。

"还是我来吧！"王有男实在看不下去了，一边帮忙把桌上散落的茶颗粒一颗颗收进盖瓯里，一边站了起来。高帏幄只得把茶主的座位让了出来。她把茶海往外移到左前方，盖瓯移到左手位置，三个茶杯挨个儿右移到右手位置。茶盘瞬间开阔了。她握住水壶提起高冲，第一遍茶水迅速倒进三个茶杯里，三个茶杯都没倒满。再往盖瓯里冲进第二遍水，并盖好瓯盖蕴香。利用这个时间空当，她夹起一个茶杯，将茶水倒进另一个茶杯里，茶水溢了出来。茶夹夹住的茶杯并没有离开，而是借住另一个茶杯杯壁的摩擦立了起来，一坐一立的两个茶杯立刻呈现九十度左右的角。在茶夹的作用下，立住的茶杯旋转了起来，轻盈自如地与另一个杯里的茶水亲密接触。三个杯子都洗好的时候，正好可以出水了。她将第一杯茶递给他，心情跟着目光一起顺畅。

"你怎么不开个茶店？"接过茶的时候，高帏幄问。他的目光向着茶杯，像是说给茶听。

"茶店？"王有男没想到他会这么问。这个想法她确实有过。今年春节提出来的时候，大姐说："再帮我们两三年，

　　　　　　　　　　　　　　　　橘子不是橙色的

你自己也再多攒个几百万，到时你爱干什么就干什么去。"
她一想，也有道理，钱是她最后的尊严。多攒点儿本钱，将
来茶店可以开得有品位些。叔父的茶店开在茶叶批发市场，
人流量大，吵闹声与之相匹配的大，来来往往的不是茶农
就是小茶贩；除了买茶卖茶，就是泡茶话仙。她将来要开的
茶店绝不是这种卖茶的俗店，而应该是最适合品茶的文雅
空间。它是安静的，芬芳的，艺术的，有琴棋书画，有才子
佳人……他在那里弹琴看书，她望着他渐渐出神。

"能再借我些钱吗？最后一次。真的是最后一次。"高帷
幄突然抬起头，只是几秒，因为无处停靠，目光跟着声音
一起落了下来，"很急。"

一个对钱满不在乎的女子究竟是什么样的女子？高帷幄
完全没想到，王有男可以爽快到这样的地步。二十五万，她
一口就答应了。第二天就给，全部是现金，而且没有任何条
件。当然，如果一定要说有条件，她请他务必参加她祖父的
寿宴。医生断定她的祖父活不过三个月。

寿宴办在观音岩王氏泰阳楼，场面很是壮观。王家祖上
是大茶商，民国时建起了泰阳楼。楼为两层，墙体是花岗岩
构筑，楼顶保留闽南古大厝的黑瓦片、燕尾脊，闭合式回
形长廊将整个建筑围成一个整体，楼的两旁有护厝。东侧护
厝成了临时大厨房，大海参、大鲍鱼、大龙虾，铺陈开去。

楼前搭起了简易棚，七八张桌子都空着。楼下厅堂、各个房间摆满了方桌。午宴据说摆了三十六桌，请的都是亲戚和路途相对遥远的朋友，楼上楼下、楼内楼外摆的方桌全都用上了。晚宴规模相对小些，只有十八桌，请的主要是他们家生意场上的合作伙伴和县内的朋友。据说明天还要再摆桌一天，村民都在受邀之列。王有男的大姐、姐夫都回来了，她叔叔的两个儿子没有回来。刘雁跟她家人都很熟，还进进出出帮她招呼同学、朋友，好不容易才走过来。

"你这么张罗，人家还以为是你爷爷做寿呢！"高帷幄有些看不下去。

"你不懂。"刘雁不想跟他多说，也没有落座的意思，只是转过身跟同桌的其他同学打招呼，眼睛时不时瞟一下大门处。"她姐来了，她姐来了，我去一下！"刘雁瞅见门口又进来几个人，赶紧又迎了出去。

高帷幄真的看不懂了。明明王有男的姐姐才是主人，为什么反倒是刘雁去迎接他们？陌生的人，陌生的声音，客套的礼节，世俗的假，这是他最难应对的场合。晚宴还没正式开始，客人来来往往。同桌的都是王有男的小学同学，小老板和那个中学老师也在，他却不想跟他们说话，一个都不想，索性就玩儿起手机。没一会儿，王有男过来打招呼，紧挨着他的座位坐下。他们聊的都是老师、同学的事情，她又特意介绍了他的母亲。她完全没必要这么做，除了引来象

———————————————— 橘子不是橙色的

征性的赞美、虚伪的怀念，他知道并没有什么人真正感兴趣。对面抱着个一两岁小孩儿的胖女人问起她的婚姻大事，她摸摸小孩儿的脸蛋儿，直接避开这个话题："你现在还在当护士？"

"早辞职不干了。"女人很容易就被她引入另一个话题，"现在就专门养猪仔咯！"

"养猪仔？"高帷幄的心咯噔一下，顺口就问了起来，"你家也养猪？这么巧？你家养殖场办在哪里？"

"高帷幄！"远远走过来的刘雁赶紧拦住他，"你看你，尽说些让人笑话的话。人家这猪可不是你那猪！"

"不然呢？"他摊了摊手，耸了耸肩，一脸惊讶。

"哈哈哈，笑死了，你也太老实了吧？"小老板和旁边几个人都在笑，笑得高深莫测。

"谁跟你养那猪呀！"胖女人有些发起嗲来，"我说的是，老大当宝养，老二当猪养，岂不就是养猪？你才养那猪，你们全家都养那猪！"

"你别欺负人家老实人！"王有男看了他一眼，替他打起了圆场，打趣起胖女人，"这猪那猪反正都是猪！也是你自己说的不是？"

众人笑得更起劲了。笑可以解决所有问题，无论真与假，无论美与丑。可高帷幄一点儿都不想陪着大家笑得如此虚伪，笑得如此莫名其妙。所有桌子都坐满了，宴席还没有

不　然 ————————————————　**303**

开始的意思。王有男到其他桌招呼客人，脱下来的大衣就搭在她刚才的座位靠背上。大衣浅灰色，是细羊绒质地，一看就价值不菲。领子上的商标很大，写着英文"CIRCLE"。高帷幄下意识地拼着一个个熟悉的字母，想起了什么。天色已经暗下来了，空气越来越闷，声音越来越嘈杂，他坐不住了，先上了个洗手间，再顺势走出楼外。所有的声音聚拢在泰阳楼里，渐渐远了，远了，耳根终于清静下来。山间的夜色真美。星星真亮。周围黑漆漆的，偶尔有一两声虫鸣。风微微吹起，空气中隐约有一阵淡淡的花香。他循着花香经过西护厝，再往西二三十米。花香更浓了，那是一棵树叶繁茂的百年桂花树。树下似有一团黑影。他有些好奇，蹑着脚往前走。有人在低声说话，他听到了几个熟悉的名字。

高帷幄几乎是跌跌撞撞地跑回泰阳楼。鞭炮噼里啪啦地响个不停，晚宴正式开始了，人声混杂着杯盘交错的声音。他直奔主桌，抓住王有男的手就往外拉："赶紧走，赶紧走。"

"你来得正好，我有个事情要宣布。"王有男把他往回拉，一脸的笑，对着大家介绍起来，"这是我的男朋友高帷幄。"

"不不不。"高帷幄试图挣脱她的手，却挣脱不得。她的手劲很大。她把他拽到父母身边："爸，妈，这个就是我们语文老师刘老师的儿子，我跟你们说过的。十五年前，那年冬天，我去给刘老师送作业，他们家正好没人，我看到他们家桌上的五千元。刘老师其实早就猜到了，但她没说。她知道我爸住院需要钱。我一直没脸见她，如果没有她，我爸早就瘫了。"

十五年前？冬天？那不就是他小提琴比赛获奖那年？高帷幄蒙住了，脑袋瞬间一片空白，听凭她拉着走到她祖父身边，然后是她叔叔、婶婶……一圈儿走下来，他渐渐回过神儿来，把她往边上拉："赶紧走，外边像是有警察。我听他们提到了你的名字，还提到了你姐你姐夫。"

"你说什么？"像是一朵花瞬间枯萎，王有男脸上的笑容转瞬即逝，"你报的警？"

"我报警？"高帷幄觉到一种莫大的耻辱，"我为什么要报警？"

"为什么？因为'弹钢琴的女孩'就是我。"王有男的目光低垂，脸色非常难看，"但我不是为了骗你钱，只为了帮你。"

"我知道。"高帷幄说得很小声。

"你知道？你怎么知道？"

"刘雁说的。但我不知道那五千元的事，我一直以为我妈……我真的没报警。"

"那一定是我阿叔那两个儿子报的警！"王有男的脸色更加难看了，"难怪他们说要帮姐夫看场，难怪他们不回来。

他们这是想霸占姐夫的盘啊！"她在人群中搜索，好不容易找到大姐和姐夫的身影。她拉着他过去，把大姐和姐夫叫到护厝。姐夫不相信她和他说的："不可能，即使我被抓，他们也拿不了我的盘，哪儿是那么简单的事？"

"可如果他们就以为这么简单呢？"她说得异常平静。

"可惜来不及了。"泰阳楼里一下子涌进几十个人，世界一片混乱。乱了，走了，散了，哭了。王有男的叔叔婶婶负责安抚好她祖父和父母的情绪，刘雁帮王家跟客人们一个个说着对不起，又跟主厨的师傅交代了明天宴席取消的事情。没来得及上桌的菜堆满了东护厝，王有男的婶婶安排工人们各取所需，各装各袋，共产主义已经提前到来。

回城时，高帷幄一路都不说话。

"你没有错。"刘雁安慰他，她的手一直没有离开方向盘。

"不，都是我的错。"高帷幄双手抱头，把头埋了下去，"警察都知道了，她是'弹钢琴的女孩'。"

"你别忘了，是她害了你妈。"刘雁的目光没有离开路面。

"我妈是被骗子骗的，骗子骗她说中了大奖，让她交各种税费，她本来就有抑郁症。"

"对呀，是骗子骗的，你不是一直痛恨骗子？"刘雁拍拍他的肩膀，"你想啊，八年前骗子骗了你妈八万，现在你

　　　　　　　　　　　　　橘子不是橙色的

骗了骗子二十五万，这不是很公平？再说了，也是她先骗你，你才骗她的呀。你拿着那二十五万可以做很多事，你原本可以拿到更多的钱，你就是下不了狠心，可惜了。"

"不，不，不，她并没有骗我钱，她骗的都是她自己的钱，我才是骗子，我才是骗子！"

"别再这么单纯了，这个社会很复杂的。你不骗别人就得被别人骗，这就是现实！"刘雁看了他一眼，"你自己要学着点儿，以后我帮不了你了，我明天就出国了。"

"你要出国？去哪里？高帷幄抬起头。"

"去柬埔寨，去找我男朋友。"刘雁目视前方，车灯打出一片光明。

"你男朋友？"他打开窗户，风灌进车厢来。只有黑。"哪个男朋友？"

"对了，忘了告诉你，有男阿叔的大儿子是我男朋友。"刘雁抬手抚摩被风吹乱的头发。

"噢——"高帷幄对着窗外黑寂的山谷呼了一口气，全身突然打了个激灵。"你说什么？"

山谷吞没了他的声音。